PRECISAMOS DE NOVOS NOMES

NoVIOLET BULAWAYO

PRECISAMOS DE NOVOS NOMES

NoVIOLET BULAWAYO

Tradução de Adriana Lisboa

BIBLIOTECA AZUL

Copyright desta edição © 2013 by NoViolet Bulamanyo
Copyright da tradução © 2014 by Editora Globo s.a.

Todos os direitos reservados. Nenhuma parte desta edição pode ser utilizada ou reproduzida – em qualquer meio ou forma, seja mecânico ou eletrônico, fotocópia, gravação etc. – nem apropriada ou estocada em sistema de banco de dados sem a expressa autorização da editora.

Texto fixado conforme as regras do novo Acordo Ortográfico da Língua Portuguesa (Decreto Legislativo nº 54, de 1995).

Editor responsável: Eugenia Ribas-Vieira
Editor assistente: Erika Nogueira
Preparação: Vanessa Carneiro Rodrigues
Diagramação: Jussara Fino
Revisão: Tomoe Moroizumi
Capa: Allison J. Warner
Ilustrações da capa: (menina) artist reference by Monashee Frantz/Getty Images, (galho de acácia) © DEA/G. CIGOLINI/VENERANDA BIBLIOTECA AMBROSIANA/Getty Images, (avião) by Calvin Chu

Título original: *We Need New Names*

CIP-BRASIL. CATALOGAÇÃO NA PUBLICAÇÃO
SINDICATO NACIONAL DOS EDITORES DE LIVROS, RJ

B95p

Bulawayo, NoViolet
   Precisamos de novos nomes/NoViolet Bulawayo; tradução Adriana Lisboa. – 1. ed.
   São Paulo: Biblioteca Azul, 2014.
   256 p.; 21 cm.
   Tradução de: *We Need New Names*

isbn 978-85-250-5778-5

1. Romance Zimbábue. i. Lisboa, Adriana. ii. Título.

14-13693   cdd: 823.92
                     cdu: 821.111(680)-3

1ª edição, 2014 - 1ª reimpressão, 2023

Direitos exclusivos de edição em língua portuguesa para o Brasil adquiridos por Editora Globo s. a.
Rua Marquês de Pombal, 25
20.230-240
Rio de Janeiro, RJ

Para Za

Sumário

Chegada em Budapeste 9
Darling na montanha 25
Jogo dos países 43
Mudança de verdade... 57
Como eles apareceram 69
Precisamos de novos nomes 73
Shhhh 83
Blak Power 97
Pra valer 119
Como eles foram embora 131
Destroyedmichygen 133
Casamento 147
Angel 165
Este filme contém algumas imagens perturbadoras 177
Chegada ao Crossroads 191
Como eles viviam 209
Minha América 221
Escritos na parede 239

Agradecimentos 253

Chegada em Budapeste

Estamos a caminho de Budapeste: o Bastard e a Chipo e o Godknows e a Sbho e o Stina e eu. Estamos a caminho, mesmo não tendo permissão para atravessar a estrada Mzilikazi, mesmo que o Bastard devesse estar tomando conta de sua irmãzinha Fraction, mesmo que a Mãe vá me matar se descobrir; mesmo assim, a gente vai. Tem goiabas para roubar em Budapeste, e neste momento eu morreria por umas goiabas. Não comemos nada esta manhã, e é como se alguém tivesse apanhado uma pá e cavado meu estômago, tirando tudo lá de dentro.

Sair do Paraíso não é tão difícil, já que as mães estão ocupadas com o cabelo e com suas conversas, que é a única coisa que fazem. Apenas olham de relance para nós quando passamos em fila pelos barracos e depois viram o rosto. Também não precisamos nos preocupar com os homens debaixo do jacarandá, já que eles nunca levantam os olhos do tabuleiro de damas. Só as crianças pequenas nos veem e querem vir atrás da gente, mas o Bastard dá um soco na cabeçona da criança que vem pelada na frente e todas vão embora.

Quando chegamos à mata já estamos correndo, gritando como se rodas em nossas vozes nos fizessem ir mais rápido. A Sbho lidera: *Quem descobriu o caminho das Índias?*, e nós respondemos, *Vasco da Gama! Vasco da Gama! Vasco da Gama!* O Bastard vai na frente porque hoje ganhou o jogo dos países e acha que isso faz dele o nosso presidente ou algo assim, e depois eu e o Godknows, o Stina, a Sbho e finalmente a Chipo, que costumava correr mais que todo mundo em todo Paraíso, mas não mais, porque alguém a engravidou.

Depois de atravessar a Mzilikazi, passamos por outra mata, galopamos pela rua Hope durante um tempo antes de passar trotando pelo grande estádio com as bancadas reluzentes onde nunca vamos nos sentar e, por fim, chegamos em Budapeste. Mas temos de parar uma vez para Chipo se sentar por causa da sua barriga; às vezes, quando a barriga começa a doer, ela precisa descansar.

Mas, afinal, quando é que ela vai ter o bebê?, Bastard pergunta. O Bastard não gosta quando temos de parar de fazer alguma coisa por causa da barriga da Chipo. Chegou a tentar convencer a gente a parar de brincar com ela.

Ela vai ter o bebê um dia, respondo, falando pela Chipo, porque ela não fala mais. Ela não é muda-muda; foi só a barriga começar a aparecer que parou de falar. Mas ainda brinca com a gente e faz todas as outras coisas e, se precisar muito dizer alguma coisa, usa as mãos.

Que dia? Na quinta-feira? Amanhã? Na semana que vem?

Você não vê que a barriga dela ainda está pequena? O bebê tem que crescer.

Os bebês crescem *fora* da barriga, não dentro. É por isso que eles nascem. Para poder se tornar adultos.

Bem, ainda não está na hora. É por isso que ele ainda está na barriga.

É menino ou menina?

É menino. O primeiro bebê costuma ser menino.

Mas você é menina, sua convencida, e você foi o primeiro bebê.

Eu disse *costuma ser*, não disse?

Só cale a sua boca de kaka, a barriga nem é sua.

Acho que é menina. Coloco a mão nela o tempo todo e eu nunca senti chutar, nem uma vez.

É, os meninos dão chutes e socos e cabeçadas. É só o que eles sabem fazer.

Ela quer um menino?

Não. Sim. Talvez. Não sei.

Por onde exatamente o bebê sai?

Pelo mesmo lugar por onde ele entra na barriga.

Como exatamente ele entra na barriga?

Primeiro, a mãe de Jesus tem que colocar ele lá.

Não, a mãe de Jesus não. Um homem tem que colocar ele lá, a minha prima Musa me disse. Bem, ela estava na verdade dizendo pra Enia, e eu estava lá, então ouvi.

Então, quem colocou o bebê dentro dela?

Como podemos saber se ela não diz?

Quem colocou ele lá, Chipo? Fala, a gente não vai contar para ninguém.

A Chipo olha para o céu. Tem uma lágrima em seu olho, mas é apenas uma pequena lágrima.

Então, se um homem colocou ele lá dentro, por que ele mesmo não tira?

Porque são as mulheres que dão à luz, imbecil. É por isso que elas têm peitos, pro bebê mamar e tudo mais.

Mas os peitos da Chipo são pequenos. Como pedras.

Não importa. Quando o bebê nasce, eles crescem. Vamos, podemos ir, Chipo?, pergunto. A Chipo não responde, ela sai correndo de repente, e a gente atrás dela. Quando chegamos bem no centro de Budapeste, paramos. Este lugar não é como o Paraíso, é como estar num país completamente diferente. Um país agradável, onde vivem as pessoas que não são como nós. Mas então você não vê nada que mostre que existem pessoas reais vivendo aqui; até o ar é vazio: não tem comida deliciosa sendo preparada, nem cheiros, nem sons. Não tem nada.

Budapeste é grande, casas grandes com antenas parabólicas nos telhados e quintais elegantes cobertos de cascalho ou gramados bem aparados, e as cercas altas e os muros e as flores e as árvores grandes lotadas de frutas que esperam por nós, já que ninguém por aqui parece saber o que fazer com elas. São as frutas que nos dão coragem, caso contrário não ousaríamos vir aqui. Fico sempre esperando as ruas limpas nos cuspirem e nos dizerem para voltarmos pro lugar de onde viemos.

No início, costumávamos roubar do tio do Stina, que agora mora na Inglaterra, mas nesse caso não era roubo-roubo mesmo, porque era a árvore do tio do Stina e não de um estranho. É diferente. Mas acabamos com todas as goiabas daquela árvore, então passamos às outras casas também. Roubamos de tantas casas que eu até já perdi a conta. Foi o Bastard quem decidiu que escolheríamos uma rua e continuaríamos nela até passar por todas as casas. Só então a gente iria para a rua seguinte. Isso é para não confundir o lugar onde estivemos com o lugar aonde estamos indo. É como um padrão, e o Bastard diz que desse jeito podemos ser ladrões melhores.

Hoje estamos começando uma nova rua, e por isso olhamos cuidadosamente ao redor. Estamos passando pela rua Chimurenga, onde já terminamos a colheita de todas as goiabeiras talvez há umas duas ou três semanas, quando vemos cortinas brancas se abrindo e um rosto espiando de uma janela da casa creme com a estátua do menino nu de asas urinando. Ficamos parados olhando, olhando para ver o que o rosto vai fazer, quando a janela se abre e uma voz fraquinha e engraçada grita para que a gente pare. Continuamos de pé ali, não porque a voz disse pra gente parar, mas porque nenhum de nós começou a correr, e também porque a voz não parece perigosa. Uma música se derrama para fora da janela, para a rua; não é kwaito, não é *dancehall*, não é *house*, não é nada que conhecemos. Ainda assim, soa bem.

*

Uma mulher alta e magra abre a porta e sai da casa. A primeira coisa que vemos é que está comendo algo. Ela acena enquanto caminha em nossa direção, e já sabemos, pela magreza da mulher, que não precisamos correr. Esperamos para ver por que ou para o que ela está sorrindo. A mulher para no portão; está trancado, e ela não trouxe as chaves.

Caramba, não suporto este calor horrível e a terra dura, como vocês fazem?, a mulher pergunta em sua voz inofensiva. Ela sorri, dá uma mordida na coisa que está em sua mão. Tem uma câmera cor-de-rosa pendurada no pescoço. Todo mundo olha para os pés da mulher, que espreitam por baixo da sua saia comprida. São pés limpos e bonitos, como os de um bebê. Ela mexe os dedos dos pés, roxos do esmalte. Não me lembro se os meus próprios pés algum dia foram desse jeito; talvez quando eu nasci.

E tem também a boca vermelha da mulher, mastigando. Percebo, pela veia no lado do seu pescoço e pelo barulhinho dos seus lábios cheios, que isso que ela está comendo é muito gostoso. Olho de perto para a sua mão longa, para a coisa que ela está comendo. É lisa e a parte de fora é dura. A parte de cima é cremosa e parece fofa e macia, e tem coisas parecidas com moedas ali, de um rosa intenso, da cor de queimaduras. Vejo também pitadas de marrom e verde e, por fim, os montinhos marrons que parecem espinhas.

A Chipo aponta para a coisa e fica espetando o ar com o dedo, como se perguntasse *O que é isso?* Ela esfrega a barriga com a outra mão; agora que está grávida, a Chipo vive brincando com sua barriga, como se fosse um brinquedo. A barriga é do tamanho de uma bola de futebol, não muito grande. Nossos olhos continuam grudados na boca da mulher, esperando para ouvir o que ela vai dizer.

Ah, isto? É uma câmera, a mulher diz, o que todos nós sabemos; até uma pedra tem condições de saber que uma câmera é uma câmera. A mulher limpa a mão na saia, acaricia a câmera, depois atira o que resta da coisa no lixo perto da porta, erra o alvo, e ri de si mesma como se fosse maluca. Olha para a gente, como se talvez quisesse que ríssemos com ela, mas estamos ocupados olhando para a coisa que voa pelo ar antes de cair no chão como um pássaro morto. Nunca vimos ninguém jogar comida fora, nunca, mesmo que fosse uma coisa qualquer. A Chipo parece querer correr atrás e comer a coisa. A boca retorcida da mulher termina de mastigar e engole. Eu engulo com ela, minha garganta formigando.

Quantos anos você tem?, a mulher pergunta a Chipo, olhando para sua barriga como se nunca tivesse visto alguém grávida antes.

Ela tem onze, Godknows responde pela Chipo. A gente tem dez, eu e ela, como gêmeos, Godknows diz, se referindo a ele e a mim. E o Bastard tem onze e a Sbho tem nove, e o Stina a gente não sabe porque ele não tem certidão de nascimento.

Uau, a mulher diz. Eu digo uau também, uau uau uau, mas faço isso dentro da minha cabeça. É a primeira vez que ouço essa palavra. Tento imaginar o que significa, mas canso de moer meu cérebro e acabo desistindo.

E quantos anos você tem?, Godknows pergunta a ela. E de onde você é? Fico pensando em como a boca do Godknows é grande e que ela vai lhe custar um tapa, um dia.

Eu? Bem, tenho trinta e três e sou de Londres. Esta é a minha primeira visita ao país do meu pai, ela diz, e torce a corrente em seu pescoço. A cabeça de ouro na corrente é o mapa da África.

Eu conheço Londres. Comi umas balas de lá uma vez. Elas eram doces no começo, depois ficavam azedas. Tio Vusa mandou de lá quando chegou, mas isso faz muito tempo. Agora ele nunca manda nada, Godknows diz. Ele olha para o céu como se talvez quisesse que um avião aparecesse com balas mandadas pelo seu tio.

Mas você parece que tem só quinze anos, feito uma criança, Godknows diz, agora olhando para a mulher. Fico esperando que ela lhe dê um tapa na boca por dizer isso, mas ela apenas sorri como se não tivesse sido insultada.

Obrigada, acabei de terminar a dieta de Jesus, diz ela, parecendo muito satisfeita. Olho para ela como se perguntasse *O que há para agradecer?* Também fico pensando, *O que é uma dieta de Jesus, e você quer dizer o verdadeiro Jesus, o filho de Deus?*

Sei, pelo rosto de todo mundo e pelo seu silêncio, que eles também acham a mulher estranha. Ela passa a mão pelo cabelo, que está emaranhado e bagunçado; se eu morasse em Budapeste, ia lavar todo o meu corpo todos os dias e me pentear muito bem para mostrar que eu era uma pessoa real, vivendo num lugar real. Com o cabelo todo bagunçado assim, e de pé do outro lado do portão com seu cadeado e suas grades, a mulher parece um animal enjaulado. Começo a pensar no que eu faria se ela saltasse mesmo para fora e viesse atrás da gente.

Vocês se importam se eu tirar uma foto?, ela pergunta. A gente não responde, porque não estamos acostumados a adultos nos pedindo nada; ficamos só olhando para a mulher, para o seu cabelo desgrenhado, para a saia que varre o chão quando ela caminha, para seus belos pés espreitando dali debaixo, para sua África de ouro, para seus grandes olhos, para sua pele lisa que não tem sequer uma cicatriz para mostrar que está viva, para o brinco no seu nariz, para sua camiseta que diz Salvem Darfur.

Ótimo, então agora fiquem todos juntos, diz a mulher.

Você, o mais alto, vá para trás. E você, é, você, e você, olhem para este lado, não, você com os dentes faltando, olhe para mim, deste jeito, diz ela, as mãos estendidas para fora das grades, quase nos tocando.

Ótimo, ótimo, agora digam *xis*, digam *xis, xis, xiiiiiiis* — a mulher se entusiasma e todo mundo diz *xis*. Na verdade eu não digo, porque estou ocupada tentando lembrar o que exatamente significa *xis*, e não me lembro. Ontem a Mother of Bones nos contou a história de Dudu, o pássaro que aprendeu a cantar uma música nova, cujas palavras não sabia o que significavam, e foi capturado, morto, e cozido para o jantar porque na canção ele estava na verdade implorando às pessoas para matá-lo e cozinhá-lo.

A mulher aponta para mim, balança a cabeça e me pede para dizer *xiiiiiis*, e digo principalmente porque ela está sorrindo como se me conhecesse muito bem, como se conhecesse até a Mãe. Digo lentamente no início, e depois digo *xis* e *xis*, e logo estou dizendo *xis xiiiiiis* e todo mundo está dizendo *xis xis xis* e estamos todos cantando a palavra e a câmera faz clique e clique e clique. Então o Stina, que é calmo na maioria das vezes, simplesmente começa a andar. A mulher para de fotografar e diz, Ei, aonde você vai? Mas ele não para, nem sequer se vira para olhar para ela. Então a Chipo se afasta depois do Stina, e o restante de nós vai atrás.

Deixamos a mulher parada ali, tirando fotos enquanto vamos embora. Então o Bastard para na esquina da Victoria e começa a gritar insultos para a mulher, e eu me lembro da coisa, e que ela jogou fora sem nem mesmo nos perguntar se queríamos, e começo a gritar também, e todo mundo se junta a nós. Gritamos e gritamos e gritamos; queremos comer a coisa que ela estava comendo, queremos ouvir as nossas vozes se elevando, queremos que a nossa fome vá embora. A mulher apenas nos olha intrigada, como se nunca tivesse ouvido alguém gritar, e então volta rapidamente para casa, mas gritamos enquanto ela se afasta, gritamos até sentir cheiro de sangue em nossa garganta machucada.

Bastard diz que quando crescermos vamos parar de roubar goiabas e passar a coisas maiores dentro das casas. Na verdade não estou preocupada com isso, porque quando esse dia chegar não vou estar aqui; vou estar morando nos Estados Unidos com a tia Fostalina, comendo comida de verdade e fazendo coisas melhores do que roubar. Mas, por enquanto, as goiabas. Nós decidimos pela rua Robert, por uma enorme casa branca que se ergue como uma montanha. A casa tem janelas grandes e coisas brilhantes em toda a parte, e uma grande piscina na frente, com cadeiras vazias em volta dela. Tudo é muito bonito, mas eu acho que é o tipo de beleza de se olhar e admirar e dizer, Ah, isso é bonito, mas não uma beleza onde a gente queira viver.

O bom é que a casa fica bem no fundo do jardim, e as nossas goiabas ficam bem na frente, como se tivessem ouvido que estávamos chegando e corrido até a gente. Não demorou muito pra gente escalar o muro, subir na árvore e encher nossos sacos plásticos. Hoje estamos roubando goiabas monstras. São grandes, como o punho de um homem com raiva, e não chegam a amadurecer e ficar amarelas como as goiabas comuns; continuam verdes por fora, rosadas e macias por dentro, e têm um gosto tão bom que eu não consigo nem explicar.

Ao voltar para o Paraíso, não corremos. A gente anda de um jeito bem-comportado, como se Budapeste fosse agora o nosso país também, como se a gente tivesse até construído tudo ali, comendo goiabas pelo caminho e cuspindo as cascas para todo lado, para deixar tudo sujo. Paramos na esquina da rua AU para a Chipo vomitar; isso acontece na maioria das vezes que ela come. Hoje seu vômito parece urina, só que mais espesso. Deixamos ali, descoberto.
 Um dia vou morar aqui, numa casa igualzinha àquela, diz Sbho, mordendo uma goiaba gorda. Ela aponta para a grande casa azul com escada comprida, flores por toda parte ao redor dela. Uma casa bonita mesmo, mas não mais bonita do que aquela onde acabamos de roubar as goiabas. A voz da Sbho dá a impressão de que ela não está brincando, de que sabe do que fala. Eu fico olhando enquanto ela mastiga, as bochechas inchadas. Ela engole e começa a descascar o que resta da goiaba com os dentes laterais.
 Como você vai fazer isso?, pergunto. A Sbho cospe a casca e diz, com seus olhos grandes, Eu só sei que vou.
 Ela vai fazer isso nos sonhos dela, Bastard diz para o sol, e joga uma goiaba no muro da casa da Sbho. A goiaba explode e mancha o muro. Eu mordo uma goiaba doce; não gosto de roer as sementes das goiabas monstras, porque são duras e se leva muito tempo para fazer isso, então eu só as trituro levemente, às vezes engulo as

sementes inteiras mesmo sabendo o que vai acontecer mais tarde, quando estiver de cócoras.

Por que você fez isso? A Sbho olha para o muro agora sujo da sua casa e em seguida para o Bastard. Seu rosto ficou feio agora, como o de uma verdadeira mulher.

Eu perguntei por que você fez isso? Tem carvão em brasa na voz da Sbho, como se talvez ela fosse fazer alguma coisa com o Bastard, mas na verdade ela não vai fazer nada porque o Bastard é maior e mais forte, e além disso é um menino. Ele já bateu na Sbho antes, e em mim, e na Chipo e no Godknows também; já bateu em todo mundo, menos no Stina.

Porque eu posso, perna torta. Além disso, o que te importa?, Bastard diz.

Você acabou de me ouvir dizer que eu gosto da casa, então não devia fazer nada com ela. Por que não escolhe outra casa de que eu não goste, tem um monte de casas aqui!, a Sbho diz.

Bem, isso não faz essa casa ser sua casa, não é? O Bastard usa uma calça de moleton preta e uma camiseta laranja desbotada que diz Cornell. Agora ele tira a camiseta, amarra na cabeça, e não sei se isso faz com que fique feio ou bonito, se ele realmente se parece com um homem ou uma mulher. Ele se vira e começa a andar para trás, e fica de frente para a Sbho. O Bastard sempre gosta que a pessoa com quem briga olhe diretamente para ele.

Eu vou me casar com um homem de Budapeste. Ele vai me levar para longe do Paraíso, para longe dos barracos e do Heavenway e da Fambeki e tudo mais, diz Sbho.

Ha ha. Você acha que um homem vai se casar com você, com esses dentes faltando? Nem mesmo eu ia querer casar com você, o Godknows diz, gritando por cima de seu ombro magro. Ele e a Chipo e o Stina andam na nossa frente. Eu olho para o short do Godknows, rasgado na parte de trás, para suas nádegas espiando como os olhos de estranhos através do tecido branco e sujo.

Eu não estou falando com você, bunda rachada! A Sbho grita para o Godknows. Além disso, os meus dentes vão crescer de novo. A Mãe diz que eu até vou ser mais bonita também!

O Godknows faz um sinal qualquer com a mão, porque não tem nada a dizer sobre isso. Até as pedras sabem que a Sbho é bonita, mais bonita do que todos nós aqui, mais bonita do que todas as crianças no Paraíso. Às vezes a gente se recusa a brincar com ela se ela não parar de falar como se a gente já não soubesse disso.

Bem, eu não ligo a mínima, vou me mandar desta kaka de país. Então vou ganhar um monte de dinheiro e voltar e comprar uma casa aqui mesmo em Budapeste. Ou melhor ainda, muitas casas: uma em Budapeste, uma em Los Angeles, uma em Paris. Onde eu quiser, Bastard diz.

Quando íamos para a escola, o meu professor, sr. Gono, disse que a pessoa precisa estudar para ganhar dinheiro, diz Stina, parando de frente para o Bastard. E como você vai fazer isso agora que não estamos mais indo para a escola?, ele acrescenta. O Stina não fala muito, então quando ele abre a boca a gente sabe que é importante.

Eu não preciso de nenhuma kaka de escola para ganhar dinheiro, seu dentuço, diz Bastard.

Ele aproxima seu rosto ao do Stina como se fosse arrancar seu nariz com uma mordida. O Stina pode brigar com o Bastard se quiser, mas só olha para ele como se estivesse entediado e come o resto de sua goiaba calmamente. Então começa a andar, rápido, para longe da gente.

Eu vou para a América morar com a minha tia Fostalina, não vai demorar muito, vocês vão ver, digo, levantando a voz para que todos possam ouvir. Começo a comer uma nova goiaba; está tão doce que termino em apenas três mordidas. Nem me preocupo em mastigar as sementes.

A América é longe demais, sua anã, diz Bastard. Eu não quero ir a nenhum lugar aonde tenha que chegar pelo ar. E se você chegar lá e descobrir que é um lugar de bosta e ficar presa e não puder mais voltar? Eu vou para Jo'burg, então, quando as coisas ficarem ruins, eu só preciso pegar a estrada e me mandar sem falar com ninguém; você tem que poder voltar de qualquer lugar para onde vai.

Eu olho para o Bastard e penso no que dizer para ele. Tem uma semente de goiaba presa entre a minha gengiva e meu último dente do lado, e tento alcançá-la com a língua. Acabo usando o dedo; está com gosto de cera de ouvido.

É, a América é longe, e se alguma coisa acontecer com o seu avião quando você estiver dentro dele?

E os terroristas?, Godknows diz, concordando com o Bastard.

Eu realmente acho que o Godknows, com sua cara achatada e sua bunda de fora, só está dizendo isso para agradar ao feioso do Bastard. Começo a comer outra goiaba e digo pro Godknows alguma coisa com os olhos.

Não importa, eu vou, digo, e ando rápido para alcançar a Chipo e o Stina porque sei onde a conversa vai acabar se o Godknows e o Bastard se unirem contra mim.

Bem, vai mesmo, vai lá para aquela América trabalhar em asilos. É o que a sua tia Fostalina está fazendo enquanto a gente conversa. Neste momento ela está ocupada limpando o cocô de um velho enrugado que não consegue fazer nada sozinho, você acha que a gente nunca ouviu as histórias? O Bastard grita às minhas costas, mas eu continuo andando.

Estou pensando que se tivesse força bastante ia me virar agora mesmo e dar uma surra no Bastard por dizer isso da minha tia Fostalina e da minha América. Daria um tapa nele, uma cabeçada na sua testa, e depois ia socar a sua boca e fazê-lo cuspir os dentes. Ia bater no seu estômago até ele vomitar todas as goiabas que comeu. Ia imobilizá-lo no chão, fincar o joelho na sua coluna, dobrar as mãos dele nas costas e puxar a sua cabeça para trás até ele implorar perdão. É exatamente o que eu faria, mas em vez disso vou embora.

Eu sei que ele só está dizendo isso porque tem inveja. Porque ele não tem ninguém na América. Porque a tia Fostalina não é sua tia. Porque ele é o Bastard e eu sou a Darling.

Quando chegamos de volta ao Paraíso, as goiabas acabaram e nosso estômago está tão cheio que quase precisamos engatinhar. A gente para pra defecar na moita, porque comemos demais. Além disso, é melhor fazer isso antes que fique muito escuro, senão ninguém acompanha você; é assustador sair sozinho à noite porque você tem que passar por Heavenway, que é o cemitério, para chegar até à moita, e pode encontrar um fantasma. Enquanto falamos, aqueles que sabem das coisas dizem que o pai do Moses, que morreu mês passado, pode ser visto andando pelo Paraíso certas noites, usando sua camisa de futebol amarela do Barcelona.

Todo mundo acha um lugar, e eu me agacho atrás de uma pedra. Esta é a pior parte quando se trata de goiabas; por causa de todas aquelas sementes, você fica constipado quando come demais. Ninguém diz isso, mas sei que todo mundo está constipado de novo, todos nós, porque ninguém está tentando falar, ou se levantar e ir embora. Acabamos de comer um monte de goiabas porque é a única maneira de matar a nossa fome, e quando temos que defecar, a gente sente tanta dor que a tarefa acaba se tornando quase impossível, como se você estivesse tentando dar à luz um país.

Todo mundo está agachado desse jeito, cada um em seu lugar, e estou batendo nas minhas coxas com os punhos para me livrar de uma cãibra quando alguém grita. Não é um grito que vem quando você faz força demais e uma semente de goiaba corta seu ânus; é aquele que diz *venham ver*, então eu paro de fazer força, puxo a calcinha para cima e abandono a minha pedra. E lá, de cócoras e gritando, está a Chipo. Ela também está apontando para o mato na frente, e nós vemos, é uma coisa alta pendurada numa árvore como uma estranha fruta. Então vemos que não é uma coisa, mas uma pessoa. Então vemos que não é só uma pessoa, mas uma mulher.

O que é isso?, alguém sussurra. Ninguém responde, porque agora todo mundo pode ver o que é. A mulher magra está pendurada por uma corda verde presa a um galho alto da árvore. O sol vermelho se espreme através das folhas e deixa tudo de uma cor estranha; é quase bonito, faz a pele clara da mulher brilhar. Mas mesmo assim aquilo tudo é simplesmente assustador e eu quero correr, mas não quero correr sozinha.

Os braços finos da mulher estão caídos, moles, dos dois lados, e suas mãos e pés apontam para o chão. Tudo reto, como se alguém a tivesse desenhado ali, uma linha pendurada no ar. Os olhos são a parte mais assustadora, são quase brancos demais, e parece que eles querem saltar do rosto. A boca está muito aberta num O, como se tivessem interrompido a mulher enquanto ela dizia alguma coisa. Ela está usando um vestido amarelo, e o capim lambe a ponta de seus sapatos vermelhos. Ficamos parados ali, olhando.

Vamos correr, diz Stina, e eu me preparo para correr.

Vocês não conseguem ver que ela se enforcou e agora está morta? O Bastard pega uma pedra e joga; a pedra atinge a mulher na coxa. Acho que alguma coisa vai acontecer, mas nada acontece, a mulher não se move, só o seu vestido. Ele balança muito de leve na brisa, como se um bebê anjo estivesse talvez brincando com ele.

Estão vendo, eu disse que ela está morta, Bastard diz, com aquela voz que ele usa quando quer nos lembrar quem é o chefe.

Deus vai te castigar por isso, Godknows diz. O Bastard joga outra pedra e acerta a mulher na perna. A mulher não se move, apenas fica pendurada ali, como uma boneca esfarrapada. Estou apavorada, é como se ela me olhasse com o canto do seu olho branco e esbugalhado. Olhando e esperando que eu faça alguma coisa. Não sei o quê.

Deus não mora aqui, seu idiota, Bastard diz. Ele joga outra pedra, que dessa vez só raspa no vestido amarelo da mulher, e fico feliz por ele ter errado.

Vou contar para a minha mãe, Sbho diz, a voz como se ela quisesse chorar. O Stina começa a se afastar, e a Chipo e a Sbho e o Godknows e eu o seguimos. O Bastard fica para trás por um tempo, mas quando olho por cima do ombro eu o vejo logo ali atrás de nós. Sei que ele não consegue ficar no meio do mato sozinho com uma mulher morta, mesmo quando quer fingir que não tem medo. Andamos, mas então o Bastard pula na nossa frente, fazendo a gente parar.

Esperem, quem quer pão de verdade?, ele pergunta, apertando a camiseta da Cornell sobre a cabeça e sorrindo. Eu olho para a ferida no peito do Bastard, logo abaixo do peito esquerdo. É quase rosa, como o interior de uma goiaba.

Onde tem?, pergunto.

Escutem, vocês notaram como os sapatos daquela mulher eram quase novos? Se a gente conseguir pegar, podemos vender e comprar um pão de forma inteiro, ou talvez até mesmo um e meio.

Todos nós viramos e seguimos o Bastard de volta para o mato, o cheiro estonteante de pão Lobels em toda a parte ao nosso redor agora, e então começamos a correr, então começamos a correr e rir e rir e rir.

Darling na montanha

Jesus Cristo morreu no dia de hoje, e é por isso que tenho de ficar aqui fora me lavando com água fria deste jeito. Não gosto de água fria e não gosto nem mesmo de lavar o meu corpo inteiro a menos que tenha algum lugar importante para ir. Depois que terminar e me vestir, eu e a Mother of Bones vamos para a sua igreja. Ela diz que é o mínimo que podemos fazer, porque somos todos pecadores sujos e somos aqueles por quem Jesus Cristo deu a vida, mas o que sei é que eu mesma não estava lá quando tudo aconteceu, então como posso ser uma pecadora?

Não gosto de ir à igreja porque realmente não vejo por que me sentar debaixo do sol quente e ouvir canções chatas e orações sem sentido e versos estranhos quando poderia estar fazendo coisas importantes com os meus amigos. Além disso, na última vez que eu fui, aquele doido do Profeta Revelations Bitchington Mborro[*] me sacudiu e me sacudiu até eu vomitar coisas cor-de-rosa. Pensei que ia morrer de verdade. O Profeta Revelations Bitchington Mborro estava tentando tirar o espírito de dentro de mim; eles dizem que eu estou possuída, porque dizem que meu avô não foi enterrado direito porque as pessoas brancas mataram

---

[*] *Bitchington* é um termo criado pela autora que ganha inclinação depreciativa, cunhado a partir da palavra *bitch* ("vadia" em português). *Mborro* significa "pênis" no Zimbábue. (N.T.)

ele durante a guerra por alimentar e esconder os terroristas que estavam tentando recuperar o nosso país porque os brancos tinham roubado.

Se você for roubar alguma coisa, é melhor que seja pequena e fácil de esconder, ou algo que você possa comer depressa e acabar logo com a história, como goiabas. Assim, as pessoas não podem ver você com a coisa e se lembrar de que você é um ladrão sem--vergonha e que você roubou aquilo deles, então eu não sei o que os brancos estavam tentando fazer, para começo de conversa, roubando não uma coisinha de nada mas um país inteiro. Como é que as pessoas vão conseguir esquecer se você roubar algo assim? Ninguém sabe onde o corpo do meu avô está. Então, agora o pessoal da igreja diz que o espírito dele está dentro de mim e não vai sair até ele ser enterrado direito. O problema é que eu mesma nunca cheguei a ver ou sentir o espírito para saber se é verdade ou se as pessoas estão só mentindo, o que os adultos fazem às vezes porque são adultos.

Ei, orelha de couve, por que você está tomando banho?, ouço alguém gritar.

Quem é?, grito de volta, mesmo que não goste de ser chamada de orelha de couve. Estou com o rosto todo coberto de sabão, então não consigo abrir os olhos direito.

Nós vamos jogar queimada. Por que você está tomando banho?

Vou à igreja com a Mother of Bones, respondo, sentindo gosto de sabão Sunlight na boca. Começo a jogar água no rosto.

Você não quer jogar com a gente?, diz uma voz diferente, talvez de Sbho.

Tenho que ir para a igreja. Vocês não sabem que Jesus morreu hoje?, pergunto.

Meu pai diz que a sua igreja é pura kaka e que o seu Profeta Revelations Bitchington Mborro é um idio — ouço a voz do Bastard começar a dizer.

Vocês seus futsekani deixem ela em paz, seus mgodoyis desgraçados, vão embora boSatã beRoma! Mother of Bones diz, furiosa, de dentro do barraco. Ouço todo mundo rindo, depois o tap-tap de pés correndo. Termino de lavar o rosto, abro os olhos e eles desapareceram; tudo o que vejo é um cachorro marrom deitado atrás do barraco da MaDumane e a Annamaria dando banho no filho albino deles, Whiteboy, num prato. Quando aceno para ele, ele começa a chorar, e Annamaria olha para mim com olhos de chumbo e diz, Deixe meu filho em paz, feiosa, você não vê que está assustando ele?

Dentro do barraco, a Mother of Bones já pegou o meu vestido amarelo bom, que eu não teria coragem de usar se a Mãe estivesse aqui; ela foi para a fronteira vender coisas, então eu tenho de ficar com a Mother of Bones até ela voltar. Às vezes, a Mãe volta depois de alguns dias, às vezes depois de uma semana, às vezes volta eu nem sei quando. Agora a Mother of Bones está ocupada contando seu dinheiro, como faz todas as manhãs, então começo a fazer as minhas coisas em silêncio, da maneira como ela espera. Alcanço debaixo da cama para pegar a vaselina.

Sim, tenha cuidado com essa vaselina, eu não disse que era para você beber khona e eu te disse para não brincar com aqueles imbecis sujos, eles são má influência, Mother of Bones diz, e eu apenas finjo que ela não falou. Depois que termino de passar a vaselina, eu me visto e me sento na beira da cama e fico esperando; não sei por que a Mother of Bones precisa contar seu dinheiro todos os dias, como se alguém tivesse dito a ela que o dinheiro põe ovos durante a noite. Para fazer o tempo passar, começo a contar os sóis desbotados na colcha; tem exatamente doze deles, como os discípulos — Simão, Pedro, André, não sei o resto, talvez se eles tivessem nomes melhores eu me lembraria de todos.

Depois que acabo de contar os sóis, olho para o meu pai do outro lado do barraco: ele veste um estranho vestido preto, feito uma mulher, e um chapéu quadrado e bobo; tem cordas e outras coisas ao redor do seu pescoço e descendo pelo seu vestido. Ele está segurando um papel numa das mãos e um homem gordo de terno está apertando a outra. A Mother of Bones diz que a foto foi tirada quando o Pai estava terminando a universidade, pouco antes de eu nascer. Diz que ela estava na foto também, mas não podemos vê-la porque aquele homem gordo ficou na sua frente no instante em que a câmera estava clicando, como se fosse talvez seu próprio filho que estava terminando a universidade. Agora o Pai está na África do Sul, trabalhando, mas ele nunca escreve, nunca manda dinheiro, nunca nada. Fico zangada quando penso nele, por isso na maioria das vezes só finjo que ele não existe; é melhor assim.

Depois fica a cortina comprida, amarela, com belas estampas de pavões orgulhosos, as penas abertas como raios. Ela cobre um lado da parede de zinco; não entendo por que a Mother of Bones tem essa cortina, para começo de conversa, pois não há janelas de vidro verdadeiras. Depois da cortina fica o calendário; é velho, mas a Mother of Bones guarda porque tem Jesus Cristo ali. Ele tem cabelo de mulher e está sorrindo, tímido, a cabeça inclinada um pouco para o lado; dá para perceber que realmente queria ficar bem na foto. Ele antes tinha olhos azuis, mas pintei de marrom assim como os meus e os de todo mundo, para que ele ficasse normal. A Mother of Bones bateu tanto em mim por causa disso que não consegui sentar por dois dias inteirinhos.

Ao lado de Jesus está meu primo Makhosi me segurando no colo quando éramos pequenos. Há dois anos Makhosi foi embora para a mina Madante procurar diamantes, quando eles foram descobertos e todo mundo estava migrando para lá. Quando Makhosi voltou, suas mãos eram como troncos podres. Ele falou pra gente de Madante entre acessos de uma tosse crua, dolorida, falou de como quando estava debaixo da terra esquecia tudo. Disse que tudo o que sabia dentro da mina era o terrível bater do martelo em torno dele, às vezes até mesmo dentro dele, como se ele tivesse engolido o martelo. Depois de um tempo, ele também foi para a África do Sul, igual ao Pai.

E escondida debaixo da cama, dentro da Bíblia velha e esfarrapada que a Mother of Bones não leva à igreja, tem uma fotografia do meu avô. Ele foi morto antes de eu nascer, mas eu soube quem ele era no momento em que coloquei os olhos nele pela primeira vez; era como se ele estivesse olhando para mim e o Makhosi e o Pai e o meu tio Muzi e os outros parentes, como se o rosto do meu avô fosse um punho fechado e todos os nossos rostos como moedas presas ali dentro.

Na fotografia escondida, o meu avô está falando, a boca franzida. Há linhas na sua testa e, do modo como os seus olhos vermelhos olham profundamente para a câmera, você acha que ele quer comê-la. Tem um osso atravessando o seu nariz, e ele usa brincos. Atrás dele tem campos de milho que batem na cintura, só aquele verde infinito e infinito. Ninguém gosta de falar dele, é como se ele fosse algo que nunca aconteceu, mas tem horas que eu pego a Mother of Bones murmurando e, mesmo que ela não diga, sempre tenho a sensação de que ela está murmurando para ele. Ela não sabe que eu sei da fotografia do meu avô.

Só o que eu gostaria de saber é por que alguém iria querer que eu jogasse fora a minha mala de dinheiro e quero dizer dinheiro mesmo, não tijolos, não, dinheiro mesmo, Mother of Bones diz. Ela fica agachada no chão como um louva-a-deus, a mala a seus pés. Suas pulseiras de metal tilintam enquanto suas mãos passam pelos tijolos de dinheiro.

Você sabe o que eu não entendo?, Mother of Bones pergunta. Ela levanta a cabeça e olha para mim, mas eu não respondo nada, porque sei que ela nem está falando comigo.

O que eu não entendo é como esse mesmo dinheiro que eu tenho aos montes não dá para comprar nem um grão de sal é isso que eu não entendo, diz ela, a raiva começando a espumar na sua voz.

Dinheiro é dinheiro não importa isto ainda é dinheiro, diz ela. Agora a Mother of Bones está acariciando o dinheiro como se fosse um bebê. Como se estivesse tentando colocar o bebê para dormir.

É dinheiro velho, Mother of Bones, não vale nada agora, não entende? Você só tem de jogar fora ou usar para fazer fogo igual a todo mundo. Agora eles dizem que nós vamos começar a usar dinheiro americano, digo, mas em silêncio para mim mesma, para que a Mother of Bones não ouça.

E o dinheiro americano de que estão falando exatamente onde eles acham que eu vou conseguir eles pensam que é só cavar um buraco e vai estar ali acham que eu vou defecar o dinheiro?, Mother of Bones diz. Quando ela fala, suas palavras sempre vêm tropeçando umas nas outras, como se ela tivesse medo de fazer uma pausa e algo levar as palavras embora. Primeiro eu quase dou um pulo, porque acho que ela me ouviu mesmo eu tendo falado em voz muito baixa, mas ela não está olhando para mim, então fico parada. Dá para ver a dor no seu rosto agora, como se alguma coisa dentro dela estivesse se quebrando e sangrando.

O rosto da Mother of Bones é da cor dos barracos, um marrom sujo, como se fosse feito para combinar. Tem rugas profundas nele; quando eu era pequena, achava que alguém havia pegado um espelho quebrado e entalhado o rosto dela. Tem um lenço branco amarrado ao redor de sua cabeça, e contas brilhantes se enrolam como cobras ao redor do seu pescoço: contas roxas, contas laranja, contas rosa, contas azuis, as cores gritando contra o marrom silencioso da pele.

Faço questão de andar atrás da Mother of Bones quando vamos à igreja; se andar na frente dela, ela vai ficar o tempo todo me dizendo para andar como uma mulher, coisa que eu não sou. Em seus pezinhos, a Mother of Bones usa sapatos descombinando; um sapato verde sem salto e um tênis vermelho com um cadarço branco, mas isso não significa que ela seja louca.

Passamos pelos barracos pequeninos, um após o outro; barracos amontoados como fatias de pão quente. Não uso sapatos porque agora eles estão pequenos, e os outros fabricados na China que a Mãe me trouxe da fronteira se desmancharam, então ando com cuidado e levanto os pés para evitar as coisas no caminho vermelho empoeirado: uma garrafa quebrada aqui, um monte de lixo ali, uma poça marrom de alguma coisa aqui, uma melancia estripada ali. É de manhã cedo, mas o sol já está fritando os barracos; sinto o sol sobre o meu corpo, como se ele estivesse me assando.

Fico de boca fechada, como devo ficar, enquanto a Mother of Bones grita saudações às pessoas que vemos no caminho; a mãe do Bornfree, MaDube, que está martelando pregos no telhado do seu barraco com uma pedra; NaBetina ajudando seu neto Nomoreproblems, que está de cócoras; Mai Tonde sentada num banquinho e olhando dentro da orelha do seu bebê que chora; NaMgcobha ditando uma carta para um menino alto que eu nunca vi antes.

Passamos pelo velho Zuze que olha para tudo com seus olhos cegos, passamos por mulheres sentadas do lado de fora de um barraco fofocando e arrumando o cabelo umas das outras, e não muito longe dali os homens amontoados como carneiros jogam damas debaixo do jacarandá solitário. As flores roxas quase deixam os homens bonitos na sombra, sem camisa. Estão sentados ali, agachados e inclinados para a frente como tigres, como se o sol chicoteando suas costas não tivesse importância, como se os excrementos de pássaros que caem sobre seus ombros nus e salpicam sua pele não tivessem importância. A Mother of Bones grita suas saudações e acena, mas os homens mal tiram os olhos do tabuleiro desbotado de damas com as tampas de garrafas viradas para cima e para baixo.

Quando passamos pelas pessoas em pé na fila do lado de fora do barraco do Vodloza, a Mother of Bones só acena; aqui ela não pode gritar, porque é a casa de um curandeiro. Algumas das pessoas acenam de volta sem muita convicção, como se não quisessem fazer aquilo, parecendo exaustas por doenças ou problemas. Elas esperam por Vodloza para que ele faça adivinhações através dos seus antepassados, porque isso é o que ele faz. Uma grande placa branca diz em palavras vermelhas, em inglês: VODLOZA, O MAIS BOM CURADOR EM TODO O PARAÍSO E ARREDORES RESOLVE TODAS AS COISAS DEFICIS QUE VOCÊ PODE ENCONTRAR EM SUA VIDA: FEITIÇOS, MALDIÇÕES, AZAR, ESPOSAS VADIAS, FALTA DE FILHOS, POBREZA, FALTA DE EMPREGO, AIDS, LOUCURA, PÊNIS PEQUENO, INFERTILIDADE, EPILEPSIA, PESADELOS, CASAMENTO RUIM / DIFICULDADE PARA CASAR, COMPETIÇÃO NO TRABALHO, MORTOS ATERRORIZANDO VOCÊ, AZAR PARA CONSEGUIR VISTOS ESPECIALMENTE PARA OS EUA E PARA A INGLATERRA, PESSOAS TOLAS EM SUA VIDA, COISAS DESAPARECENDO EM SUA CASA ETC. ETC. ETC. POR FAVOR, PAGAMENTO SOMENTE EM FOREX.

Quando passamos pelo parquinho, ando um pouco mais devagar para conseguir ver tudo. Eles estão jogando queimada, e o Bastard está pulando corda e os outros estão ocupados cantando — ele foi para a América com uma caçarola... Param para nos ver passar, e quando chegamos perto o Godknows grita, Darling! A Samu disse que ela consegue te dar uma surra, você quer lutar com ela quando voltar? Você sabia que a ONG vai estar aqui semana que vem? Você vai para Budapeste?, como se ele não soubesse que não deveria falar comigo quando estou com a Mother of Bones desse jeito. Eu começo a levantar a mão até os lábios para mandar ele se calar e a Mother of Bones diz, sem nem mesmo se virar, Não se meta com esses pagãos, está me ouvindo?

Um pouco depois do parquinho encontramos o Bornfree e o Messenger voltando de algum lugar, carregando pilhas de cartazes nas mãos. Eles estão tentando parecer gêmeos com as camisetas iguais com os coraçõezinhos brancos na frente e a palavra *Mudança* impressa em vermelho logo abaixo dos corações. Eles se afastam para o lado e nos deixam passar.

Bom dia, Mother of Bones, dizem, juntos, como se tivessem ensaiado.

Está indo caçar ossos, Mother of Bones? Messenger pergunta. Ele olha para a Mother of Bones com um sorriso; se não fosse pelo dente preto na frente, seria um bom sorriso. Eles não me dizem nada, então eu só fico olhando para os meus pés, cobertos agora de terra vermelha, porque isso é exatamente o que acontece quando você passa vaselina e não usa sapato.

Não meu filho hoje eu vou para a casa do Senhor você não sabe que dia é hoje?, Mother of Bones diz, continuando a caminhar. Ela chama todo mundo de meu filho ou minha filha; acho que é porque não consegue se lembrar de todos os nomes.

Bem, o seu Deus está ouvindo, porque a mudança pela qual todo mundo esteve chorando finalmente chegou, diz Messenger. Ele sorri outra vez; o Messenger gosta de sorrir, como se a vida fosse muito bonita, como se tudo fosse ótimo.

Sim, chegou mesmo, vocês vão ver, Bornfree acrescenta. Ele agita sua pilha de papéis e vejo as palavras *Mudança, Verdadeira Mudança*. A voz dele é brilhante e corajosa, como a tinta vermelha em seus cartazes.

Vamos fazer uma passeata amanhã, na rua principal, venham marchar pela mudança! Sejam o futuro! O Messenger grita às nossas costas. Podemos ouvi-los assobiando e cantando sobre a mudança, e logo em seguida ouvimos as vozes das crianças cantando também. Eu me viro para olhar e vejo que todo mundo abandonou a queimada e agora corre atrás do Bornfree e do Messenger, punhos erguidos no ar. Correndo e pulando e cantando, a palavra *mudança* no ar como algo que você pudesse pegar e colocar na boca e no qual pudesse cravar os dentes.

Sim a esposa de Ló se virou para olhar para trás assim como você está fazendo e se transformou em sal, Mother of Bones diz, e paro imediatamente, embora saiba que eu, Darling, não vou e não posso me transformar em sal.

Tolos, diz Mother of Bones. Ela acelera um pouco o passo, e tenho de andar correndo para alcançá-la. O que eles pensam que estão fazendo puxando o rabo de um leão, será que eles não sabem que haverá ossos se por acaso se atreverem?, ela continua. Agora ela se vira, como se realmente falasse comigo.

Você vai me perguntar amanhã você vai me perguntar o que eu estou dizendo amanhã quando houver ossos de verdade, diz ela, e eu só olho para o céu.

Vamos cada vez mais longe, e longe, e o sol continua a nos passar a ferro, e a nos passar a ferro, a nos passar a ferro. Quando o suor escorre pelo meu rosto eu deixo escorrer para tentar alcançar com a língua. Paramos debaixo da árvore mopane onde costumava ser a igreja até pouco tempo atrás para que eu possa amarrar o cadarço da Mother of Bones; faço isso toda vez antes de começar a trilha até a Fambeki. Na mopane tem uma grande placa com uma seta que aponta para cima, para a nossa igreja. Sob a flecha estão as palavras: IGREJA DE CRISTO HOLY CHARIOT — A IGREJA QUE NÃO VAI PRA TRÁS, NÃO VAI PARA O LADO, NÃO VAI PARA A FRENTE. VAI PARA CIMA, PARA O CÉU. AMÉM! Acho que isso está na Bíblia, mas esqueci o versículo.

A Mother of Bones já está cantando sua canção favorita da igreja, a que ela sempre canta quando começamos a subida. Ela canta errado, porque não sabe todas as palavras em inglês, porque não fala inglês direito porque não foi à escola, mas não corrijo porque você não pode dizer nada aos adultos. A verdade é que a canção diz *Os meus pecados eram maiores do que uma montanha quando o Senhor me santificou*, e não *me sacrificou* como a Mother of Bones canta. Não vou mais à escola porque todos os professores foram embora dar aulas na África do Sul e em Botsuana e na Namíbia, onde tem mais dinheiro, mas eu não esqueci as coisas que aprendi.

Quando finalmente chegamos no topo da Fambeki minhas coxas estão como chumbo e estou cheia do sol e só quero me sentar, mas a Mother of Bones está cantando como se não tivesse acabado de subir uma montanha. Ela chegou a levantar a voz, porque eu sei que ela quer mostrar às pessoas que é uma boa cristã. Só tem três outros adultos ali, sr. Hove e sua bonita esposa, a Mai Shingi, e um homem com uma camisa verde que eu nunca vi antes, mas talvez ele seja parente do sr. Hove porque ambos têm aquelas cabeçonas que parecem ônibus da ZUPCO.

Eu me sento numa pedra com os filhos dos Hove como esperam que eu faça, e quando o menininho sorri para mim e me mostra o seu soldado de brinquedo eu o ignoro para que ele saiba que não é do meu tamanho. Também franzo a testa para a irmã nariguda para que ela saiba que ela também não conta.

Vejo que vocês já estão aqui vejo que vocês chegaram antes de mim hoje, a Mother of Bones diz aos adultos. Ela fala num tom de brincadeira, rindo, mas se você a conhecesse bem, como eu conheço, então saberia que ela na verdade está furiosa por eles terem chegado aqui antes dela. A Mother of Bones gosta de ser a primeira em tudo.

Pouco depois, as pessoas da igreja começam a chegar, ofegantes como cachorros voltando de uma caçada. O único motivo por que eu gosto de chegar aqui cedo é que posso assistir aos adultos gordos se esforçando para subir a montanha, tentando se parecer com anjos em suas roupas esvoaçantes que já perderam a brancura. Eles batem palmas e se cumprimentam em nome do Senhor e tudo mais, e as mulheres espalham os seus ntsaroz e se sentam de um lado, os homens do outro, como se fossem dois rios diferentes que não devessem se encontrar. A Chipo veio com a sua avó e com o seu avô, e eu já afastei com uma cotovelada uma das crianças dos Hove para que a Chipo possa se sentar ao meu lado. Então a MaMoyo vem e coloca o seu bebê feio nos meus braços, sem nem mesmo me perguntar se eu quero segurá-lo.

Odeio bebês, então nem sorrio quando o bebê da MaMoyo olha para mim com aqueles seus olhos malucos de sapo. Para piorar as coisas, ele é feio; seu rosto parece abalado, como se ele tivesse acabado de ver a bunda de uma cobra. Olho para as marcas de micose na sua careca, para o muco no seu nariz e concluo que não, não quero ter nada a ver com ele. Pergunto a Chipo num sussurro se ela quer segurá-lo, mas ela nem olha para mim.

Presto atenção para ver se ninguém está olhando e imediatamente começo a fazer caretas para assustar o bebê. Ele não chora, então belisco o seu braço. Vejo o rosto gordo se retorcer com relutância, como se ele estivesse decidindo se deveria chorar, e quando acho que ele está demorando demais para decidir, aperto com mais força. Dessa vez o bebê explode num choro de verdade, como espero que ele faça, e eu e a Chipo nos entreolhamos e sorrimos. MaMoyo vem depressa pegá-lo, porque nenhuma mulher quer ser repreendida na frente de toda a igreja.

Os Evangelistas e o Profeta Revelations Bitchington Mborro chegam depois de todo mundo, como babuínos-chefe. Eles estão extraordinários com as cruzes coloridas estampadas nas suas vestes, os cajados compridos com ganchos na ponta, as carecas brilhando ao sol, as barbas compridas; dá para ver que estão tentando copiar o estilo daqueles homens na Bíblia.

Hoje o Profeta Revelations Bitchington Mborro usa uma veste nova em folha; é cor de leite, com listras verdes e vermelhas descendo nas laterais. Ele também traz um novo cajado, o seu não se parece com os dos Evangelistas — é bem mais comprido e mais gordo, como se ele pudesse realmente ferir e fazer coisas feias. Na ponta do cajado tem uma cruz dentro de um círculo. Quando os Evangelistas e o Profeta Revelations Bitchington Mborro chegam, você sabe que realmente começou, então uma mulher alta e magra se levanta e começa a cantar "Mikoro" e eu quero morrer porque essa música me enche de tédio mais do que qualquer coisa.

Todo mundo está de pé agora, cantando e arrastando os pés e se balançando, cantando e arrastando os pés e se balançando, como se talvez tivessem pegado o espírito, mas se pegaram, então eu não consegui. Nunca consigo pegar o espírito. A Chipo se balança também, as mãos brincando com a barriga, mas ela não está cantando. Eu finjo cantar para o caso de a Mother of Bones olhar para mim, mas na verdade só mexo os lábios, porque esta canção "Mikoro" não tem a menor graça. Tudo que tem nela é a repetição das palavras *Mikoro, Mikoro* enquanto a mulher que está conduzindo a música canta, e ela nem tem voz para isso, para começo de conversa, e até mesmo eu sou capaz de cantar melhor, até mesmo um gato é capaz de cantar melhor. Olho para a MaMoyo e não me surpreende que a canção esteja fazendo o bebê feio dormir.

Para passar o tempo, deixo meus olhos irem na direção do Paraíso. Quando estou na Fambeki desse jeito sinto que sou Deus, que vê tudo. O Paraíso é todo de zinco e se estende ao sol como uma pele de carneiro molhada pregada no chão para secar; os barracos são da cor barrenta das poças sujas depois das chuvas. Os barracos são horríveis, mas daqui de cima parecem muito melhores, quase bonitos até; é como se eu estivesse vendo uma pintura.

Então olho para o céu e vejo um avião bem alto nas nuvens. Primeiro acho que é só um pássaro, mas depois vejo que não, não é. Talvez seja um avião da British Airways como o que levou a tia Fostalina para a América.

É o mesmo que eu vou pegar quando seguir a tia Fostalina até a América, sussurro no ouvido da Chipo. Olho para cima, para que ela possa ver do que estou falando, e ela segue os meus olhos.

Mas não sei por que tenho que pegar um avião da British Airways, para ir à América; por que não um da American Airways?, digo, mas agora já não falo com a Chipo. Agora só falo comigo mesma, porque não acho que ela vá entender. Daqui, o céu parece muito próximo, como se um santo pudesse estender a mão para baixo e secar o suor da cabeça gotejante do Profeta Revelations Bitchington Mborro e dos Evangelistas. Deus disse ao Profeta Revelations Bitchington Mborro num sonho que ele precisava mudar a igreja para cá, talvez ele quisesse que a gente ficasse mais perto dele, exatamente como naquele versículo, Simão na montanha.

*

O Profeta Revelations Bitchington Mborro me traz de volta com seu rugido e percebo que o canto parou. Se a voz do Profeta Revelations Bitchington Mborro fosse um animal, seria grande e feroz e derrubaria coisas. Uma vez, quando a igreja ainda era debaixo da mopane, ele nos contou como sua voz antes era fraquinha e que ele raramente a usava porque era um homem quieto e tímido, até a noite em que um anjo apareceu para ele e disse, Fala, e ele abriu a boca e um trovão saiu dali de dentro.

Agora o Profeta Revelations Bitchington Mborro está ocupado trovejando sobre Judas e o Gólgota e a cruz e os dois ladrões ao lado de Jesus e outras coisas, como se tivesse estado lá e visto tudo. Quando o Profeta Revelations Bitchington Mborro está em forma, ele não fica parado num lugar só. Anda para cima e para baixo como se tivesse carvão em brasa debaixo dos pés. Agita os braços, às vezes acenando com o cajado para o céu, às vezes pulando como se sentisse uma coceira num lugar que ninguém consegue ver. De vez em quando uma mulher grita Querido Jesuuuus ou Hmmm-hmmm-hmmm, ou Glória, glória ou algo parecido, o que significa que está sendo tocada pelo espírito.

O Profeta Revelations Bitchington Mborro está encharcado de suor agora, e sua veste cola no peito; dá para ver os seus peitos e mamilos. Olho para o lado e vejo a Mother of Bones ouvindo com toda força, os olhos semicerrados, a cabeça inclinada e os braços segurando a barriga como se ela sentisse dor. Em toda parte ao meu redor os adultos estão ocupados fazendo que sim com a cabeça, ou sacudindo-a para mostrar como é terrível o que o Profeta Revelations Bitchington Mborro está dizendo, ou fazendo sons guturais e gemendo. Olho para a Chipo e ela está de olhos fechados, tirando uma soneca. Minha bunda está tão dura que poderia ser de pedra.

Agora o Profeta Revelations Bitchington Mborro lê a sua Bíblia em inglês, embora pareça um menino da primeira série lendo. Se ele foi à escola, dá para dizer pelo modo como lê que deve ter sido um imbecil, até o Godknows sabe ler melhor. O Profeta Revelations Bitchington Mborro não passa muito tempo na Bíblia, talvez porque tenha medo de encontrar uma palavra grande que não saberia pronunciar; logo passa para a pregação, no que é muito bom. Então começa a falar numa língua estranha que ninguém entende. As pessoas gemem e batem palmas e murmuram.

Quando a mulher da canção Mikoro interrompe o Profeta Revelations Bitchington Mborro com outra canção, ele só continua trovejando como se não estivesse nem ouvindo. Por um momento, as suas vozes rondam uma em torno da outra como galos malucos, nenhuma das duas desiste; a gente fica tonta só de ouvir, até que finalmente o Profeta Revelations Bitchington Mborro diz, Eu ordeno que o diabo se cale em nome de Jesus. Quando a mulher da Mikoro é silenciada, inclino a cabeça debaixo do meu braço e rio, porque ela estava agindo como se Deus tivesse dito que ela é Celine Dion.

Após a pregação alguém passa uma grande tigela branca para as ofertas, e a mãe da Destiny começa a cantar "Bem-aventurados os doadores". Sua voz é calma e bonita e me faz pensar naquela moça de Budapeste; sua voz soaria desse jeito se ela pudesse cantar; combinaria com ela melhor do que combina com a mãe da Destiny, mas ela ainda precisa fazer alguma coisa com aquela bagunça em sua cabeça. Depois de um tempo a tigela volta com dinheiros estranhos que nunca vi antes, então a mãe da Destiny termina a canção, e passamos à confissão dos pecados, e aqueles com pecados se levantam.

Penso no que diria se tivesse de me levantar agora, entre os que confessam, mas então me dou conta de que não tenho pecados. O Profeta Revelations Bitchington Mborro sai tocando cada um dos pecadores — há sete deles, todas mulheres — na testa com seu cajado e depois borrifa água benta antes de confessarem.

Ouvimos Simangele confessar como na semana passada ela sucumbiu ao diabo e foi em busca da ajuda do Vodloza porque não sabe mais o que fazer com sua prima ciumenta. Ela diz que sua prima também é uma bruxa que fica mandando tokoloshes para ela porque quer que ela morra para poder ficar com o marido da Simangele, Lovemore. Em algum lugar perto de mim uma voz diz, Mnnnc, bem feito para você, você acha que sua kaka não fede. Eu me viro para ver quem falou e a irmã da Chipo, Constance, me olha de cara feia, então eu me viro de novo depressa.

Estamos esperando que o Profeta Revelations Bitchington Mborro dê um cascudo em Simangele por ter ido ver um pagão, que é como o Profeta Revelations Bitchington Mborro se refere ao Vodloza, quando ouvimos um grito de mulher vindo lá debaixo da montanha. Alguns adultos se levantam para ver, mas o Profeta Revelations Bitchington Mborro ordena rispidamente que eles se sentem, em seguida pede a todos os Evangelistas que se levantem e se preparem porque Deus lhe disse que o diabo está chegando.

O diabo é uma mulher de vestido roxo que sobe pelas suas coxas e revela uma pele impecável e suave como se ela fosse talvez um anjo. Um grupo de homens a está carregando, lutando para levá-la ao topo. Eu nunca vi essa mulher antes, nem qualquer um dos homens, mas acho que é tão bonita que nem mesmo a Sbho se compara a ela. Tem um cabelo brilhante e comprido que não é seu de verdade, mas é bonito, tem pele boa, dentes brancos, e parece que come bem. Os seios são a única coisa que tem de errado em seu corpo — ninguém precisa de seios que são cada um do tamanho da cabeça de um bebê feio.

Dá para ver a calcinha branca da mulher com os beijos vermelhos; é uma calcinha muito bonita e não tem um único buraco. Os Evangelistas e o Profeta já estão gritando orações antes mesmo de ouvir o que tem de errado com a mulher. Eles golpeiam a mulher e a prendem no chão. Ela chuta e se contorce como um peixe na areia; obviamente não quer que eles a segurem assim e está gritando para que eles parem. Estou preocupada com o seu vestido e a calcinha, que sua pele fique arranhada, e com toda a terra com que eles a sujam. Os homens que trouxeram a mulher estão de lado, assistindo.

Me deixem em paz, me deixem em paz, seus filhos da puta! Vocês não me conhecem! A mulher grita com o Profeta Revelations Bitchington Mborro e com os Evangelistas. Sua voz está zangada, como se pudesse atacar e matar coisas, mas eles nem ouvem; estão ocupados gritando orações. Repito suas palavras — Deixem ela em paz, deixem ela em paz, seus filhos da puta! Vocês não a conhecem! —, mas falo silenciosamente para mim mesma.

Quando o Profeta Revelations Bitchington Mborro dá a ordem, as mulheres se levantam e ficam atrás dele e dos Evangelistas como uma parede, cantando e dançando e acenando Bíblias no ar. Algumas rezam. Isso é o que elas precisam fazer para que o Espírito Santo venha corretamente, mas precisam manter as vozes mais ou menos controladas para não parecer os pagãos da casa do Vodloza. Eu os vi chamando os ancestrais atrás do barraco do Vodloza, os pagãos — tambores latem e homens rugem e mulheres gritam, corpos saltam no ar, corpos se contorcem e, às vezes, roupas caem.

A mulher bonita continua gritando para os filhos da puta pararem, mas os filhos da puta continuam fazendo isso que eles estão fazendo. Tento encontrar o olhar dela, para que ela veja que não estou me juntando às atividades, que estou do seu lado, mas ela está ocupada demais chutando e gritando para me ver. As orações ficam cada vez mais altas, alguns orando corretamente, alguns orando em línguas estranhas, alguns entoando cânticos.

Então o Profeta Revelations Bitchington Mborro levanta as duas mãos para que todos fiquem quietos. Aponta o cajado para a mulher bonita e ordena ao demônio dentro dela que se mande dali em nome de Jesus, suas exatas palavras, e na sua voz mais alta. Quando nada acontece, ele enxuga a testa com a manga de sua camisa, joga o cajado para o lado e cai em cima da mulher como se fosse talvez Hulkogen, esmagando as montanhas dela ali debaixo.

O Profeta Revelations Bitchington Mborro reza pela mulher desse jeito, deitado em cima dela e chamando Jesus e gritando versículos da Bíblia. Coloca as mãos na barriga dela, nas suas coxas, em seguida coloca as mãos naquele lugar dela e começa a esfregar, rezando muito, como se houvesse algo de errado ali. Seu rosto está em chamas agora, brilhante. A mulher bonita agora só parece um trapo, a beleza se foi, a força se foi. Tomo cuidado para não olhar mais para o seu rosto, porque não quero que ela me veja olhando para ela desse jeito. A Chipo acabou de acordar e está olhando ao redor como se estivesse perdida mas se encontrasse.

Ele fez isso, foi isso o que ele fez, a Chipo diz, balançando o meu braço como se quisesse arrancá-lo. Esta é a primeira vez em muito tempo que a Chipo fala, como se talvez tivesse recebido o Espírito Santo ou algo assim. Sua voz é estridente no meu ouvido. Ao nosso redor, as orações ficam mais altas, todo mundo está animado porque o Profeta Revelations Bitchington Mborro fez a mulher parar. Os homens que a trouxeram estão felizes, principalmente o mais alto, que parece ser seu marido, as pessoas da igreja estão felizes, a Mother of Bones está feliz, mas eu estou triste e a mulher bonita está deitada ali debaixo do Profeta Revelations Bitchington Mborro como Jesus depois que o derrotaram e o pregaram na cruz.

Ele fez isso, o meu avô, eu estava voltando para casa depois de brincar de Encontrar Bin Laden e a minha avó não estava lá e o meu avô estava e ele subiu em mim e me prendeu assim e ele fechou a mão sobre a minha boca e era pesado como um montanha, a Chipo diz, as palavras saindo todas de uma vez como se ela fosse a Mother of Bones. Fico olhando para ela e ela tem uma expressão que nunca vi antes, uma expressão de dor espalhada por todo o rosto. Quero rir porque sua voz está de volta, mas também posso ver que ela quer que eu diga algo, algo talvez importante, então digo, Você quer ir roubar goiabas?

Jogo dos países

Está uma loucura em Xangai; máquinas erguem coisas com suas mandíbulas terríveis, máquinas marretam a terra, máquinas moem pedras, máquinas arrotam nuvens de fumaça, máquinas alisam o chão. Máquinas em toda parte. Os chineses estão por todo canto de uniforme laranja e capacete amarelo; não tem muitos, mas pelo modo como correm até parece que são um milharal. E tem também os negros, trabalhando com roupas comuns — camisetas rasgadas, coletes, shorts, calças cortadas no joelho, macacões, sandálias de dedo, tênis.

Ficamos parados durante um tempo na entrada, sob a grande bandeira vermelha com as letras bonitas e estranhas que não conseguimos ler. Normalmente a gente não vem a Xangai porque é muito longe, mas hoje a MaS'banda, a avó de Sbho, mandou a gente vir e procurar um homem chamado Moshe, que trabalha aqui, e dizer a ele para vir ao Paraíso porque ela quer falar com ele, sobre o quê, não sabemos. Para chegar aqui você precisa passar por Budapeste e pegar a estrada Masiyephambili, seguir toda a vida na direção leste até dar na pedreira cercada onde não faz muito tempo as pessoas estavam cavando em busca de diamantes até os soldados mandarem todo mundo embora. Xangai fica do outro lado da pedreira, separado por uma mata.

Já fizeram tudo isso?, Sbho diz, a voz cheia de admiração. É difícil de acreditar quanta coisa já foi feita. A última vez que viemos eles só tinham queimado o capim e estavam trazendo as máquinas e as outras coisas. Agora tem um esqueleto de prédio que parece querer arrotar na cara de Deus.

É, não te disse da última vez que a China é poderosa? Eu estava mentindo? Não é demais, tudo isso?, o Bastard diz, parecendo satisfeito. Faz um gesto com a mão como se tivesse sido ele quem mandou os chineses construirem ali, como se os chineses fossem os seus empregados e estivessem ali para seguir as suas ordens.

E quando terminarem aqui vai ser outra coisa, esperem só e vão ver. Não digam que eu não falei, o Bastard diz.

Você fala como se eles estivessem construindo a sua casa, diz o Stina.

E daí se não estão? Demais. Demais, demais, demais, Bastard diz, cantarolando a palavra como se fosse uma canção. Já está indo em direção ao prédio e nós vamos atrás dele.

No canteiro de obras, os homens falam gritando. É como ouvir um monte de coisas que não faz sentido, gente rezando em línguas diferentes; é chinês, é a nossa língua, é inglês misturado com outras coisas, é o barulho da máquina. Como os homens não se entendem muito bem, levantam as mãos e as ferramentas muitas vezes para ajudar na comunicação. Quando nos aproximamos dos negros que colocam terra com pás dentro de carrinhos de mão, alguns param e ficam nos observando. É como se tivessem passado a vida inteira brincando na terra — que cobre todo seu corpo, suas roupas, seu cabelo. Eles não têm aquele jeito que os adultos sempre tentam parecer ter, como se estivessem no comando, então ficamos com um pouco de pena deles.

Paramos perto dos canos e o Bastard grita que queremos ver o Moshe. Ninguém responde, mas depois de algum tempo o negro retinto que é todo músculos grita pra gente ir embora. O Moshe foi para a África do Sul faz alguns dias, ele diz, e volta a cavar.

Ele fez a coisa certa, diz Bastard.
Quem? Sbho pergunta.
O Moshe.
Como?
Indo para a África do Sul. É o que eu faria, em vez de ficar trabalhando nesta kaka de lugar e me sujando todo. Está vendo como eles parecem porcos? O Bastard diz e ri.

Ficamos por ali algum tempo, mas já que ninguém mais fala com a gente, nos afastamos dos homens. Quando chegamos à barraca perto do grande trator amarelo, paramos e espiamos para ver o que tem ali dentro. Estamos espiando desse jeito sem conseguir ver nada porque está escuro na barraca quando sai dali um chinês gordo, apertando o cinto, e nos surpreende. Ele deve ser o capataz porque é diferente dos outros, usa calças de verdade, camisa, paletó e gravata.

Surpresa em toda parte — ele está obviamente surpreso por nos encontrar ali espiando e nós estamos surpresos por termos sido apanhados, mas estamos mais surpresos com a sua gordura; os outros trabalhadores não têm nem a metade do seu tamanho, então o que há de errado com ele? E então, para nossa surpresa ainda maior, o gordo começa a falar aquele seu ching-chong com a gente como se achasse que está no quintal de casa. Fica naquele ching-chong, ching-chong e então para, o tipo de parada que quer dizer que está esperando uma resposta. A Chipo dá uma risadinha.

Esse aí é maluco, o Stina diz.

É, alguém disse ao Mangena gordo aqui que o chinês agora é a nossa língua nacional.

Olha só para esse tambor que é a barriga dele, é como se ele tivesse engolido um país.

Ainda estamos parados ali quando saem duas garotas negras de jeans colados e apliques no cabelo e saltos altos. Esquecemos o gordo e ficamos olhando enquanto elas passam por nós, a grande bolsa azul da magrela roçando o meu lado esquerdo. Tem correntes combinando em volta do pescoço das duas como forcas. Elas passam pelos tratores, pelas montanhas de cascalho, pelos grupos de homens que param de trabalhar e ficam olhando para as garotas até elas saírem de Xangai e desaparecerem na curva perto da estrada principal.

Vocês querem alguma coisa?, pergunta num inglês lento um outro chinês, de tamanho normal, que veio se juntar ao Gordo Mangena. Esse é um trabalhador; seu rosto está sujo e ele usa o uniforme laranja e o capacete, e tem uma corda numa das mãos e um cigarro na outra. Ficamos olhando enquanto ele traga, solta a fumaça, traga, solta a fumaça.

O que vocês estão construindo? Uma escola? Apartamentos? Uma clínica? O Stina pergunta.

Construímos para vocês um shopping center muito muito grande. Lojas boas, Gucci, Louis Vuitton, Versace e assim por diante. Shopping center muito bom, grande, diz o chinês, batendo a cinza do cigarro e levantando os olhos para o edifício. Nós rimos e ele ri também, e Mangena, o gordo, ri também.

Dá uns zhing-zhongs para a gente. Ganhamos alguns antes, diz Godknows, indo direto ao assunto.

Da última vez, eles nos deram um saco de plástico cheio de coisas — relógios, bijuteria, sandálias de dedo, pilhas — mas, como aqueles sapatos que a Mãe uma vez comprou para mim, essas coisas eram kaka barata e só duraram alguns dias. Mas também ganhamos umas coisas marrons interessantes, de formato engraçado, embrulhadas em plástico. Eram crocantes quando mordemos, e para a nossa surpresa encontramos pedacinhos de papel branco enfiados dentro delas. O do Godknows dizia *Se você comer uma caixa de biscoitos da sorte, tudo é possível.* O do Bastard dizia *Seus talentos serão reconhecidos e justamente recompensados.* O da Chipo dizia *Se eu trouxer para o mundo o que está dentro de mim, o que eu trouxer para o mundo vai me salvar.* O da Sbho dizia *A vida noturna é para você.* O do Stina dizia *Um novo par de sapatos vai lhe fazer um bem enorme; números da sorte 7, 13, 2, 9, 4.* E o meu dizia *O seu futuro será feliz e produtivo.*

Vocês ganharam uma vez, já está bom. Agora vocês querem made in China, vocês trabalham, nada de graça, diz o chinês.

Bem, vocês estão no nosso país, isso tem algum valor, diz Stina.

Querem que a gente venha aqui de noite e defeque por aí? Ou roube coisas? O Godknows diz, e o chinês ri o tipo de risada que significa que ele não entendeu uma palavra. Então ele e o Gordo Mangena começam com um ching-chong bem sério e vemos que estão falando de outras coisas. Esperamos até cansar, até o Stina dizer, Vamos embora, eles não vão dar nada para a gente.

Vaiamos e gritamos quando saímos de Xangai. Se não fosse pelas máquinas barulhentas, os chineses ouviriam a gente dizer para eles irem embora do nosso país e irem construir lá no lugar de onde vieram, que não precisamos da kaka do seu shopping center, que eles não são nem mesmo nossos amigos. Ainda estamos gritando quando passamos pelos negros, mas então aquele musculoso vem até nós como se o chinês tivesse feito dele um chefe e bloqueia o nosso caminho com seu corpo gigante. Não diz uma palavra, mas percebemos pelo seu rosto que ele é capaz de beliscar uma pedra e a pedra fazer uma careta de dor, então calamos a boca no mesmo instante e vamos embora de Xangai em silêncio.

Muito bem, é assim. A China é um diabo vermelho procurando pessoas para comer e ficar gorda e forte. Agora temos que decidir se ela invade as casas das pessoas ou só fica esperando por elas na floresta, diz Godknows.

Isso nem faz sentido. Por que ela precisa ficar gorda e forte se é um diabo? Ela já não é tudo isso?, pergunto.

Estamos de volta ao Paraíso e agora tentamos inventar uma brincadeira nova; é importante fazer isso para não ficarmos cansados das brincadeiras antigas e morrermos de tédio, mas por outro lado também não é fácil porque temos de discutir e ver se a coisa toda pode funcionar. É a vez de Bastard decidir qual vai ser a nova brincadeira, e mesmo depois da manhã de hoje ele ainda quer que seja sobre a China, não sei por quê.

Acho que a China devia ser como um dragão, diz Bastard. Assim, vai ser um monstro de verdade, sempre por cima.

Acho que deve ser um anjo, diz a Sbho, com uns superpoderes para fazer coisas legais e assim todo mundo vai pedir ajuda a ela, e implorar e dançar para impressionar ela, cantando *China China mujibha, China China wo!*, diz Sbho. Ela dança ao som da sua canção idiota, obviamente satisfeita consigo mesma. Quando termina, dá duas estrelas, e vemos um pedaço da sua calcinha vermelha.

O que você está fazendo?

É, pode sentar, isso é pura kaka, quem vai brincar dessa idiotice? Vou desenhar o jogo dos países, diz Godknows, e pega um graveto grosso.

Logo estamos ocupados desenhando o jogo dos países no chão, e fica muito bom porque hoje a terra está úmida do jeito certo, já que choveu ontem. Para jogar o jogo dos países, você precisa de dois círculos: um grande, por fora, e depois um menor dentro dele, onde fica a pessoa que chama. Você divide o círculo de fora dependendo de quantas pessoas estão brincando e corta em pedaços como este. Cada pessoa então escolhe o seu pedaço e escreve o nome do país ali, é por isso que se chama jogo dos países.

Mas primeiro temos de brigar pelos nomes, porque todo mundo quer ser certos países, por exemplo, todo mundo quer ser os EUA e a Inglaterra e a Austrália e a Suíça e a França e a Itália e a Rússia e países desse tipo. Estes são os países-países. Se você perder a briga, então tem de se contentar com países como Dubai, África do Sul, Botsuana e Tanzânia e outros do tipo. Eles não são países-países, mas pelo menos a vida é melhor lá do que aqui. Ninguém quer ser um desses trapos de países como o Congo, como a Somália, como o Iraque, como o Sudão, como o Haiti, como o Sri Lanka, nem mesmo este em que vivemos — quem quer ser um lugar terrível de fome e coisas caindo aos pedaços?

    Se tiver sorte, como hoje, consigo ser os EUA, que é um país-país; quem não sabe que os EUA são o grande babuíno do mundo? Sinto que é o meu país agora, porque minha tia Fostalina vive lá, em Destroyedmichygen.* Quando as coisas estiverem em ordem, ela vem me pegar e eu vou morar lá também. Depois de escolher os nomes, votamos para ver quem vai ser o primeiro a chamar. A pessoa que chama é a que fica no pequeno círculo do meio para começar o jogo. Os outros ficam no círculo maior, com um pé em seu país e o outro pé do lado de fora.

    A pessoa que chama diz então o nome do país que escolheu e o jogo começa. Mas ela não chama um país qualquer; tem de ter certeza que é um país que pode derrotar com facilidade. É como estar numa guerra; numa guerra você não começa simplesmente a lutar contra alguém mais forte do que você porque vai acabar levando uma surra, é claro. Do mesmo jeito, no jogo dos países é melhor chamar alguém que não corre muito e assim não pode derrotar você. Quando o responsável por chamar os nomes chama o primeiro, começamos a correr como se a polícia estivesse atrás da gente, menos o país que foi chamado; esse tem de correr para dentro do círculo do meio e gritar, Parem-parem-parem!

    Depois que todo mundo para, o novo país no círculo do meio então decide quem vai eliminar. A eliminação acontece dando pelo menos três saltos para chegar a um dos países de fora. É mais fácil simplesmente excluir o país mais próximo do círculo de dentro, ou

---

* Palavra quase homófona de *Detroit, Michigan*. Sendo Detroit uma das cidades mais decadentes dos Estados Unidos, faz-se aqui o trocadilho com Detroit/Destroyed ("destruída", em português). (N.T.)

seja, a pessoa que não correu tão longe — é só você dar os seus saltos direitinho; o outro país é eliminado e tem de se sentar e assistir ao jogo. Mas se você é o novo país no círculo interno e não consegue eliminar ninguém em três saltos porque não foi rápido o suficiente para deter os outros países, escolhe a próxima pessoa que vai chamar e deixa o jogo. A brincadeira continua assim até que sobre só um país, e o último país de pé é o vencedor.

Estamos no meio do jogo, e está começando a esquentar; Sudão e Congo e Guatemala e Iraque e Haiti e Afeganistão foram todos eliminados e estão sentados nos cantos vendo os países-países jogar. Estamos fugindo da Coreia do Norte quando vemos o grande caminhão da ONG passar pela Fambeki, vindo em nossa direção. Paramos imediatamente de jogar e começamos a cantar e dançar e pular.

O que a gente quer mesmo fazer é se mandar dali e correr até o caminhão, mas a gente sabe que não pode. Da última vez que fizemos isso, as pessoas da ONG não ficaram felizes, como se a gente tivesse cometido um crime contra a humanidade. Então, agora só cantamos e esperamos o caminhão se aproximar de onde estamos. A espera é dolorosa; vemos o caminhão cada vez mais perto, mas ao mesmo tempo ele parece muito longe, como se nem estivesse aqui ainda e sim preso em outro lugar, em outro país. São os presentes que sabemos estar ali dentro que tornam difícil esperar e ver o caminhão se arrastando.

Desta vez as pessoas da ONG estão atrasadas; deveriam ter vindo no dia quinze do mês passado, e o mês veio e se foi e agora estamos em outro mês. Já deixamos o parquinho, porque é onde o caminhão vai parar. Finalmente ele chega, levantando poeira como um monstro zangado. Agora cantamos e gritamos como se estivéssemos mesmo loucos. Mostramos os dentes e jogamos os braços para cima. Rasgamos o chão com os pés. Apertamos os olhos em meio à poeira e ficamos vigiando as portas do caminhão, esperando as pessoas da ONG saírem, mas não paramos de cantar e de dançar.

Sabemos que se fizermos isso com vontade eles vão ficar impressionados, talvez nos deem mais e mais e mais até dizermos ONG, por favor, não nos mate com seus presentes!

Finalmente, as pessoas da ONG saem do caminhão, todas as cinco. Tem três brancos, duas mulheres e um homem, que só de olhar você já sabe que não são daqui, e Sis Betty, que é daqui. Sis Betty fala a nossa língua, e acho que seu trabalho é explicar a gente para os brancos, e eles pra gente. E tem o motorista que eu acho que é daqui também. Além do fato de ser ele quem dirige, não parece importante. Fora o motorista, todos usam óculos escuros. Não podemos ver os olhos que olham para nós porque eles estão escondidos atrás de uma parede de vidro preto.

Uma das mulheres tenta cumprimentar a gente na nossa língua e gagueja tanto que a gente ri sem parar até que ela apenas diz a mesma coisa em inglês. Sis Betty explica o cumprimento, embora a gente tenha entendido, até uma pedra sabe o que significa *Hello, children*. Agora estamos tão animados que começamos a bater palmas, mas a outra mulher, pequena e bonita, faz um gesto para a gente se sentar, as coisas brilhantes nos seus anéis reluzindo ao sol.

Depois que a gente senta, o homem começa a tirar fotos com sua câmera grande. Eles só gostam de tirar fotos, esse pessoal da ONG, como se a gente fosse talvez amigos e parentes deles de verdade e eles fossem olhar para as imagens mais tarde e dizer os nossos nomes para outros amigos e parentes quando voltassem para casa. Eles não se importam que a gente esteja com vergonha por causa da nossa roupa rasgada e suja, que a gente ia achar melhor se não fizessem isso; tiram as fotos de qualquer jeito, tiram e tiram fotos. A gente não reclama porque nós sabemos que depois das fotografias vêm os presentes.

Então o homem da câmera nos diz para ficar de pé, e continua. Ele não manda a gente dizer *xis*, então não dizemos. Quando ele vê a Chipo, com a sua barriga, fica tão surpreso que tenho a impressão de que vai deixar a câmera cair. Então ele se lembra do que veio fazer aqui e volta a tirar fotos, agora tirando muitas fotos da Chipo. É como se ela agora fosse a Paris Hilton, só clique-flash-flash-clique. Como ele não para, ela se vira e fica parada no canto do grupo, franzindo a testa. Até mesmo um tijolo sabe que a Paris não gosta dos paparazzi.

Agora, o cinegrafista se lança sobre as nádegas pretas do Godknows. O Bastard aponta e ri, e o Godknows se vira e cobre os buracos do seu short com as mãos como se fosse o homem nu da Bíblia, mas não consegue esconder completamente sua nudez. Estamos todos rindo do Godknows. Quando o cinegrafista chega ao Bastard, ele tira o boné e sorri como se fosse bonito. Em seguida, faz todo tipo de poses: tensiona os músculos, coloca as mãos na cintura, faz o sinal de v, se ajoelha com um joelho no chão.

Não é para você rir ou sorrir. Nem nada disso que você está fazendo, diz Godknows.

Você está com inveja porque eles só tiraram fotos da sua bunda. Sua bunda suja e rachada de kaka, diz Bastard.

Não estou, não. Do que eu teria inveja, cara feia? O Godknows diz, embora ele saiba que pode apanhar por causa dessas palavras.

Eu posso fazer o que eu quiser, bunda preta. Além disso, quando eles olharem para a minha foto lá, quero que eles me vejam. Não a minha bunda, nem a minha roupa suja, mas eu.

Quem vai olhar para a sua foto?, pergunto. Quem vai ver as nossas fotos? Mas ninguém me responde.

Depois das fotos, os presentes. No começo tentamos fazer uma fila arrumada, como se fôssemos formigas indo para um casamento, mas quando eles abrem a traseira do caminhão viramos moscas tontas. Nos empurramos e gritamos e berramos. Damos solavancos para a frente com as mãos estendidas. Queremos agarrar as coisas e nos apoderar delas e entesourá-las. As pessoas da ONG ficam paradas ali, boquiabertas. Então, a mulher alta de chapéu azul grita, Desculpem-me! Ordem! Ordem, por favor!, mas nós simplesmente rimos e mergulhamos e nos atiramos e nos empurramos e gritamos como se nem conseguíssimos entender a língua que ela fala. Tomamos cuidado para não encostar nas pessoas da ONG, porque podemos ver que mesmo que eles estejam dando coisas, não querem encostar na gente nem que a gente encoste neles.

Os adultos vieram dos barracos e estão parados meio de lado como se tivessem sido eliminados no jogo dos países. Não mandam a gente parar de empurrar. Não olham para a gente falando com os olhos. Mas sabemos que se as pessoas da ONG não estivessem aqui eles teriam apanhado alguma coisa para nos açoitar ou pulado sobre nós com as próprias mãos, que se as pessoas da ONG não estivessem aqui nós nem ousaríamos agir do modo como estamos agindo, para começo de conversa. Mas as pessoas da ONG estão aqui, e enquanto estiverem, os nossos pais não contam. É Sis Betty quem finalmente nos faz parar ao gritar conosco, mas ela faz isso na nossa língua, talvez para que as pessoas da ONG não entendam.

O que vocês estão fazendo, masascum evanhu imi? Liyahlanya, vocês acham que estes brancos caros vieram lá de ipapa do outro lado do oceano para ver vocês se comportando como babuínos? Vocês querem me envergonhar, é? Futsekani, não sejam palhaços zinja, comportem-se agora mesmo, ou então nós vamos entrar no caminhão e ir embora neste minuto com toda essa merda!, diz ela. Então Sis Betty se volta para as pessoas da ONG e sorri seu sorriso de dentes separados. Talvez eles pensem que ela só disse coisas boas sobre eles pra gente.

Paramos de empurrar, paramos de brigar, paramos de gritar. Ficamos quietos numa fila organizada de novo e esperamos pacientemente. A fila anda tão devagar que eu poderia berrar, mas no final todos nós recebemos os nossos presentes e ficamos felizes. Cada um recebe uma arma de brinquedo, umas balas e algo para vestir; eu recebo uma camiseta com a palavra *Google* na frente, além de um vestido vermelho apertado debaixo do braço.

Thank you much, digo para a moça bonita que me dá as minhas coisas, para mostrar a ela que eu sei inglês, mas ela não responde nada, talvez eu só tenha latido.

Depois que recebemos as nossas coisas, é a vez dos adultos. Eles fazem sua própria fila, tentando dar a impressão de que não ligam muito para aquilo, como se tivessem coisas melhores para fazer do que estar ali. A verdade é que ouvimos eles se queixarem o tempo todo de como as pessoas da ONG se esqueceram deles, de como devem visitar com mais frequência, de como a ONG isso e a ONG aquilo. Logo os adultos recebem pequenos pacotes de feijão e açúcar e farinha de milho, mas dá para ver no rosto deles que eles não estão satisfeitos. Olham para os pacotinhos como se não quisessem ficar com eles, como se estivessem envergonhados por causa deles e decepcionados com eles, mas no fim se viram e voltam para os barracos com as coisas.

Só a MotherLove não entra na fila da comida. Fica parada ali como um baobá, olhando para tudo de banda, em seu vestido claro coberto de estrelas. Há uma tristeza em seu rosto. Uma das mulheres da ONG tira os óculos escuros e acena para a MotherLove, mas a MotherLove só fica parada ali, sem acenar de volta, sem sorrir, sem nada. Ela cruza as mãos sobre o peito e permanece enraizada em seu lugar. Sis Betty estende alguns pacotes.

Hawu, MotherLove! Sis Betty grita numa voz boba, como se estivesse tentando convencer uma criança estúpida. Por favor, venha, bantu, não vê que trouxemos presentes?, diz ela. As pessoas da ONG estendem os pacotinhos para a MotherLove também, e as duas mulheres brancas até mostram os dentes como cachorros sorridentes. Todo mundo está esperando para ver o que a MotherLove vai fazer. Ela se vira e vai embora, caminhando com passadas rápidas e a cabeça erguida, as pulseiras nos seus braços tilintando, as estrelas no seu vestido brilhando, seu cheiro de limão no ar mesmo depois de ela ter saído.

Quando o caminhão da ONG finalmente vai embora, saímos correndo em disparada atrás dele porque conseguimos o que queríamos e não importa como eles querem que a gente se comporte. Agitamos as nossas armas de brinquedo e os presentes no ar e gritamos o que queremos que eles nos tragam da próxima vez: sapatos, All Stars, bolas, telefones celulares, bolo, roupa de baixo, bebidas, biscoitos, dólares americanos. O gemido do caminhão afoga as nossas vozes, mas continuamos a correr e gritar mesmo assim. Quando chegamos a Mzilikazi, paramos porque sabemos que não podemos seguir pela estrada. A Sbho grita, *Me levem com vocês!*, e todos nós gritamos essas palavras, gritamos e gritamos, como se alguém tivesse dito que o caminhão vai fazer a volta e levar quem gritar mais alto.

Observamos enquanto o caminhão fica cada vez menor até virar apenas um ponto, e quando ele finalmente desaparece nos viramos e caminhamos de volta para os barracos. Agora que o caminhão se foi mesmo, não gritamos mais. Ficamos quietos como sepulturas, como os adultos voltando do enterro dos mortos. Então o Bastard diz, Vamos brincar de guerra, e saímos correndo em disparada para matar uns aos outros com as nossas novas armas da América.

Mudança de verdade

Os adultos estão se preparando para votar, então, por ora, as coisas não são mais as mesmas no Paraíso. Quando acordamos os homens já estão estacionados debaixo do jacarandá, mas desta vez eles não estão agachados diante de um tabuleiro de damas. Não. Estão sentados muito retos, o peito estufado e a cabeça bem erguida. Estão usando camisas e pentearam o cabelo e parecem gente de verdade outra vez.

Quando passamos, eles sorriem e acenam como se realmente pudessem nos ver, como se talvez gostassem da gente agora, como se fôssemos seus novos amigos. Ficamos surpresos que eles ainda se lembrem de como sorrir, mas não sorrimos de volta. Só ficamos todos juntos e olhamos para eles, olhamos para os pelos espiando através da gola das camisas, para a testa que sabemos que pode se transformar em cordilheiras a qualquer momento, para os olhos que já vimos se tornarem relâmpagos sempre que estão com raiva, para os tijolos dos braços que já deram pancadas na gente antes, e sabemos que este sorriso que dão pra gente não significa nada.

Agora, quando os homens falam, suas vozes queimam no ar, espalhando fumaça por toda parte. Ouvimos falarem de mudança, democracia, eleições e sei lá mais o quê.

Eles falam sem parar, os homens, passam a língua nos lábios e olham para o relógio que não funciona no pulso e apertam as mãos uns dos outros e dão tapas uns nos outros e riem como se tivessem engolido um trovão. Ficamos ouvindo, e então a gente se cansa de ouvir, mas podemos ver pelo rosto dos homens e por suas vozes que a coisa da qual falam deve ser boa.

As mulheres, quando as mulheres ouvem os homens, dão risadinhas. No momento, persiste algo de quase encantador nos olhos das mulheres e, pela aparência delas, dá para dizer que estão tentando ficar bonitas. Lábios pintados. Cabelo arrumado. Uma fita rosa presa no vestido, logo acima do peito esquerdo. Um cinto grosso. Uma pulseira feita de arame enferrujado, retorcido. Um casaco de pele, a maior parte da pele caída. Uma flor atrás da orelha. Cabelo alisado com uma pedra em brasa. Brincos feitos de sementes coloridas. Pedaços coloridos de pano costurados numa saia. Faz um bom tempo que não vemos as mulheres desse jeito e sua beleza nos faz querer amá-las.

O que acontece quando os adultos vão votar? O Godknows pergunta. Estamos ocupados colando os cartazes de *Mudança, mudança de verdade* como o Bornfree e o Messenger nos disseram. Devemos colocar um na porta de cada barraco, para lembrar as pessoas de que elas precisam votar no dia 28.

Você não ouviu os adultos? A Sbho diz. Vão acontecer mudanças.

Sim, mas o que é isso, essa mudança? O Godknows pergunta. Ele acabou de colar um cartaz e agora está fitando como se o papel tivesse olhos, como se fosse uma pessoa. A Sbho começa a falar, mas em seguida se abaixa para pegar um espelho quebrado e sorri para ele, admirando a própria imagem.

Continuamos a colar os cartazes; a questão é que nem nos preocupamos com qualquer mudança, fazemos isso porque o Bornfree disse que tem uns inhames chineses para a gente quando terminarmos o trabalho. Talvez a gente vá para Green Zonke comprar alguma coisa para comer com os inhames. Nunca vi dinheiro chinês, mas o que sei é que seus sapatos são pura kaka; usei apenas quatro vezes e eles viraram lixo.

Sabe, um dia vou ser presidente, diz Bastard. Colamos a maior parte dos cartazes e agora estamos colando no último dos barracos, em direção ao cemitério Heavenway.

Presidente do quê?, pergunto.

Presidente de um país, deste país, diz Bastard. Do que você acha que eu estou falando, sua burra idiota?

Mas você precisa ser muito velho para se tornar presidente, o Stina diz.

Quem te disse isso? Como você sabe? O Bastard pergunta, a mão aberta colando um cartaz numa porta. Ele faz isso com tanta força que o zinco estremece, e uma voz lá dentro diz, Vocês aí, se acontecer alguma coisa com a minha porta vou limpar a bunda de vocês com lâminas de barbear, seus idiotas!, e nós olhamos uns para os outros e damos risadinhas, cobrindo a boca com a mão. Em resposta, o Bastard levanta o punho e faz como se fosse dar um soco no barraco. Seu cartaz está torto, mas ele não tenta consertar. Ele se vira e olha para o Stina por cima do ombro.

Perguntei como você sabe, o Bastard repete.

Eu sei, diz Stina. Vi a foto do presidente numa revista. Ele também estava com o presidente da Zâmbia e do Malawi e da África do Sul e outros presidentes. Todos eles eram velhos; você tem que ser avô primeiro.

O cartaz do Bastard cai, e ele pega e rasga ao meio. Estende a perna e enrola um cartaz em cima da coxa, imitando um cigarro. Coloca o papel enrolado na boca, coloca a mão dentro da calça e pega uma caixa de fósforos. Todo mundo observa enquanto ele acende seu cigarro e fuma.

O que você está fazendo?, pergunto.

Você não vê que ele está treinando? O Godknows diz.

Não importa, diz Bastard. Não importa que eu seja velho e cheio de cabelos brancos, desde que tenha dinheiro. Presidentes são muito ricos, diz ele. Ri igual aos homens, dá uma tragada no cigarro e engasga com a fumaça e tosse e tosse e cospe. Ninguém lhe pede um cigarro.

Quando terminamos, há um cartaz em cada barraco, menos no da Mother of Bones porque ela disse que ia nos matar se algum dia colocássemos as nossas bobagens na sua porta. Agora, com todos os cartazes, Paraíso ficou colorido. Estamos orgulhosos de nós mesmos; batemos palmas e dançamos e rimos.

Vamos cantar alguma coisa da Lady Gaga, diz Sbho.

Não, vamos cantar o hino nacional como costumávamos fazer na escola, digo.

É, vamos cantar, e eu, eu vou ficar na frente porque vou ser presidente, diz Bastard. Fazemos uma fila bem ordenada junto ao barraco da Merjury e cantamos a plenos pulmões, cantamos até as criancinhas virem se juntar ao nosso redor, mas elas sabem que não devem participar.

Peraiií, peraiií, a gentche tenquitirá uma fôoto, ondje é qui táah a minnnha câmera? O Godknows choraminga, fingindo que é o homem da ONG, e nós nos acabamos de rir. O Godknows corre e pega um desses tijolos com buracos e segura como se fosse uma câmera e começa a tirar fotos. Sorrimos e fazemos poses e ficamos bonitos e gritamos, Mudança! Xis! Mudança!

Não estou dormindo. É só que a Mãe espera que eu esteja dormindo, e é por isso que meus olhos estão fechados assim. A Mother of Bones me disse que a lebre sempre dorme com os olhos bem abertos porque ela está sempre sendo caçada. Isso é para enganar todo mundo; quando seus olhos estão fechados, ela na verdade está acordada. Agora eu sou a lebre, mas tenho de tomar cuidado para não ser descoberta porque a Mãe está andando de um lado para o outro sem parar. Ela anda muito de um lado para o outro, como se a gente vivesse numa casa em Budapeste.

Mas a gente nem sempre viveu neste barraco de zinco. Antes a gente tinha uma casa e tudo mais, e era feliz. A gente morava numa casa de verdade feita de tijolos, com uma cozinha, sala de estar e dois quartos. Paredes de verdade, janelas de verdade, pisos de verdade e portas de verdade e um chuveiro de verdade e torneiras de verdade e água corrente de verdade e uma privada de verdade onde você podia se sentar e fazer o que você quisesse. Tínhamos sofás de verdade e camas de verdade e mesas de verdade e uma tevê de verdade e roupas de verdade. Tudo de verdade.

Agora tudo o que temos é esta caminha em cima de uns tijolos e estacas. A Mãe construiu a cama ela mesma, com a ajuda da Mother of Bones. O recheio do colchão é feito de plástico e penas de galinha e de pato e pedaços de pano velhos e todo tipo de coisa. Essa é a cama dos nossos pais, mas o Pai não está em casa para dormir nela porque está na África do Sul. Ele não volta para ver a gente ou trazer coisas, e é por isso que a Mãe fica às vezes preocupada e às vezes furiosa e às vezes desapontada com ele. Como o Pai não faz nada por nós, a Mãe reclama. Da nossa casa de zinco, da comida que não existe, das roupas que ela quer e tudo mais.

A Mãe está sentada na cama agora, sei disso pelo barulho do colchão. Ele faz diferentes ruídos dependendo da posição do corpo sobre a cama. A Mãe está calada; eu me pergunto no que ela está pensando. Às vezes ela só fica assim, calada, segurando a cabeça nas mãos como um melão pesado, como se alguém tivesse dito a ela, Cuidado ou sua cabeça vai cair no chão e quebrar em pedaços vermelhos e impossíveis.

Agora tem uma batida muito suave na porta. É aquele homem de novo. Eu não sei qual o nome dele, mas sei que é ele e mais ninguém, porque ele sempre bate cinco vezes, não quatro, não seis, e tão baixinho também, como se tivesse medo de amassar o zinco. A Mãe puxa os cobertores por cima da minha cabeça e apaga a vela antes de abrir a porta. Mas o que ela não sabe é que eu estou sempre acordada na maioria das vezes que isso acontece, porque eu sou a lebre.

Ouço a porta rangendo ao abrir, e a Mãe sussurra algo para o homem e ele sussurra algo de volta. Não consigo ouvir as palavras direito; eles falam como se estivessem roubando.

Agora a Mãe está rindo. Eu gosto quando ela ri assim. É como ela costumava rir quando morávamos numa casa. Não sei o que ele disse, esse homem, para fazer a Mãe rir assim. Eu também não sei como ele é, porque nunca consigo ver o rosto dele no escuro. Nem sei qual o seu nome, mas sei que não gosto dele. Ele nunca pergunta por mim, como se eu fosse só um país distante. Também nunca traz nada pra gente. Tudo o que ele faz é vir no escuro como um fantasma e pular em cima da cama com a Mãe.

Agora a Mãe está gemendo; o homem está ofegante. A cama balança como um trem que leva os dois para algum lugar importante aonde precisam chegar depressa. Agora o trem para e cospe os dois na cama de plástico, e o homem solta um gemido terrível. A Mãe e o homem então ficam parados; eu não ouço mais nada, só respiração pesada. Talvez eles estejam dormindo, mas de manhã o homem não vai mais estar aqui; ele se levanta e foge durante a noite, e quando o dia chega ele se foi, como algo terrível demais para ser visto na luz.

Agora estou contando dentro da minha cabeça, desta forma não caio no sono. Ninguém sabe que às vezes eu não durmo. Sou a lebre. Mesmo que eu queira dormir, não posso, porque se dormir o sonho virá, e não quero que ele venha. Tenho medo dos tratores e daqueles homens e da polícia, tenho medo de que, se deixar o sonho vir, eles saiam dele e se tornem reais. Sonho com o que aconteceu na nossa casa, antes de virmos para o Paraíso. Tento afastar esse sonho, mas ele continua vindo, feito as abelhas, feito a chuva, feito os túmulos no Heavenway.

No meu sonho, que não é um sonho-sonho porque também é a verdade que aconteceu, os tratores aparecem fervendo. Mas primeiro, antes de vê-los, nós os ouvimos. Eu e o Thamu e o Josephat e o Ncane e o Mudiwa e a Verona estamos lá fora brincando com a nova bola de futebol do More, e ouvimos um trovão. Então o Ncane diz, O que é isso? Então o Josephat diz, É a chuva. Eu digo, Não, são os aviões. Então em seguida o avô do Maneru vem correndo pela rua Freedom sem a sua bengala, gritando, Eles estão chegando, Jesus Cristo, eles estão chegando! Todo mundo está de pé na rua, pescoço esticado, esperando para ver. Então a Mãe grita, Darlingvenhapracasagora!, mas os tratores já estão perto, grandes e amarelos e terríveis e com dentes de metal e levantando poeira.

Os homens que dirigem os tratores riem. Ouço os adultos dizendo, Por que, por que, por que, o que foi que nós fizemos, o que foi que nós fizemos, o que foi que nós fizemos? Depois, os caminhões vêm trazendo a polícia com aquelas armas e cassetetes e a gente corre e se esconde dentro das casas, mas não adianta a gente se esconder porque os tratores começam a fazer o que os tratores fazem, e nós gritamos e gritamos. Os pais jogam as mãos para o ar feito mulheres e dizem coisas zangadas e chutam pedras. As mulheres gritam o nome dos filhos para ver onde estamos e pegam coisas das casas: pratos, roupas, uma Bíblia, comida, pegam o que conseguem pegar. E tem poeira por todo lado, por causa das paredes que desmoronam; a poeira entra nos nossos cabelos e boca e nariz e faz a gente tossir e tossir.

Os homens derrubam a nossa casa e a casa do Ncane e a casa do Josephat e a casa da Bongi e casa da Sibo e muitas casas. Knockiyani knockiyani knockiyani: homens empurrando metal, metal batendo em tijolo, tijolo desmoronando. Quando eles chegam à casa da Mai Tari ela se joga na frente de um trator e diz, Kwete! Vocês vão ter que me demolir primeiro antes de eu ver a minha casa cair, seus merdas. Um policial feio aponta uma arma para a sua cabeça, para que ela saia dali, e ela diz, Pode me matar, pode me matar agora, porque você não tem vergonha, você poderia até matar a sua própria mãe e comê-la, imbwa! O policial não mata a Mai Tari, ele só bate na sua cabeça com a arma, porque todos os olhos estão sobre ele e talvez ele tenha de fazer algo importante. O sangue esguicha da cabeça da Mai Tari e deixa as botas do policial vermelhas-vermelhas.

Quando os tratores finalmente vão embora, tudo está esmagado, tudo está destruído. Há rostos tristes em toda parte, asfixiando-se por causa da poeira, paredes quebradas e tijolos em toda parte, as lágrimas no rosto das pessoas em toda parte. O Gayigusu chuta tijolos quebrados com os pés descalços e rasga sua camisa e aponta para a terrível cicatriz que atravessa as suas costas e grita, Eu tenho isto aqui da guerra da libertação, salilwelizwe leli, nós lutamos por esta merda de lizwe mani, nós os colocamos no poder e hoje eles se voltam contra nós como uma serpente, mpthu, e ele cospe. O pai da Musa está com as mãos nos bolsos e não diz nada, mas a frente de suas calças está molhada. O pequeno Tendai aponta para ele e ri.

Então a Nomviyo vem correndo do ponto de ônibus em seus sapatos de salto alto, porque acabou de voltar da cidade. Vê todas as casas quebradas e joga as sacolas de compras no chão, gritando, Meu filho, meu filho! O que aconteceu? Eu deixei o Freedom dormindo lá! Então eles a ajudam a escavar as lajes quebradas e em seguida o Makubongwe aparece carregando o Freedom, e seu corpinho está tão mole e coberto de poeira que parece uma coisa e não um bebê. A Nomviyo olha para a coisa que também é seu filho e se joga no chão e rola e rola, rasgando a roupa até que a única coisa que veste são seu sutiã e sua calcinha pretos. As mães gritam para cobrirmos os olhos com as mãos e nós obedecemos, mas eu abro os dedos para conseguir ver; a Nomviyo está chorando, batendo na terra com a cabeça e as mãos até que alguém a envolve num cobertor cinza e a leva embora.

Então mais tarde pessoas com câmeras e camisetas que dizem BBC e CNN vêm sacudir a cabeça e olhar para a gente e tirar fotos nossas como se fôssemos bonitos, e uma dessas pessoas diz, É como se um tsunami tivesse arrasado com este lugar, Jesus, é como se a porra de um tsunami tivesse arrasado com este lugar. Eu pergunto pra Verona, O que é a porra de um tsunami?, e ela diz, A porra de um tsunami caminha sobre a água, como Jesus, só que é um demônio, você não viu aquela vez na tevê, como ele saiu da água e deixou todas aquelas pessoas mortas naquele outro país?

É um sonho ruim, e eu não quero que ele venha, é por isso que estou sendo a lebre. Agora o homem da Mãe está roncando, eu odeio as pessoas que roncam porque é um som feio, como é que a gente consegue dormir? Agora a MotherLove está cantando lá fora. Ninguém canta desse jeito no Paraíso, a voz balançando como uma fruta madura que você pode pegar e colocar na boca e provar sua doçura. Quando você ouve a Motherlove, sabe que seu shebeen agora está aberto para as pessoas irem lá beber.

No dia em que os adultos vão votar ficamos na saída do Paraíso, perto do cemitério, observando eles irem. Eles estão em silêncio, nada daquela conversa dos dias anteriores. Estamos em silêncio porque nunca os vimos em silêncio, não desse jeito. Queremos que eles abram a boca e falem. Que falem de eleições e de democracia e de um país novo, como sempre fizeram. Queremos que eles olhem por cima dos ombros e nos digam que vão saber o que estamos fazendo enquanto estão fora. Queremos que eles digam alguma coisa, mas eles só estão em silêncio como se estivessem subitamente inseguros, como se alguma coisa tivesse se arrastado para cima deles enquanto dormiam e cortado sua língua.

Quando por fim desaparecem na Mzilikazi, não, a gente não vai correndo para Budapeste, mesmo que a gente esteja livre para fazer o que quiser. Não vamos até Heavenway ler os nomes dos mortos, não começamos a acender uma fogueira nem entramos nos barracos para experimentar as roupas dos adultos ou mexer nas suas coisas.

Não brincamos de Encontrar Bin Laden nem o jogo dos países nem queimada nem nada. Só ficamos sentados quietos debaixo do jacarandá a manhã toda e a tarde toda.

Talvez eles não voltem, diz Godknows. Ninguém responde, o que significa que não queremos pensar que os adultos talvez não voltem.

Talvez tenha uma festa e agora eles estejam ocupados se divertindo e dançando sem a gente, diz Godknows. Continuamos olhando para longe, na direção do parquinho, onde os adultos teoricamente vão aparecer. Não tem nada além de grama seca e terra marrom e a Fambeki e o vazio.

Ou talvez eles ainda estejam votando. Talvez todos os adultos neste país tenham ido votar pela mudança e tem tantos deles lá que eles têm de ficar numa fila interminável. Talvez a fila não esteja andando, como quando a gente espera pelo médico. Talvez a fila não termine nunca, diz Godknows.

O estômago de alguém faz um ruído longo e alto e me faz lembrar de que estou com fome. Todo mundo está com fome, mas neste momento a gente não liga. Tudo o que a gente quer é ver os adultos voltarem, é como se a gente fosse comer quando eles estiverem de volta.

Eles vêm sim. Quem sabe estão bem do outro lado da Fambeki e vão aparecer a qualquer minuto, diz Godknows. Ele agora se levantou e está com as duas mãos sobre sua cabeça oval. Então começa a chover, como se talvez o Godknows tivesse feito chover por falar tanto. É uma chuva leve, do tipo que só lambe você. Ficamos sentados debaixo da chuva e sentimos o cheiro da terra deliciosa ao nosso redor.

Eu, eu quero a minha mãe, o Godknows diz depois de um longo tempo. Sua voz está engasgada na chuva e eu olho para a cara dele que está molhada e não sei mais o que é chuva, o que é lágrima. Penso que também quero a minha mãe, todos nós queremos as nossas mães, embora quando elas estão aqui a gente não dê a mínima pra elas. Então, depois de pouco tempo, antes mesmo de a gente estar molhado de fato, a chuva para e o sol sai e crava os raios na gente, como se quisesse mostrar à chuva quem é quem. Ficamos sentados cozinhando debaixo dele.

Quando os adultos voltam, estamos tontos de tanto esperar. Vemos os primeiros aparecerem por trás da Fambeki e nos levantamos. Eles andam como se flutuassem e falam com as mãos, e podemos ver, mesmo de tão longe, que estão felizes. Esquecemos que não são realmente nossos amigos e saímos correndo para encontrá-los. Colidimos com seus corpos e eles nos pegam com aquelas mãos sujas de tinta preta, porque foi assim que eles votaram, com as suas impressões digitais, eles nos dizem. Eles nos pegam e jogam para cima, jogam tão alto e vemos o azul tão de perto que poderíamos esticar a língua e sentir seu gosto.

Naquela noite, ninguém dorme. Vamos todos para o barraco da MotherLove, que é o maior barraco no Paraíso; os adultos nem têm que se abaixar para entrar. O que a MotherLove faz é preparar bebida num grande madramuz de metal durante o dia e à noite os adultos vão para o seu barraco beber. O barraco é pintado de uma cor divertida e à noite a pintura brilha como uma coisa viva. Sempre esperamos ele acender à noite, e quando isso acontece somos atraídos pela luz e vamos em sua direção, prendendo a respiração como se estivéssemos debaixo d'água. Chegamos ao barraco, tocamos com a ponta dos dedos e corremos de volta pelo caminho da vinda, gritando, Fogo! Fogo!

A gente se amontoa no barraco da MotherLove como se fosse areia, e ali dentro está abafado e quente e o cheiro é de suor de adultos e sovaco e bebida. Os adultos passam a bebida pelo barraco, até para a gente, porque nos dizem que a mudança está vindo. Não bebemos porque a bebida queima os nossos lábios e faz arder nosso nariz, então só ficamos ali e cruzamos os braços e observamos os adultos beber e queimar sua garganta e rir e falar e tudo mais.

Então a MotherLove para ao lado de um pôster gigante de Jesus e começa a cantar. No começo todo mundo faz silêncio, como se as pessoas não soubessem para que é a música, mas depois eles começam a se balançar. Logo estão girando e torcendo o corpo e arrastando os pés e se balançando. O rosto da MotherLove está voltado para cima, como se ela estivesse bebendo o ar abafado, os olhos fechados. Sua boca está aberta só um pouquinho, e você poderia pensar que ela nem queria cantar, mas sua voz está fervendo para fora dela e ocupando o barraco feito um vapor. Então os adultos nos pegam nos braços e nos rodopiam no ar, a pele suada e quente deles contra a nossa.

Preparem-se, preparem-se para um novo país, chega deste Paraíso, eles dizem quando nos colocam no chão. Eles dizem Paraíso como se nunca mais fossem voltar a dizer, o *Pa* como se fosse algo estalando, deixando a língua enrolar um pouco mais quando dizem a parte do *ra* e por fim sibilando como rodas de um ônibus soltando o ar quando dizem a parte *íso*. E quando falam assim, *Pa-ra-í-so*, sabemos que é um lugar do qual em breve vamos embora, como na Bíblia, quando as pessoas deixaram aquele lugar horrível e aquele velho de barba comprida feito o Papai Noel bateu na estrada com seu cajado e, em seguida, havia um rio atrás deles.

Como eles apareceram

Eles não vieram para o Paraíso. Vir significaria que escolheram. Que primeiro olharam para o sol, sentaram-se de pernas cruzadas, palitaram os dentes e ponderaram a decisão. Que tiveram tempo de olhar para os seus reflexos em espelhos compridos, talvez ajeitar o cabelo, apertar o cinto, verificar o relógio no pulso antes de olhar para a estrada vermelha e, finalmente, anunciar: Agora estamos prontos. Eles não vieram, não. Eles só apareceram.

Apareceram um a um, dois a dois, três a três. Apareceram em fila indiana, feito formigas. Em enxames, feito moscas. Em ondas zangadas, como um mar triste. Apareceram no início da manhã, à tarde, na calada da noite. Apareceram com a poeira de suas casas esmagadas agarrada ao cabelo e à pele e às roupas, fazendo-os parecer saídos de outra vida. Tornozelos inchados e bolhas nas solas dos pés, eles apareceram cansados da longa caminhada. Apareceram carregando varas com as quais marcaram o terreno onde um barraco ia começar e terminar, e passaram cuidadosamente adiante, dividindo a nova terra com as mãos trêmulas, como se estivessem matando alguma coisa. De cócoras para marcar o chão desse jeito, eles pareciam quebrados — cacos de pessoas de vidro.

Apareceram com latão, papelão, plástico, pregos e outras coisas com as quais pudessem construir, e tentaram parecer calmos enquanto levantavam seus barracos, pregando latão em latão, pedaço por pedaço, olhando corajosamente para o céu e tentando dizer a si mesmos e uns aos outros que mesmo ali, naquele estranho novo lugar, o céu ainda era do mesmo azul familiar, um sinal de que as coisas dariam certo. Mas gente demais aparecia sem as coisas com as quais deveriam ter aparecido.

Mulher, onde está o banco preto do meu avô? Não estou vendo por aqui.

O que foi, ficou maluco? Não tenho nem roupas suficientes para as crianças e você falando do banco do seu falecido avô!

Você sabe que era para ficar na família — meu trisavô Sindimba passou para seu filho Salile, que passou para seu filho Ngalo, que passou para seu filho Mabhada, que passou para mim, Mzilawulandelwa, para passar para o meu filho Vulindlela. E agora ele sumiu! O que faço agora?

Não fui eu quem matou Jesus Cristo nem Mbuya Nehanda; por que não vai falar com os responsáveis?

Só o que eu estou dizendo é que aquele banco era toda a minha história...

E desse modo eles lamentavam passados extintos.

Alguns pareciam sem fala, sem palavras, e por um bom tempo ficaram andando por ali em silêncio, como os mortos que retornam. Mas então, com o tempo, lembraram-se de abrir a boca. Suas vozes voltaram como ladrões andando na ponta dos pés na escuridão, e isso foi o que eles disseram:

Eles não deveriam ter feito isso conosco, não, não deveriam. Salilwelilizwe leli, nós lutamos para libertar este país.

Não foi assim antes da independência? Você se lembra de como os brancos nos expulsaram da nossa terra e nos colocaram naquelas reservas miseráveis? Eu estava lá, você estava lá, não foi exatamente assim?

Não, esses eram os brancos maus que vieram roubar nossa terra e nos transformar em miseráveis no nosso próprio país.

O quê? Mas você não é um miserável agora? Esses negros não são maus por demolir sua casa e deixá-lo sem nada?

Vocês estão todos errados. Melhor um ladrão branco fazer isso com você do que o seu próprio irmão negro. Melhor um ladrão branco miserável.

É a mesma coisa e não é. Mas de que adianta, estamos aqui agora. Aqui no Paraíso, sem nada. E eles não tinham nada, exceto, é claro, memórias, as suas próprias e aquelas passadas que vieram de suas mães e das mães de suas mães. A memória de uma nação.

Alguns apareciam com crianças nos braços. Muitos apareciam segurando crianças pelas mãos. As crianças pareciam perplexas; não entendiam o que estava acontecendo com elas. E os pais seguravam seus filhos junto ao peito e acariciavam suas cabeças empoeiradas e despenteadas com palmas endurecidas, parecendo consolá-los, mas na verdade não sabiam muito bem o que dizer. Aos poucos, as crianças desistiram e pararam de fazer perguntas e só pareciam quase vazias, como se sua infância tivesse fugido e deixado apenas os ossos de sua sombra para trás.

A MotherLove apareceu com enormes barris onde podia preparar uma bebida forte que faria as pessoas esquecerem. Ela também apareceu com canções na sua garganta e vestidos muito coloridos em seus sacos. Apesar das circunstâncias, ela se recusava a aparecer caindo aos pedaços.

Em geral, os homens sempre tentavam parecer fortes; caminhavam aprumados, a cabeça ereta, os braços firmes ao lado do corpo e os pés bem plantados, como árvores. Sólidos, homens que eram como as Muralhas de Jericó. Mas quando iam para o mato fazer suas necessidades e ninguém estava olhando, eles desmoronavam como torres ruindo e choravam com a dor miserável de concubinas esquecidas.

E quando voltavam para a presença de suas mulheres e de seus filhos e todos os outros, enfiavam as mãos no fundo dos bolsos rasgados até sentir suas coxas secas, chutavam pedrinhas no caminho e se erguiam como muralhas de novo, mas as mulheres, que conheciam todas as formas de chorar e tudo o que havia para saber sobre cair aos pedaços, não se deixavam enganar; elas se levantavam suavemente das lareiras, batiam a poeira de suas saias e se plantavam como pedras na frente de seus homens e filhos e barracos, e só então tudo parecia quase tolerável.

Precisamos de novos nomes

Hoje vamos nos livrar da barriga da Chipo de uma vez por todas. Em primeiro lugar, fica difícil brincar e, em segundo, se deixarmos ela ter o bebê, ela vai simplesmente morrer. Ouvimos as mulheres falando ontem da Nosizi, aquela garota baixa e de pele clara que ficou com o marido da MaDumane quando a MaDumane foi para a Namíbia trabalhar como empregada doméstica. A Nosizi agora está morta, ela morreu ao dar à luz. Isso mata fácil, fácil.

Saímos do barraco tomando muito cuidado, porque os adultos não podem saber. Também deixamos os meninos, o Bastard e o Godknows e o Stina, fora dessa, porque é coisa de mulher, então somos só eu e a Sbho e a Forgiveness. A Forgiveness não é uma amiga-amiga, porque a família dela só apareceu no Paraíso faz pouco tempo — isso faz dela uma estranha. Além disso, ela nem é como nós; se você olhar para ela bem de perto, vai ver que a pele dela é clara demais e o seu cabelo quase quer ser ondulado. Talvez ela só tenha nascido diferente, talvez Deus não tenha conseguido se decidir se ia fazer dela preta ou branca ou mesmo albina. Ainda estamos avaliando a Forgiveness, por enquanto, mas deixamos ela vir hoje porque a Sbho e eu precisamos de mais uma pessoa porque a própria Chipo não tem condições de ajudar.

Vamos fazer tudo na mphafa atrás do Heavenway; a árvore tem uma sombra boa, grande. A Sbho começa estendendo o ntsaro da mãe dela no chão. Ela não diz como conseguiu o nstaro mas sei que roubou, porque nenhuma mãe no Paraíso vai dar suas coisas para alguém estender na terra. A Chipo não perde tempo, talvez porque esteja com medo de morrer; ela vai depressa para cima do ntsaro e se deita de costas, piscando os olhos sob o sol.

Começo a juntar pedrinhas, e depois de pegar talvez umas sete, mudo de ideia. Jogo fora e começo a juntar pedras de tamanho médio. Ainda não decidi o que exatamente vamos fazer com as pedras, mas como ninguém pergunta nada nem me faz parar, eu só continuo juntando. Juntando. Talvez a gente use as pedras para esmagar a barriga, não sei. Em pouco tempo já tenho uma bela pilha ao lado da Chipo, perto de seu ombro. Dou uns tapinhas na pilha para me certificar de que está bem equilibrada.

A Forgiveness encontrou um cabide enferrujado e está mexendo nele. Não perguntamos para que é o cabide, mas eu me apoio na árvore e fico olhando enquanto ela o desmancha. Ela está mordendo o lábio debaixo e endireitando o arame, que custa a ceder nas suas mãos. A Sbho emerge de trás de um arbusto carregando um copo de metal retorcido, metade do cinto de couro marrom de um homem e uma coisa roxa redonda que eu não sei o que é. Ela alinha os itens ao lado das minhas pedras e, reunido desse jeito, tudo começa a parecer uma coleção importante. A Chipo está sorrindo para nós, e sabemos que ela está feliz em não morrer, e sabemos que não vamos deixá-la morrer.

Você quer fazer xixi? A Sbho diz, olhando para mim.

Não. Não sei, por quê?, digo.

Porque precisamos de xixi, ela diz.

Precisamos de xixi?

Bem, eu posso fazer xixi, a Forgiveness diz, mas a Sbho nem olha para ela.

Fiz xixi antes de vir para cá, então não tenho xixi em mim, diz Sbho.

Disse que eu posso fazer xixi, a Forgiveness repete, a voz agora mais alta. Ela já quase acabou de desmanchar o cabide.

Eu ouvi, você acha que sou surda? Tem que ser o meu xixi ou o xixi da Darling, não se esqueça que ainda não conhecemos você, a Sbho diz, e sorrio porque estou satisfeita com a Sbho por dizer isso a Forgiveness.

Bem, vou fazer xixi, digo, me sentindo importante agora. Eu quero fazer xixi.

Faz nisto aqui, a Sbho diz, e me entrega o copo retorcido. Tem uma aranha e uma teia ali dentro, então eu pego um pedaço de pau para esmagar a aranha, mas depois decido virar o copo e bater contra uma pedra. A aranha rasteja para longe e eu limpo a teia com uma vara. Coloco o copo no chão e me agacho sobre ele, de costas para não ter que olhar para ninguém nos olhos enquanto faço xixi.

No começo ele vem em gotinhas; o xixi é assim, se alguém está observando ele não vem. Consigo mais gotinhas, como se estivesse espremendo um limão, então fecho os olhos com força e me concentro.

Por que você está demorando tanto? A Forgiveness diz, irritada, como se ela fosse alguém.

Deixa ela em paz, diz Sbho. Então, quando estou começando a pensar que o xixi realmente não virá, ele vem; eu me viro e dou uma olhada pra Forgiveness como se o meu olhar falasse Diga alguma coisa, uh-uh, uh-uh. Depois pego o copo com cuidado, ele está quente agora, e a espuma chega até mais ou menos a metade. Entrego o copo pra Sbho, que borrifa terra nele e mexe com uma vareta e, em seguida, entrega o copo pra Chipo, que se senta e pega o copo e bebe a urina sem fazer perguntas.

A Sbho diz pra Chipo para se deitar de novo, então se ajoelha e levanta o vestido de Chipo até a altura do peito, expondo a barriga que cresce. Por baixo, a Chipo usa um short cáqui de menino. Tem uma longa cicatriz na sua coxa, de quando ela foi perfurada por um galho quebrado quando estávamos roubando goiabas e os donos apareceram do nada e descemos correndo da árvore e saímos correndo pela rua, com eles atrás. A Sbho e eu começamos a cutucar a barriga da Chipo com os dedos. Está dura na frente, como se ela tivesse engolido pedras, e macia nas laterais.

Faz cócegas, a Chipo diz, agora que voltou a falar. Cobre o rosto com as mãos e ri tanto que paro de apertar a barriga e subo para as axilas, onde sei que ela sente cócegas de verdade. A Chipo ri tanto que as lágrimas começam a aparecer em seus olhos, até a Forgiveness dizer, Shhhhh, se vocês fizerem barulho demais eles vão nos encontrar. Paro de fazer cócegas na Chipo e desafio a Forgiveness com os olhos; quem ela pensa que é?

A Sbho começou a massagear e então eu começo a massagear também. Apertamos sua pele com as mãos até que a Chipo fecha os olhos. Escorre baba do canto da sua boca e digo a ela para limpar, porque é nojento.

Isto é o que eles fazem no *Plantão Médico*, diz a Sbho. Penso, O que é *Plantão Médico*? Não consigo lembrar, então fico quieta. A Forgiveness também não diz nada, e sei que ela também não sabe.

Eu vi na tevê em Harare, quando visitei o Sekuru Godi. *Plantão Médico* é o que eles fazem no hospital nos Estados Unidos. Para fazer isso direito, precisaremos de novos nomes. Eu sou a dra. Bullet, ela é bonita, e você é o dr. Roz, ele é alto, a Sbho diz, fazendo um gesto para mim.

Você disse *ele*, eu não quero ser um homem, digo.

Bem, é dele que eu me lembro, ou você é isso ou não é nada, a Sbho diz, fazendo um gesto com o dedo sobre a barriga da Chipo, como se estivesse cortando.

E você, você é a dra. Cutter, a Sbho diz pra Forgiveness, e a Forgiveness cospe e ignora a Sbho.

Quem eu sou?, diz a Chipo, olhando para o céu.

Você é uma paciente, diz a Sbho. Os pacientes só são chamados pacientes.

A dra. Cutter acabou de desfazer o cabide de roupas; agora está tentando endireitá-lo. Penso em como a dra. Bullet e eu juntamos as pedras, o copo de metal e o cinto, e agora estamos esfregando a barriga da paciente sem a dra. Cutter, então me dou conta de que talvez ela esteja evitando ajudar.

Por que é que você não está fazendo nada?, pergunto à dra. Cutter.

O que foi, não vê que estou ocupada com isto?, diz ela, apontando o cabide para a minha cabeça como se quisesse enfiá-lo no meu olho. Puxo o ar por entre os dentes, afasto o cabide com a mão.

Então? Isso é não fazer nada, digo. Olhe para o que a dra. Bullet e eu fizemos sozinhos, olhe para o que estamos fazendo agora.

Bem, você precisa de um cabide para se livrar de uma barriga.

Quem te disse isso?, a dra. Bullet pergunta.

Não, não precisa não, ela está mentindo, digo.

É verdade, sim. Não dá para fazer sem um cabide, todo mundo sabe disso. Até aquelas pedras sabem disso. É senso comum, diz a dra. Cutter.

A paciente se ergue e descansa nos cotovelos. Aperta os olhos para a dra. Cutter, mas não diz nada. Então ela se deita de novo e olha para cima, talvez para os galhos, talvez para o céu. A dra. Cutter pega uma pedra, vai até uma rocha lisa e começa a bater no cabide com a pedra para torná-lo mais reto. Pequenas fagulhas de fogo voam.

O que exatamente você vai fazer com o cabide?, pergunto.

Remover a barriga, diz a dra. Cutter.

Sim, nós sabemos, mas como?, pergunta a dra. Bullet.

Vocês vão ver, diz a dra. Cutter.

Meus braços estão cansados de massagear a barriga da paciente, então eu paro e me sento sobre os quadris. A dra. Bullet não para; ela continua massageando. Quando coloca uma orelha sobre a barriga, eu não pergunto o que está fazendo, escutando uma barriga desse jeito.

Queria ter um estetoscópio, diz a dra. Bullet, mas eu não sei o que é isso.

Eu quero uma boneca, diz a paciente. Uma boneca de verdade, a pilha, que você pode desligar quando quiser que ela pare de chorar.

Quando eu for morar com a tia Fostalina na América eu te mando a boneca. Tem muitas coisas boas lá, eu digo. A paciente só olha para mim como se eu não tivesse dito nada.

A dra. Cutter termina de preparar o cabide e o coloca ao lado da paciente. Está reto, como se nunca tivesse sido dobrado. Em seguida, ela se ajoelha e puxa o short de menino da paciente.

Espere, o que você está fazendo?, a paciente pergunta e ri. Mas a dra. Cutter continua puxando o short. A paciente se senta e o puxa de volta.

Perguntei o que você está fazendo?, diz a paciente outra vez. Agora ela tem uma expressão esquisita no rosto.

Tirando o seu short. Você tem que ficar pelada, diz a dra. Cutter.

Não tenho, não. Se eu tirar meu short você vai ver aquilo, diz a paciente, e cruza as pernas. Ela olha para a dra. Bullet e para mim, para ver se achamos que ela precisa tirar o short. Eu franzo a testa e faço que não com a cabeça, e ela puxa o vestido para baixo, sobre as coxas.

Por que você quer ver aquilo? Não tem a sua própria para olhar, se quer mesmo ver uma?, diz a dra. Bullet.

Porque é o que tem de ser feito. O cabide passa por ali. Você empurra até que ele desapareça todo lá dentro; ele entra fundo na barriga, onde o bebê está, fisga ele, e então você pode retirá-lo. Eu sei porque ouvi a minha irmã conversando com a amiga dela sobre como se faz, diz a dra. Cutter. Ela segura o cabide no ar e empurra e gira para lá e para cá, a fim de mostrar como a coisa toda é feita. Ficamos em silêncio por um tempo, só observando o metal dançar e tentando absorver a ideia. Não consigo ler nada no rosto da dra. Bullet para ver se vamos levar aquilo adiante ou não. Ela olha para a árvore lá em cima, os lábios apertados, talvez esteja pensando.

Bem, é doloroso ou não?, a dra. Bullet pergunta, por fim.

Como é que eu vou saber? Nunca fiz isso. Mas não vamos cortar ninguém, então como pode ser doloroso?, diz a dra. Cutter.

Você está mentindo, diz a paciente. Suas coxas estão pressionadas juntas, seu rosto contorcido como se o cabide já estivesse dentro dela. Percebo que seus olhos estão bem abertos agora, com medo. Eles lembram os olhos da mulher pendurada na árvore, aquela de quem pegamos os sapatos.

Tudo bem. Você quer morrer ou não?, a dra. Cutter pergunta, num tom que significa que é para ela parar de dizer bobagem.

Você não sabe que se usar um cabide vai sangrar? Não pode ter sangue, as pessoas vão saber, diz a dra. Bulett.

Bem, o que fazemos então?, pergunta a dra. Cutter. Ela pega o cabide e cutuca a terra. Voa terra do buraco no meu vestido. Eu limpo. A dra. Cutter se levanta e se afasta. Nós a vemos parar diante de um arbusto e abrir as pernas. Ela levanta o vestido e começa a fazer xixi.

Eu não vejo a MotherLove chegando, mas de repente sinto cheiro de limão e olho para cima e ela está ali, sobre nós, sua longa sombra caindo sobre tudo. Ela franze a testa e olha ao redor, o nariz enrugado. Tem borboletas amarelas voando no seu vestido verde. A gente começa a se levantar, mas ela diz pra gente não se mexer.

Jesus, o que está acontecendo aqui?, a MotherLove pergunta. Eu vejo a Forgiveness terminando de fazer xixi e começando a correr, mas a MotherLove chama ela de volta e manda que se sente no chão, ao lado da Sbho. A Forgiveness se senta como um cão que tivessem mandado sentar. Fico só torcendo as mãos e pensando no que vai acontecer se a MotherLove nos fizer marchar de volta aos barracos e contar pras nossas mães. Prefiro que ela bata em mim ela mesma, aqui e agora; prefiro que qualquer um, até o próprio Satanás, bata em mim em vez de a Mãe bater. A Mãe bate como se quisesse tirar sangue e quebrar ossos, como se quisesse matar você e enterrar no Heavenway.

Alguém pode me dizer o que, em nome do Senhor, está acontecendo?, a MotherLove pergunta. Olha de um rosto para o outro. Eu desvio os olhos na direção das pessoas da igreja subindo a Fambeki para as orações da tarde e quase desejo que rezem por mim, para que eu consiga escapar disto.

Olhe para mim quando falo com você, menina, diz a MotherLove. Traz seu rosto para perto do meu, como se quisesse me beijar. Seus olhos são grandes, a parte branca como se tivesse sido mergulhada em leite.

Então. O que é isto?, ela pergunta. E não mintam para mim, porque tenho coisas melhores pra fazer do que ouvir mentiras.

Nós nem fizemos nada, diz a Forgiveness. A Sbho desenha na terra com o dedo do pé. A Chipo começa a chorar.

A MotherLove se abaixa para pegar o cabide. Seu vestido varre a terra e traça linhas.

O que é isto?, ela pergunta, olhando para a Chipo, que continua chorando. MotherLove se vira para a Sbho.

O que é isto?, ela pergunta de novo.

É um cabide, diz Sbho. Mas não fui eu quem deixou ele desse jeito. A Sbho e eu olhamos para a Forgiveness para dizer, sem dizer, que foi ela.

Estava apenas — nós apenas tentávamos tirar a barriga da Chipo, diz Forgiveness, olhando para o ntsaro. Então ela começa a chorar. A Chipo levanta a voz e começa a chorar mais alto.

A MotherLove balança a cabeça e então seu corpo se abaixa, como se ela fosse um saco caindo. Mas ela não está com raiva. Não grita. Não dá nenhum tapa nem pega ninguém pelas orelhas. Ela não diz que vai matar a gente nem contar para a nossa mãe. Olho para o seu rosto e vejo o rosto terrível de alguém que nunca vi antes, e no rosto dessa estranha tem uma expressão de dor, uma expressão que os adultos têm quando alguém morre. Tem lágrimas nos seus olhos e ela está abraçando o próprio o peito como se estivesse pegando fogo lá dentro.

Então a MotherLove estende os braços e abraça a Chipo. Todo mundo observa e a gente não sabe o que fazer, porque quando os mais velhos choram, não é como se a gente pudesse perguntar o que há de errado, ou simplesmente mandar eles calarem a boca; não existem palavras para as lágrimas dos adultos. Então a Chipo para de chorar e passa os braços em torno da MotherLove, mesmo que eles não cheguem a dar a volta completa. Uma borboleta roxa da sorte pousa no alto da cabeça da Chipo, e quando voa para longe a Forgiveness a persegue. Então a Sbho e eu saímos correndo atrás da Forgiveness, todas nós atrás da borboleta, e gritamos alto, pedindo por sorte.

Shhhh

O Pai volta para casa depois de muitos anos em que se esqueceu da gente, não nos mandou dinheiro, não nos amou, não nos visitou, não nos nada, e estaciona no barraco, sem poder se mexer, sem poder falar direito, sem poder nada, vomitando sem parar, Deus, só vomitando e defecando nas calças, e aquilo tudo cheirando como se tivesse alguma coisa morta lá dentro, morta e apodrecendo, seu corpo um graveto negro e terrível; chego em casa depois de brincar de Encontrar Bin Laden e ele está ali.

Só ali. Estacionado. No canto. Na cama da Mãe. Tão magro, como se comesse alfinetes e arame, tão magro que de cara nem o vejo debaixo dos cobertores. Estou subindo na cama para pegar a bola para brincar de queimada quando o P—, quando ele levanta a cabeça e eu o vejo pela primeira vez. Ele é só uma coisa comprida e ossos. Ele é pele áspera. É dentes de crocodilo e olhos como clara de ovos, e está deitado ali, afogado na cama.

Nem sei que é o Pai naquele momento, então corro lá para fora, gritando sem parar. A Mãe me recebe com um tapa e diz, Shhhh, e com o dedo apontado na direção do barraco me manda voltar. Eu volto, uma das mãos tapando minha dor, a outra fechada em punho na minha boca. Quando chegamos à porta eu já sei, sem que a Mãe tenha precisado dizer uma palavra. Sei que é o Pai.

De volta. De volta depois de todos esses anos em que se esqueceu da gente.

Sua voz soa como se algo tivesse queimado e chamuscado a sua garganta. Meu filho. Meu menino, ele diz. Ouvi-lo é doloroso; quero tapar os ouvidos com as mãos. Ele parece um monstro, de perto, e penso em sair correndo de novo, mas a minha mãe está parada ali num vestido vermelho parecendo perigosa. Meu menino, ele continua dizendo, mas eu não digo pra ele que sou uma menina, não digo pra ele me deixar em paz.

Então ele ergue seus ossos e estende uma garra na minha direção, e eu não quero tocar nela, mas a Mãe está ali olhando. Olhando como Jesus, no calendário da Mother of Bones, olha você para que não cometa um pecado. Continuo de pé até que a Mãe me pega pela nuca e me empurra, e eu cambaleio e quase caio em cima daqueles ossos horríveis. Sinto as garras duras e suadas na minha mão, que eu puxo de volta rapidamente, como se tivesse encostado no fogo. Mais tarde, não quero tocar meu corpo com essa mão, não quero comer com ela nem fazer nada com ela, gostaria até de poder jogar essa mão fora e arrumar outra.

Meu menino, ele repete. Não me viro para olhar pra ele porque não quero olhar pra ele, que continua dizendo, Meu menino, meu menino, até que por fim eu digo, *Não sou um menino, está maluco? Volta pra lá, sai da nossa cama e volta pro lugar de onde você veio com esses seus ossos feios, vai embora e deixa a gente em paz,* mas digo essas coisas dentro da minha cabeça. Antes que eu termine de dizer tudo que estou tentando dizer, ele se caga e parece que estamos dentro de uma privada.

A Mãe não queria que o Pai fosse embora pra África do Sul pra começo de conversa, mas isso aconteceu naquela época em que todo mundo estava indo pra África do Sul e pra outros países, alguns perto, alguns longe, alguns muito, muito longe. As pessoas estavam indo embora, indo embora aos bandos, e o Pai queria ir embora com todo mundo e ia embora e nada poderia deter sua vontade.

Veja só como as coisas estão desmoronando, Felistus, ele disse um dia, desamarrando os sapatos. Estávamos sentados do lado de fora do barraco e a Mãe estava cozinhando. O Pai vinha de algum lugar, não sei de onde, e estava zangado. Estava sempre zangado naqueles dias; era como se o homem gentil e engraçado, com a risada interminável e muitas histórias, o homem que tinha sido meu pai durante todos aqueles anos, tivesse ido embora e deixado um estranho no seu lugar. E, aos poucos, eu começava a ficar com medo dele, do estranho zangado que era em tese o meu pai.

A Mãe continuava mexendo a panela no fogo, optando por ignorar o Pai. Naqueles dias, você sabia quando não falar com o Pai pelo tom da voz dele, aquele tom de voz que ligava e desligava como as luzes. O tom que ele usava naquele momento estava ligado.

Devíamos ter ido embora. Devíamos ter deixado esta porcaria de país quando tudo começou, quando o Mgcini ofereceu para tirar a gente daqui.

As coisas vão melhorar, a Mãe disse, por fim. Não há noite tão longa que não termine com o amanhecer. Não vai ficar assim, vai? E, além do mais, não podemos abandonar o nosso país agora.

Sim a esposa tem razão e tudo vai melhorar meu filho e o Senhor Deus está aqui e não vai nos abandonar não vai não pois ele é um Deus amoroso, a Mother of Bones disse, esfregando as mãos como se as lavasse, como se estivesse se desculpando por algo, como o fato de estar frio lá fora. A Mother of Bones dizia *Deus* como se conhecesse Deus pessoalmente, como se Deus não fosse nem mesmo algo maior do que o céu, mas um menininho bonito com um cabelo tão ralo que dava para contar e botões faltando na sua camisa de Harvard, que gaguejava ao falar e brincava de Encontrar Bin Laden com a gente. Era assim que eu sentia pelo modo que a Mother of Bones dizia *Deus*.

Então o Pai riu, mas não era uma risada-risada mesmo.

Vocês não entendem, não é? Foi para isso que fui para a universidade? Foi para isso que nós conquistamos a independência? Faz sentido que a gente esteja vivendo assim? Digam!, o Pai exclamou.

Tudo que eu sei é que com certeza não estou morrendo de vontade de atravessar a fronteira para ir viver num lugar onde sou chamada de kwerekwere. A Nqobile não estava aqui, recém-chegada daquela Hillbrow, tem só dois dias, contando para a gente como as coisas são de verdade por lá?, a Mãe disse em voz baixa. Ela colocou mais farinha na panela e mexeu.

E além disso toda a minha família está aqui. E quanto aos meus pais idosos? E a sua mãe? E você, saia daqui, imbecil, vá brincar com os seus amigos antes que eu corte fora essas suas orelhas grandes, por que é que você está aqui prestando atenção no que falamos?, ela disse para mim, como sempre fazia a cada vez que tinha uma conversa adulta ou eles brigavam, e eles brigavam muito naqueles dias.

O Pai foi embora não muito tempo depois disso. E mais tarde, quando as fotos e as cartas e o dinheiro e as coisas que ele tinha prometido não vieram, tentei não esquecer procurando por ele nos rostos dos homens do Paraíso, nos rostos dos pais dos meus amigos. Observava os homens de perto, querendo saber quais dos seus gestos meu pai faria, que voz ele usaria, que riso. Quanto cabelo cobriria seus braços e o seu rosto.

Shhhh, não é para você contar pra ninguém, e eu quero dizer *nin-guém*, está me ouvindo?, a Mãe diz, olhando para mim como se fosse me devorar. Que o seu pai está de volta e que ele está doente. Quando a Mãe diz isso, eu só olho para ela. Nem digo que sim nem faço que sim com a cabeça, nem nada. Como tenho de ficar cuidando do Pai agora, como se ele fosse um bebê e eu a sua mãe, isso significa que quando a Mãe e a Mother of Bones não estão, não posso brincar com os meus amigos, então tenho de mentir para eles sobre o motivo.

No começo, quando eles vêm até o nosso barraco para me buscar, fico do lado de fora e bocejo abrindo a boca o máximo que consigo e digo pra eles que estou cansada. Depois digo pra eles que estou com uma dor de cabeça que não quer passar. Então digo pra eles que estou gripada. Depois com diarreia. Não é a mentira em si que faz com que eu me sinta mal, mas estar mentindo para os meus amigos. Não gosto de não brincar com eles e não gosto de mentir pra eles porque eles são a coisa mais importante pra mim e, quando não estou com eles, sinto que não sou nem eu mesma.

Um dia estou de pé na porta, só com a cabeça pra fora, e digo pra eles que peguei sarampo. Não sei por que penso nisso, mas a palavra de repente está ali, na minha língua, dizendo-se. *Sarampo*.

Dói muito?, a Sbho pergunta. Ela olha para mim com a cabeça meio de lado, como a mãe de alguém faz quando você conta alguma coisa séria.

Sim, é sim, digo. E depois acrescento, E coça. Já vão aparecer as feridas, e aí não vou poder sair pra brincar por um tempo, digo. Não consigo ler a expressão no rosto do Stina, mas o Godknows olha para mim com a boca aberta. O Bastard está apertando os olhos e me fitando como se eu estivesse roubando algo, e o rosto da Sbho está contorcido, como se ela sentisse dor. A Chipo está sentada, desenhando formas com um graveto no chão.

E a Copa do Mundo?, o Godknows pergunta. Você não vai jogar na Copa do Mundo? Achamos até uma bola de capotão de verdade em Budapeste, porque alguém esqueceu do lado de fora.

Talvez meu sarampo já tenha acabado quando chegar a época da Copa do Mundo, então eu posso participar e ser o Drogba, digo, coçando o pescoço pra fazer de conta que estou mesmo com sarampo.

Mesmo?, Godknows pergunta.

Sim, juro por tudo que há de mais sagrado, digo.

Tudo bem, mas você não pode ser o Drogba, não tá vendo que eu já sou o Drogba?, Godknows diz.

Mentirosa, você está mentindo, diz Bastard. Você não está com sarampo nem está doente e nunca esteve doente. Ele está parado numa perna só feito um galo, mascando uma folha de capim. Ele me olha nos olhos e sei que ele quer que eu responda alguma coisa pra ele poder dizer algo pior. Estamos todos parados ali, todo mundo esperando que eu diga alguma coisa pro Bastard, mas sei que não vou abrir a boca.

Continuamos desse jeito, e o silêncio é grande e gordo entre nós, como algo que você pode tocar, quando a tosse começa. É alta e crua e terrível e num primeiro momento me pega desprevenida. Faço um gesto de surpresa, mas logo me lembro de que ele está no barraco. A esta altura já é tarde demais para fazer qualquer coisa para esconder, e todo mundo está me olhando nos olhos, olhando e esperando que eu diga alguma coisa, que explique.

Não consigo pensar no que dizer, então só fico ali suando e ouvindo a tosse golpeando as paredes, golpeando e golpeando e golpeando, e repito dentro da minha cabeça, *Para, por favor, para para para para, por favor,* mas ele continua golpeando e golpeando e golpeando até que eu me viro e fecho a porta com força, uma voz atrás de mim dizendo, Espera!

O que é isso lá dentro? O que é?

Ouço a voz do Bastard perto da porta, como se ele fosse talvez girar a maçaneta e entrar. Puxo a tranca e ouço ele falando coisas e me dizendo para abrir e fazendo piadas. Quando ele por fim se cala eu afundo no chão e só fico sentada ali, me sentindo cansada. Olho para o canto e ele está me fitando com aqueles olhos selvagens, como se fosse algum tipo de animal surpreendido pelo brilho da luz na estrada Mzilikazi, olhando para mim com sua cabeça encolhida, com os lábios franzidos, com o seu fedor de doença.

Ele tosse um pouco mais e ouço o som terrível rasgando o ar. Seu corpo se dobra e rola a cada tosse, mas eu nem sinto pena porque penso, *Eu te odeio por isso, eu te odeio por ter ido pra África do Sul e voltado doente e pele e osso, eu te odeio por me fazer parar de brincar com os meus amigos*. Quando a tosse finalmente passa, ele está suando e respirando como se alguém o tivesse perseguido desde Budapeste e pra cima e pra baixo da Fambeki, e quando diz, Água, naquela voz esfarrapada, faço de conta que nem ouvi, porque eu odeio ele por me fazer parar minha vida desse jeito. Na minha cabeça, estou pensando, *Morra. Morra agora pra eu poder ir brincar com os meus amigos, morra agora porque isso não é justo. Morra morra morra. Morra.*

O Pai não pode subir a Fambeki porque está doente, então a Mother of Bones pede que o Profeta Revelations Bitchington Mborro venha rezar por ele no barraco. Nós nos sentamos num canto, eu e a Mãe e a Mother of Bones, observando. O Profeta Revelations Bitchington Mborro salpica água benta no Pai e depois acende quatro velas: uma vermelha, talvez para o Pai; uma branca, talvez para o Filho; uma amarela, talvez para o Espírito Santo; e uma preta, não sei para o que, talvez para a maioria negra, que é o que representa o preto na nossa bandeira. O Profeta Revelations Bitchington Mborro está agachado, cantarolando consigo mesmo enquanto faz tudo isso, e por fim, quando termina, ele estende um pano branco no chão, se ajoelha sobre ele com uma Bíblia ao seu lado e troveja.

No começo meus olhos estão fechados, como devem ficar quando alguém está rezando, mas depois eu me canso de deixá-los fechados, porque o Profeta Revelations Bitchington Mborro continua trovejando e trovejando. Para fazer o tempo passar eu conto até cem e quando termino ele ainda continua falando com aquela voz de trovão. Ele fala e fala e fala e fala e fala e fala e fala e fala e fala fala fala fala fala fala fala fala fala fala fala fala fala fala, Eu o advirto em nome de Jesus, demônio — limpe-o, meu Pai, poderoso leão e curador dos doentes, eu me prostro diante de vós Jeová Jaira, e isso e aquilo. Só fico sentada ali, mordendo o interior da minha boca até sentir o gosto de sangue.

Os olhos do Pai estão abertos e o olhar dentro deles é de espera, como quem aguarda um milagre. Olho para o lado e Mother of Bones está de olhos fechados e reza fervorosamente, uma veia saltada na sua testa. Os olhos da Mãe estão abertos. Ela não me lança um olhar que diz que vai me matar por eu ficar de olhos abertos durante a oração, então eu só fico assim, observando.

Os olhos da Mãe estão cansados e o rosto dela está cansado; desde que o Pai chegou ela tem estado ocupada fazendo coisas para ele — cuidando dele e cozinhando para ele e o alimentando e trocando suas roupas e se preocupando com ele. Penso em rezar por ela, para que o seu cansaço vá embora, mas depois lembro que cheguei à conclusão de que rezar a Deus é uma perda de tempo. Você reza e reza e reza e nada muda; por exemplo, eu rezei por uma casa de verdade e boas roupas e uma bicicleta e outras coisas por um tempo muito, muito longo, e nada disso aconteceu, nem mesmo uma única dessas coisas, e é por isso que eu sei que toda essa reza pelo Pai é só gente brincando.

Tenho pensado nisso de verdade, toda essa coisa de rezar, e o que eu acho é que talvez as pessoas estejam fazendo do jeito errado; que, em vez de pedir pra Deus gentilmente, as pessoas deveriam exigir e questionar e ameaçar, parar de adorá-lo. Talvez desse jeito ele começasse a pensar de forma diferente e tentasse fazer as coisas direito, como realmente deveria fazer; até mesmo aquele versículo na Bíblia diz, Peça qualquer coisa e receberá, e de quem afinal são essas palavras?

Então, depois de muito tempo, o Profeta Revelations Bitchington Mborro finalmente diz Amém, e abre os olhos. Enxuga o rosto e a cabeça, que estão pingando suor, com a manga da camisa, enquanto diz para a Mother of Bones que Deus mostrou para ele que o espírito do meu avô, que estava em mim o tempo todo, foi embora. Quando ouço isso eu sorrio; mesmo nunca tendo sentido que tinha algo em mim, ainda assim me incomodava ouvir o Profeta Revelations Bitchington Mborro dizer que tinha, para começo de conversa.

Ele então diz para a Mother of Bones que isso não significa que o espírito se foi, porque agora ele entrou no Pai e está devorando o sangue e o corpo dele, deixando-o todo ossudo e doente e roubando sua força. Para vingar o espírito e curar o Pai, o Profeta Revelations Bitchington Mborro diz, Precisamos encontrar dois bodes virgens brancos e gordos para serem levados até a montanha para o sacrifício, e o Pai tem de ser banhado no sangue dos bodes. Além disso, o Profeta Revelations Bitchington Mborro diz que vai precisar de quinhentos dólares como pagamento, e se não houver dólares, euros também servem. Quando ele diz isso, a Mãe se levanta com raiva e sai fervendo do barraco, batendo a porta atrás de si.

Deus me disse que a esposa também está possuída, por três demônios. Um faz com que ela seja infeliz o tempo todo, o outro é o espírito do cão e o último a deixa de mau humor, tornando-a uma mulher perigosa. Mas por ora temos de cuidar do marido, sendo óbvio que ele é o caso mais urgente, o Profeta Revelations Bitchington Mborro diz, apontando para o Pai com o seu cajado.

Eles estão amontoados do lado de fora do barraco quando abro a porta. A Mãe foi à fronteira vender coisas, e a Mother of Bones está na Fambeki rezando, porque ela está de jejum pela saúde do Pai. Ela não tem condições de comprar os dois bodes virgens e pagar os quinhentos dólares que o Profeta Revelations Bitchington Mborro disse para arranjar, e não tem médicos nem enfermeiros no hospital, porque eles estão sempre em greve, então isso é o que a Mother of Bones precisa fazer por enquanto, jejuar e ir pra Fambeki e rezar e rezar e rezar, mesmo que Deus simplesmente a ignore.

É o seu pai que está aí. Ele está com a Doença, a gente sabe, diz Godknows.

Não adianta esconder a AIDS, diz Stina. Quando ele menciona a Doença pelo nome, sinto falta de ar. Olho ao redor para ver se tem mais gente por ali que pudesse ouvir.

É como esconder uma coisa com chifres num saco. Um dia, os chifres vão começar a furar o saco e sair, e todo mundo vai ver, diz Stina.

Onde foi que ele pegou, na África do Sul? Ele não estava doente quando foi embora, estava?, Godknows pergunta.

Quem contou tudo isso pra vocês?, pergunto, olhando de um para o outro. Na minha cabeça, estou pensando em quanto odeio ele de novo, mas agora por um motivo diferente. É por me colocar nesta situação em que eu tenho de explicar para os meus amigos e não sei mais como, porque estou cansada de todas as mentiras.

Todo mundo sabe, sua feiosa, diz Bastard. Queremos entrar e ver com nossos próprios olhos.

Não tem nada pra ver, eu digo. Não tem ninguém aqui. E me dou conta de que sussurro, como se falasse só para mim mesma.

Nós vimos a sua mãe saindo e sabemos que a sua avó está naquela kaka de montanha perdendo seu tempo, então por que você não deixa a gente entrar e ver?, diz Bastard. Ele já está abrindo a porta e entrando como se morasse aqui. Todos eles entram aos atropelos, e eu vou atrás como se fosse o barraco deles e eu estivesse apenas visitando.

A gente se ajoelha ao redor da cama, ao redor do Pai, que está empoleirado ali como um rei que desaparece. É a primeira vez que chego tão perto dele sem a Mãe me obrigar. Continuo esperando que alguém ria dos ossos do Pai, mas ninguém faz qualquer ruído; tudo está quieto como se estivéssemos talvez na igreja e Jesus tivesse acabado de entrar e tossido duas vezes. Tomo o cuidado de não olhar para o rosto de ninguém, porque não quero que eles vejam a vergonha nos meus olhos, e também não quero ver o riso nos olhos deles.

Não falamos. Só ficamos espiando, sob a luz cansada, a comprida trouxa de ossos, a cabeça encolhida, o cabelo ondulado, a maior parte dele já caiu, o rosto que é todo pontas e bordas de ossos salientes, os lábios de um vermelho rosado, as feridas feias, a pele grudada no osso como se alguém tivesse passado a ferro, as mãos e os pés como garras. Compreendo, então, que o que realmente faz o rosto de uma pessoa é a carne; quando ela derrete você fica com uma coisa que ninguém consegue nem mesmo reconhecer.

 O Bastard pega a mão que está ao lado do Pai e que parece feita de gravetos que alguém deixou para trás quando saiu para brincar. Ele segura a mão com cuidado, como se fosse um ovo, e pergunta, Como está, sr. Pai da Darling? Nunca ouvi o Bastard falar desse jeito, todo cuidadoso e gentil como se suas palavras fossem feitas de plumas. Todo mundo se inclina para a frente e vemos os lábios finos se moverem, a boca lutando para murmurar algo e desistindo porque as palavras ficam atordoadas no tapete de feridas ao redor dos lábios, na parte de dentro, a língua tão inchada que ocupa a boca toda. A gente observa ele interromper sua luta para falar e eu penso em como seria a sensação de não ser capaz de fazer uma coisa tão simples como abrir a boca e falar, a voz se afogando dentro de mim. É uma sensação apavorante.

 Para onde você acha que ele vai?, a Sbho pergunta.

 Você não vê que ele está preso aqui, e nunca mais vai sair?, a Chipo diz.

 Eu quero dizer quando ele morrer, diz a Sbho.

 Eu me viro para olhar pra ela, que dá de ombros. Sei que o Pai está doente, mas pensar nele morto-morto me dá medo. Não vai ser como se ele estivesse na África do Sul, por exemplo, onde dá pra dizer pra você mesma e pras outras pessoas que já que ele foi para lá, talvez um dia volte. A morte não é assim, é o final, como aquela garota pendurada na árvore porque, como mais tarde descobrimos por causa da carta no seu bolso, estava com a Doença e achou que era melhor acabar com tudo e se matar. Agora ela está morta, e a Mavava, sua mãe, nunca mais vai poder ver a filha de novo.

 Pro céu. Meu pai vai pro céu, digo, mesmo achando que não existe um céu de verdade; só não gosto da ideia de ele não ir a lugar nenhum. Ouço a mim mesma dizendo *meu* como se ele fosse talvez a minha coisa favorita, como se fosse meu, como se eu fosse sua dona. Ele está parecendo uma criança, só deitado ali, incapaz de fazer o que quer que seja, e então sinto vontade de ser grande e forte para poder pegá-lo e embalá-lo nos meus braços.

É por isso que a Mother of Bones está sempre naquela montanha rezando? Ela está rezando pra Deus deixar ele entrar no céu?

Não sei, talvez, eu digo.

O céu é chato, diz Bastard. Você não viu naquele livro com figuras, quando a gente ia pra escola? É tudo sem graça e branco e não tem nem mesmo outra cor e é muito organizado. Como se tivesse monitores malucos dizendo pra você o tempo todo, Faça isso, não faça aquilo, onde estão os seus sapatos, coloque a camisa para dentro, shhh, Deus não gosta disso e vai castigar você, fale baixo ou vai acordar os anjos, vá se lavar, você está sujo, o Bastard diz.

Eu, quando morrer, quero ir para um lugar onde tenha um monte de comida e música e uma festa que nunca termina e que a gente cante aquela canção Jobho, diz Godknows.

Quando o Godknows começa a cantar Jobho, a Sbho se junta a ele e ouvimos os dois cantarem por um tempo, depois começamos a coçar o corpo e a cantar porque Jobho é uma canção que não te deixa outra escolha além de coçar o corpo do modo como aquele homem doente, o Jó, fez na Bíblia, deitado ali coçando suas feridas quando Deus estava ocupado torturando-o só para brincar com ele e ver se ele tinha fé. Jobho faz você lançar um chamado ao céu, mesmo sabendo que Deus está ocupado com coisas melhores e nem vai olhar para você. Jobho faz você apontar seu dedo indicador para o céu e cantar a plenos pulmões. Nós nos coçamos e apontamos e coçamos novamente e enchemos o barraco de música.

Então o Stina chega e pega a mão do Pai e começa a movê-la no ritmo da música, e o Bastard move a outra mão. Estendo a mão e toco nele também, porque nunca toquei nele de verdade desde que ele veio, e isso é o que eu devo fazer agora, porque qual a impressão que vou dar quando todo mundo está tocando nele e eu não? Olhamos uns para os outros e sorrimos-cantamos porque estamos tocando nele, tocando nele todo como se ele fosse um belo brinquedo que acabamos de resgatar de uma lata de lixo em Budapeste. A sensação em minhas mãos é como se ele fosse feito de madeira seca, mas tem uma luz estranha nos seus olhos fundos, como se ele tivesse engolido o sol.

Blak Power

A estação das goiabas está quase acabando, então a gente ronda por Budapeste como animais caçadores. A gente passa cuidadosamente pelas ruas, olhos grudados com tanta força nas árvores que nosso pescoço poderia se distender. A gente não chega a falar disso, mas sei que todo mundo está pensando no final da estação, quando Budapeste já não vai ter mais nada pra gente.

Talvez a gente devesse tentar lá dentro, Bastard diz, falando bem devagar e sério.

Não. Não somos ladrões, o Godknows diz, e eu quase aplaudo por ele dizer alguma coisa sensata, para variar.

É, nós não somos esse tipo de gente, a Sbho diz.

Vou dizer uma coisa, a gente está comendo barriga, de verdade, Bastard diz, seu rosto todo contorcido de seriedade.

Caminhamos pela Queens, e debaixo dos nossos pés a rua queima por causa do sol. É quando dobramos a esquina da Mandela que vemos o homem. Sabemos, pelo seu uniforme, que ele é um guarda. Nunca vimos guardas antes em Budapeste, então no início não sabemos o que fazer com ele. Ele faz sinal pra gente se aproximar, com o seu cassetete preto, e como estamos perto demais pra dar meia-volta, só andamos na sua direção.

Muito bem, o que os traz a este território?, o guarda pergunta. Estamos bem ali com ele, mas ele grita como se estivéssemos no monte Everest. Olha para a gente com seus olhos ofensivos, e a gente só olha de volta, sem responder, para ver o que ele está querendo.

Não consigo descobrir se ele está franzindo a testa ou se é só sua feiura normal. Ele é alto e parece terem apenas enfiado nele aquele uniforme azul-marinho. No seu braço esquerdo tem um emblema branco desbotado com a imagem de uma arma e a palavra *Segurança* gravada em letras vermelhas, e no seu peito tem um distintivo da igreja ZCC. As calças mal chegam aos calcanhares e as botas não estão engraxadas. Ele usa um gorro e luvas de lã pretas que combinam, mesmo no calor. Tudo nele parece uma piada e sabemos que ele é perda de tempo — se não estivéssemos tão perto provavelmente íamos xingá-lo e rir dele e jogar pedras nele.

Ordeno que vocês deem meia-volta imediatamente e regressem ao lugar de onde vieram. Retirem-se destas premissas e regressem ao buraco para fora do qual rastejaram, seja ele qual for. Sob nenhuma circunstância quero voltar a colocar os olhos em vocês, estão entendendo?, diz o guarda, apontando para a rua. Ele fala com esse tom como se fosse dono das coisas, mas sabemos que nem o cassetete na sua mão pertence a ele, que se ele não estivesse naquela rua não seria nada.

Por que você está falando desse jeito, você foi pra universidade? Meu primo Freddy também foi e ele fala um inglês todo importante também, diz Godknows, mas o guarda nem mesmo olha para ele.

Seus ouvidos não estão funcionando?, diz o guarda levantando a voz. Então ele se curva um pouco para que seu rosto fique da altura do nosso. Vão embora daqui agora mesmo, desta esquina, ele diz, mas ficamos ali, imóveis.

Não conhecemos você, diz Bastard, e cospe. Isso é a gota d'água, o guarda vira um bicho, como se fosse um cachorro e alguém tivesse puxado o rabo dele.

Quem lhes concedeu permissão para realizar atos imundos nesta rua? Quem?, pergunta o guarda. Aponta um dedo curvo para Bastard, e depois para o cuspe, e depois outra vez para Bastard.

O quê? Você tá reclamando só por causa de um cuspe? Nossa amiga já vomitou nestas ruas antes, diz Godknows, com orgulho na voz. E por que eles não te deram uma arma, ou um cão de guarda? E se a gente estivesse armado e fosse perigoso?, o Godknows acrescenta.

Exijo que você limpe isso agora mesmo, diz o guarda a Bastard, o rosto todo sério.

Você por acaso tem algemas?, pergunta Godknows.

Limpar o quê? Bastard diz.

A sua imundície. Acha que pode simplesmente vir aqui e profanar o local como bem entende? Sabe que posso operar uma prisão agora mesmo e enviar a sua desprezível pessoa para a cadeia? Você bem que gostaria de ver o interior de uma cela, não gostaria, cabeção? Está implorando por isso, não está? Quer que eu te leve para lá?, o guarda pergunta. Ele anda na direção de Bastard, fazendo um gesto todo ameaçador com seu cassetete, como se fosse usá-lo.

Mas como você vai levar ele para a cadeia? Cadê o seu carro? Você tem carteira de motorista?, o Godknows pergunta.

Você, feche essa matraca, seu idiota impertinente, não fique de brincadeira comigo. Posso prender você também, diz o guarda, virando-se um pouco para o Godknows e dando a impressão de que vai cutucá-lo com o cassetete. Ele acha que o Godknows está zombando dele, mas o Godknows está falando sério.

Então onde estão as algemas e a viatura, ou para essa parte você vai chamar a polícia? Cadê o seu walkie-talkie, posso ver? E é verdade que eles podem matar a pessoa lá, na cadeia?, Godknows diz.

Ah, na semana passada, quando o Sekuru Tendai estava vindo ver a gente, a polícia parou ele numa blitz perto da cidade, diz a Sbho.

Colocaram algemas nele? Ele está na cadeia, agora? Bateram nele?, Godknows pergunta.

Não, só pediram uma propina e depois deixaram ele ir embora, diz Sbho.

Vocês encerrem toda essa conversa agora mesmo, vocês dois, estão me ouvindo? Abstenham-se de usar seus órgãos vocais a menos que e somente se eu me dirigir a vocês, diz o guarda pro Godknows e pra Sbho. Dou uma risadinha em silêncio. Então o guarda se volta de novo pro Bastard.

Acha que é a rua do seu pai, garoto? Vê a placa que diz Mandela e acha que ele é seu pai, é isso?

Mas o cuspe secou, veja, diz Stina, apontando para onde o cuspe de Bastard estava, e todos nós gritamos e aplaudimos e rimos.

Então vocês acham que estou aqui para diverti-los, não é? Acham que acordo de manhã e visto este uniforme especificamente para o prazer dos senhores? Acham que não tenho assuntos importantes para tratar além dessa bobagem toda, é isso?, diz o guarda, gesticulando com seus longos braços e com o cassetete, para enfatizar.

Desde quando você começou a tomar conta deste lugar? Nunca vimos você aqui antes, diz o Bastard, olhando para suas unhas. Agora ele está deixando crescer, para que eu não sei.

Desde que seus mal-educados pais começaram a aterrorizar este bairro. São os seus pais que têm vindo aqui, se dizendo vítimas do suor de cidadãos decentes, não é? Não é? E agora vocês estão inspecionando o lugar para eles, não estão? Bem, querem saber do que mais? Podem mandar eles virem que acabo com eles. Vão lá buscá-los agora mesmo, estão me ouvindo? Vão lá buscá-los, não amanhã, não dentro de três horas, mas agora mesmo. Quero-os aqui, diz o guarda. Seu nariz está suando e sua boca, espumando, e ele olha pra gente, de um rosto a outro, como se realmente achasse que temos tempo pra ele. Começo a ficar de saco cheio e só quero que a gente vá procurar goiabas.

Mas é sério, quanto é que eles estão pagando pra você?, pergunta Bastard. Ele vai até o portão como se fosse seu e se apoia nele.

Pare com isso, pare já, sua peste, está escutando? Nem pense em — retire-se, afaste-se daí, agora mesmo!, o guarda diz entre os dentes.

Observamos enquanto ele vai num trote até o portão, o cassetete erguido acima da cabeça, pronto para bater. Imediatamente começamos a gritar e a vaiar. Ele desce o cassetete no Bastard, que escapa, corre e para a uma distância segura. O guarda começa a perseguir o Bastard; escorrega e cambaleia por um instante, como se fosse cair, mas consegue se equilibrar. Fica parado ali olhando pro Bastard, que se diverte, porque adora esse tipo de coisa. Dá para ver no rosto do guarda que ele está ficando frustrado, que se pudesse colocar as mãos, o cassetete, no Bastard agora, a coisa ia ser feia.

Vou pegar você e você vai desejar nunca ter nascido, seu aborto da natureza, ele diz, a boca tremendo. Então se vira para nós como se tivesse acabado de se lembrar que estamos ali.

Vão embora, desapareçam daqui agora mesmo. É isso que ensinam a vocês na escola, é? A se comportar como animais? Vamos, sumam!, diz ele.

Ah, a gente não vai mais pra escola. Os professores foram embora, não sabe o que está acontecendo?, diz Godknows. O guarda começa a dizer alguma coisa mas por fim só fica parado ali, como se todas as suas palavras grandiosas tivessem sumido. Dá para ver que ele não sabe o que fazer com a gente.

Quando o carrinho vermelho vem deslizando pela rua, o guarda vai pro outro portão. Batemos palmas e damos vivas por ele, depois ficamos olhando o carro como se fosse talvez uma noiva. Ao contrário do Stina, não entendo muito de carros, não sei olhar pra um deles e dizer de que marca é, mas até mesmo eu tenho condições de perceber que é um carro interessante. É baixo, como se uma criança pudesse dirigir, com um estilo estranho, todo pontas e beiradas e dobras. De perto, o som que ele faz é como se tivesse alguma coisa sussurrando dentro do metal. O Stina faz que sim com a cabeça, assobia e ri. Se ele pudesse correr e abraçar o carro e falar com ele, faria isso.

O guarda já está no portão da casa creme com a grande antena parabólica e o terreno amplo. Ficamos olhando enquanto ele abre o portão pro carro, todo empertigado e estufado como se tivesse ficado mais alto e musculoso nos últimos minutos, como se fosse na verdade o dono do carro e quem quer que o tivesse pegado emprestado, estivesse trazendo ele de volta. Quando o carro passa, vemos a mão de alguém acenar. O guarda acena de volta e sorri. Continua acenando e sorrindo bem depois que a traseira do carro desaparece no pátio imenso. Não olha na nossa direção e sabemos que está evitando a gente.

Muito bem. Não tem mais nada para fazer aqui, vamos, diz Sbho.

É, vamos embora daqui, ele vai prender a gente, diz Godknows, e rimos.

Aquilo, bem ali, era um Lamborghini Reventón, diz Stina.

Quando eu for morar com a tia Fostalina, esse é o tipo de carro que vou dirigir, vocês viram como ele é pequeno, como se tivesse sido feito para mim?, digo. Eu simplesmente sei, porque sinto isso nos meus ossos, que o carro está esperando por mim na América, então grito, Meu Lamborghini, Lamborghini, Lamborghini Reventón! Minha voz ecoa na rua vazia e eu rio e dou um salto triplo.

Ah, cala a boca, diz Bastard.

Vamos procurar goiabas e deixar esse palhaço para lá, diz Godknows.

Na rua Julius finalmente encontramos uma árvore com goiabas, não muitas mas o bastante, e estamos colhendo quando ouvimos um barulho louco. Olhamos e eles estão se derramando pela Julius como água preta zangada e sabemos imediatamente que foi um erro ter vindo pra Budapeste hoje. Eles estão em toda parte, andando, apressados, correndo, dançando toyi-toyi, punhos e machetes e facas e pedaços de pau e todo tipo de arma e as bandeiras do país no ar, Budapeste tremendo com o som de suas vozes ardentes:

Matem o Boer, o fazendeiro, o khiwa!

Espalhem medo no coração do homem branco!

Homem branco, aqui não tem lugar para você, vá embora, vá para casa!

África para os africanos, África para os africanos!

Matem o Boer, o fazendeiro, o khiwa!

Eles vão matar a gente, diz Sbho. Eu não consigo ver seu rosto porque ela está num galho bem atrás de mim, mas sei, pelo tremor na sua voz, que as lágrimas já estão escorrendo pelas suas bochechas e vão acabar chegando na sua boca.

Eu não quero morrer. Eu quero a minha mãe, ela diz. Agora ela abre o berreiro de verdade, como se fosse um rádio e alguém tivesse acabado de aumentar o volume.

Cala a boca, o que você está fazendo, quer que a gente morra?, diz Godknows.

Shhhh. Sbho, escute, fique quieta. Se a gente não fizer barulho, se ficar aqui bem quieto eles não vão ver a gente. Vão só passar, então a gente vai embora, o Stina num sussurro, como se ele fosse a boa mãe de alguém. A Sbho para de chorar, mas ainda dá para ouvi-la fungando.

Ah, eles não vão fazer nada com a gente. Nem estou com medo, diz Bastard, e todo mundo olha na sua direção. Ele está sentado num galho gordo, um braço em volta da árvore, os pés rachados balançando no ar. É como se estivesse só fazendo uma pose e talvez esperando por alguém com uma câmera.

Vocês não conseguem ouvir que eles estão procurando brancos? Estou dizendo, eles não vão tocar na gente, a gente não é branco, diz ele. Observamos enquanto ele cospe, estende o braço para pegar uma goiaba, limpa no desenho do arco-íris estampado na sua camiseta e começa a atacá-la com mordidas rápidas.

E se eles não encontrarem nenhum branco?, pergunta Godknows. Vão vir atrás da gente.

Pura idiotice, eles sempre encontram brancos, diz Bastard.

O bando se espalhou em grupos menores agora, que saem arrombando portões a pontapés ou saltando sobre os muros para entrar nos pátios, gritando para as pessoas saírem. Eles estão descontrolados, cantando e gritando e berrando e mostrando os dentes e agitando as armas no ar, e eu me lembro da gangue que veio procurar o Bornfree; foi assim que eles fizeram. Um grupo vem na nossa direção. Eles derrubam o portão a pontapés, passam bem debaixo de nós. É quando notamos o guarda de antes; eles pegaram seu cassetete e amarraram seus punhos atrás das costas. Se não estivéssemos aqui em cima, riríamos dele.

Então um deles para, coloca as suas armas no chão e, no momento em que a gente se pergunta o que vai acontecer, abre o zíper da calça, coloca aquela coisa grande para fora e começa a urinar na nossa árvore. Agora eu só estou empoleirada ali, tremendo. Mesmo sabendo que ele não vai fazer nada, já rezei duas vezes, pra Deus e em seguida pra mãe de Jesus, só pra garantir. Tem uma goiaba na minha boca, parada ali como uma pedra amarga; não consigo engolir e não posso cuspi-la. Tem todo tipo de pensamento na minha cabeça, como *O que vamos fazer? E se ele olhar para cima? O que eles vão fazer com a gente se nos encontrarem?*

Quando o homem termina de urinar, fecha o zíper da calça, pega suas armas e se reúne à gangue. Tenho de segurar firme, porque acho que vou desmaiar.

Ah! Viram como é grande a coisa dele?, o Godknows sussurra, e ninguém responde.

Quando eu for grande minha coisa vai ser assim também.

Abram! Se vocês não abrirem agora, a gente derruba esta porta. Abram agora, agora agora agora, abram!, eles gritam lá adiante. Então, o mais alto, de macacão vermelho, o que está empunhando um machado, vai para o janelão. Ouvimos o som de vidro espatifando.

Eles quebraram a janela!, Godknows diz.

Shhhh, cala a boca!, alguém sussurra.

Então um deles se lança sobre a porta com um machete e começa a golpear, e os outros se juntam a ele com suas armas. O guarda está parado de lado como se não quisesse ser pego fazendo nada errado. Eu imagino como deve ser a expressão do seu rosto agora, imagino que palavras importantes ele usaria pra isto. Eles continuam cortando batendo golpeando, mas antes que consigam realmente arrombar a porta, ela se abre, e eles comemoram. Então, duas pessoas brancas, um homem e uma mulher, saem da casa parecendo ratos arrastados pra fora de um buraco.

O homem é alto e gordo e usa short cáqui e camisa cáqui e um chapéu cáqui, como se fosse talvez um menino em idade escolar. Está descalço, e é a primeira vez que eu vejo um branco descalço, como se ele estivesse tentando dizer que não tem dinheiro pra comprar sapatos. Suas pernas são tão peludas que daria para pentear. A mulher, que vem logo atrás, é magra como se o homem comesse toda a sua comida, como se ela estivesse com a Doença. Usa um vestido preto e sapatos brancos. Nós na verdade não sabíamos, quando viemos para cá, que era casa de gente branca.

Então a gente ouve um som estranho, e uma pequena coisa branca que parece um brinquedo sai da casa atrás do casal.

O que é aquilo?, pergunta Godknows. No início ninguém responde, porque todo mundo está olhando para a coisa, tentando ver o que é.

Tem quatro patas, tem uma cauda e late, mesmo que seja um latido estranho, diz Stina.

É um cachorro!, diz Sbho. Eu sei, é um cachorro!

Então aos poucos me dou conta de que deve ser um cachorro, e que o som é realmente um tipo de latido. Mas é um latido estranho, como se o cachorro só estivesse brincando, ou nem estivesse acostumado a latir. É o menor cachorro que eu já vi. Começo a rir, mas depois me lembro de onde estou e do que está acontecendo. O cachorro corre em direção à gangue como se fosse engolir alguém vivo, depois para de repente e só fica ali latindo seu latidinho maluco. A gangue está morrendo de rir. Ouvindo eles assim, você poderia pensar que foi isso o que decidiram fazer naquele dia quando acordaram: apenas jogar a cabeça pra trás e rir muito e alto. Não imaginaria, pelo som, que eles também estão agitando coisas que podem cortar uma pessoa e fazer chover sangue.

Mas não parece um cachorro, parece um brinquedo, e não sabe nem mesmo latir. Como ele vai morder e matar alguém? Como ele vai caçar?, pergunta Godknows.

É um cachorro de gente branca, é para ser estranho mesmo, diz Bastard.

Eu não ia ficar nem com medo dele, diz Godknows.

Então a mulher branca se abaixa e toma o cachorro nos braços. Ela o embala junto ao peito como se estivesse embalando um bebê. A gangue explode de tanto rir outra vez; fico pensando que eles vão jogar as armas no chão e dar tapas uns nos outros e segurar a barriga ou algo assim. Então um homem de camisa rosa pega o cachorro e o joga para outra pessoa. É como se eles estivessem jogando *netball* agora, e dão vivas enquanto o cachorro é passado de um para o outro.

A mulher atira as mãos pro ar, num gesto exaltado. Parece dizer alguma coisa. Não conseguimos ouvi-la por causa do barulho, mas dá para ver que implora a eles que soltem o cachorro. Finalmente, um deles pega o cachorro e dá alguns passos para longe do grupo, em direção à nossa árvore.

Ele está vindo, ele vai ver a gente, alguém sussurra, mas enquanto estamos nos perguntando o que vai acontecer, o homem para. Joga sua machete no chão, segura o cachorro na sua frente por uma pata, de modo que ele fica pendurado no ar como um trapo. Então, a gente vê o homem dar alguns passos para trás e sacudir a perna. Então ele estende a perna para trás e para a frente, e sabemos que ele está mirando o chute.

Ele vai — alguém começa a sussurrar, mas antes mesmo que a frase termine, a perna do homem chuta e acerta. Há um pequeno ruído de *bhu* e o cachorro voa pelo ar como se tivesse asas emprestadas. Ele continua subindo e subindo e finalmente desaparece no outro lado do muro com um baque e um ganido agudo. Os homens da gangue pulam e assobiam e dão vivas e gritam, *Gol!*

O que vocês querem?, o homem branco está gritando agora, e dá para ver que se a sua voz tivesse dentes, ele devoraria tudo. Então vemos um deles, o único que não está carregando nenhuma arma, dar um passo à frente e entregar ao homem branco um pedaço de papel. Ele faz isso como uma noiva, devagar e de maneira respeitosa, como você deve fazer com os brancos. Observamos o homem branco agarrar o papel, desdobrá-lo e olhar para ele por um tempo, e então seu rosto fica com uma cor mais forte, como se alguém o estivesse cozinhando.

O que é isto? O que é isto?, o homem branco pergunta, apontando para o papel com o dedo. A raiva na sua voz é como se tivesse um leão dentro dele. Ele se eleva acima de todos, a cabeça inclinada para a frente, como se estivesse prestes a fazer alguma coisa. A mulher está ali ao lado dele, torcendo as mãos.

Não sabe ler? Você trouxe o inglês para este país e agora quer que a gente explique o inglês a você, sua própria língua, você não tem vergonha?, um deles diz.

Um monte de bobagem! Isto é ilegal, eu sou o dono da porra desta propriedade, tenho papéis para provar isso, o homem branco diz. O leão dentro dele está com o pelo em pé, agora.

Nós sabemos, senhor. Peço desculpas, mas são os novos tempos, o senhor sabe. Os tempos estão mudando, o senhor sabe. Talvez o senhor entenda um dia que isto teve de ser feito, sabe, diz uma nova voz. É uma voz tranquilizadora, como a de uma mulher, e estico o pescoço pra ver que tipo de homem fala com essa voz.

Você, pare de argumentar com essas pessoas, sempre tenho de dizer isso! E pare com a droga dessa sua mentalidade colonial, por que está chamando ele de senhor, ele por acaso é seu pai? Vai se comportar como aquele traidor ali?, diz o que está de macacão vermelho, que também parece ser o chefe. Ele aponta para o guarda, indicando o traidor, e o guarda se encolhe.

E você, branco idiota, não damos a mínima, está me ouvindo? Se você não trouxe esta terra com você num navio ou num avião de onde veio, então não damos a mínima, diz o chefe. Ele está balançando o machado na cara do homem branco, agora.

Ouça...

Vocês estão ouvindo o que ele está dizendo, Filhos da terra, estão ouvindo?, pergunta o chefe, inclinando a cabeça na direção da gangue.

Um branco típico! Ele tem colhões para dizer a um negro que escute, em seu próprio país. Alguém, por favor, diga a este branco aqui que esta não é a porra da Rodésia!, diz o chefe. Ele se volta para a gangue agora e se dirige a eles com o machado na mão. Seu rosto está voltado para cima, como se ele falasse conosco também. O chefe tem um rosto comum; sua pele é da cor da terra. Ele se vira para o homem branco e começa a agitar o machado novamente.

Fique sabendo disto, a partir de agora o negro se cansou de ouvir, entendeu? Este país é do negro e o negro está no comando agora. África para os africanos, o chefe diz, sob muitos aplausos.

Quem é você?, o homem branco pergunta, olhando para o chefe dos pés à cabeça. Dá para ver, pelo tom da sua voz, que ele o despreza, despreza todos eles, e que se pudesse nos ver aqui, ia desprezar a gente também.

Você não sabe quem ele é? Este é o comissário assistente de polícia Obey Marima, e cuidado com o tom, homem branco, porque você não pode falar com ele desse jeito, como se estivesse cagando, diz uma voz rouca.

Não, ouçam vocês, o homem branco diz, como se o chefe não tivesse acabado de adverti-lo para não mandar os negros ouvirem mais nada.

Eu sou africano, diz ele. Esta é a porra do meu país também, meu pai nasceu aqui, eu nasci aqui, assim como você! Sua voz está tão cheia de dor que é como se tivesse algo queimando profundamente, queimando seu sangue. O leão mostrou as presas, agora. As veias nas laterais do pescoço do homem branco são como cordas, seu rosto escuro de raiva. Mas ninguém se importa com ele. Eles vão invadir a casa, seus cantos sobre a África para os africanos enchem o ar. O homem e a mulher brancos continuam ali de pé ao lado do guarda como plantas tristes, só olhando depois que a gangue passa; talvez eles tenham medo das armas, é por isso que não tentam impedi-los nem vão atrás deles.

O que é exatamente um africano?, pergunta Godknows.

Shhh, olhe, diz Bastard.

O homem branco começa a rasgar o papel nas suas mãos; ele rasga e rasga e rasga, e joga os pedaços no chão. Então começa a esmagá-los com os pés, suas enormes pernas se movendo rapidamente. Uma pequena nuvem de poeira se eleva. Ele se move como se estivesse dançando, tap-tap-tap, como se estivesse ouvindo um tambor em algum lugar na sua cabeça. A mulher olha, mas não faz nada.

Então, como se não tivesse sido suficiente, o homem branco se abaixa e começa a esmurrar os pedaços de papel com os punhos, fica ali esmurrando e esmurrando, e penso no Profeta Revelations Bitchington Mborro quando ele luta com um demônio. Imagino os nós dos dedos do homem branco, todos cortados e sangrando, a terra marrom bebendo o sangue. Quando ele finalmente para, talvez porque esteja exausto, e só fica ali de quatro, balançando a cabeça dourada como se nunca mais fosse olhar pra cima outra vez, a mulher se ajoelha do seu lado e coloca a mão nas suas costas largas como se fosse começar a rezar por ele. Então os ombros dela começam a sacudir e sacudir como se ela estivesse chorando pelo mundo. O guarda só fica parado olhando. Então a Sbho começa a fungar outra vez.

O quê? Você está chorando pelos brancos? Eles são seus parentes?, pergunta Bastard.

Eles são pessoas, seu babaca!, diz a Sbho com uma voz dura e quente que nunca tínhamos ouvido antes, e quase caio da árvore, porque ninguém nunca chamou o Bastard desse nome. Nunca, jamais. Espero pra ver o que ele vai fazer, mas ele está olhando pra Sbho com a confusão estampada no rosto.

O que eles vão fazer?, o Godknows pergunta, e assim que as palavras saem da sua boca ouvimos barulho de quebra-quebra. O homem e a mulher brancos continuam ajoelhados como se nem ouvissem o barulho, mas o guarda está andando de um lado pro outro, nervoso. Não sei por que ele não foge, suas pernas não estão presas como suas mãos.

Talvez eles estejam matando coisas, diz Godknows, respondendo a si mesmo. Ficamos sentados ali ouvindo o som de coisas quebrando e se espatifando e caindo e estragando.

Eu queria estar lá dentro, lá dentro quebrando coisas, diz Bastard, e ri. Ele tira o canivete e esfaqueia a árvore, tatuando-a.

Vou para casa; devia ter ficado com a Chipo, vou para casa agora mesmo, diz o Godknows, a voz de alguém que está cheio de brincar.

Espera. Espera eles irem embora, diz o Stina. Além disso, olha pros brancos lá embaixo, eles vão ver a gente.

Não me importo, vou embora. Nem vou mais voltar pra Budapeste, diz Godknows. Ele começa a se mover, mas o Stina desliza pra debaixo do seu galho como uma cobra, estende o braço e agarra o Godknows pela sua camiseta que diz *Não seja egosíta, seja ecologista*. Há um som de tecido rasgando. Ficamos sentados em silêncio esperando, o Stina segurando o Godknows pela camisa como se ele fosse um cachorro raivoso que não deve ser solto. O Bastard terminou a tatuagem da árvore. Está escrito *Bastad*; ele esqueceu o *r*, mas duvido que tenha percebido.

Então, depois de um bom tempo, quando já estamos cansados de ficar sentados na árvore, a quebradeira para e eles saem da casa. O chefe vai na frente, o machado balançando do seu lado. Eles não estão mais fazendo tanto barulho e agora até parecem um pouco cansados. Como se tivessem exorcizado demônios e diabos lá dentro. Eles não falam com os brancos, simplesmente os agarram e os levam, junto com o guarda, pastoreando-os como gado. Quando o grupo passa sob nossa árvore a mulher olha para cima como se Deus tivesse sussurrado para que olhasse para cima, como se algo lhe tivesse dito que estamos aqui. Vejo uma sombra escura passar pelo seu rosto bonito; é como se ela fosse um camaleão tentando mudar de cor e ficar com a nossa.

Não consigo desviar meus olhos dos olhos da mulher, mas estou envergonhada que ela esteja vendo a gente na sua árvore, envergonhada por ela que a gente esteja vendo os dois serem levados assim. A sombra negra continua no seu rosto, e ela fica olhando, como se talvez quisesse nos arrancar da árvore com os olhos, e começo a pensar que vamos acabar caindo de tanto ela nos olhar assim. Sabemos, com aquele olhar, porque os olhos falam, que ela odeia a gente, não só um pouco, mas muito. Ela não diz nada; eles passam, e soltamos o ar.

Para onde estão levando eles?, o Godknows pergunta, parecendo ele mesmo agora.

Talvez vão matá-los, ele responde pra si mesmo. Talvez vão levá-los pra floresta e matá-los lá pra que ninguém ouça os seus gritos de socorro.

Quando temos certeza de que eles já foram embora-embora, descemos depressa da árvore e vamos direto pra casa. É a primeira vez que entramos numa casa de gente branca, então fazemos uma pausa na porta, como se a gente não soubesse como se entra usando uma porta. O Godknows, que está na frente, limpa os pés no capacho que diz *limpe suas patas*, mas depois fica parado. O Bastard vem por trás, empurra o Godknows pro lado e entra como se fosse o verdadeiro dono da casa e tivesse as chaves. Nós entramos depois dele.

No interior, sentimos o ar frio e colocamos as mãos nos nossos braços nus e sentimos arrepios. Olhamos ao redor, surpresos.

Como é que está tão frio aqui quando lá fora está tão quente?, a Sbho diz num sussurro, mas ninguém responde, o que significa que não sabemos. Em volta da gente tudo está espalhado e quebrado. Cadeiras, a tevê, o rádio grande, as coisas bonitas que não conhecemos. Ficamos parados no meio dos destroços; ninguém diz isso, mas estamos decepcionados com aquele estrago sem sentido, como se fossem as nossas coisas que eles tivessem destruído.

Na sala de estar, paramos diante da grande máscara na parede e fitamos a cara preta, os olhos esbugalhados. É uma cara comprida e fina, com contornos brancos nas sobrancelhas e nos lábios. A testa é alta e se sobressai um pouco, e pontos amarelos a dividem no meio. O nariz é longo e a boca redonda está aberta, como se soltasse um uivo. E por fim um chifre cresce no alto da cabeça.

O Bastard abre caminho entre os móveis espalhados e tira a máscara da parede. Cobre o rosto com ela e começa a latir como o cachorro dos brancos.

Isso é o que os pagãos fazem, eles usam coisas assim, o Profeta Revelations Bitchington Mborro disse isso na igreja, conto pro Bastard, mas ele continua com a máscara e continua latindo e latindo e latindo. Não é engraçado e ninguém ri. Saímos da sala de estar e vamos pro salão seguinte, a mesa comprida que está agora quebrada e muitas cadeiras estão caídas por toda a parte. Pendurado no meio do teto está um grande lustre, parte dele quebrada.

Por que eles têm duas salas de estar?, o Godknows pergunta.

Esta não é uma sala de estar, é uma sala de jantar, o Bastard diz. E sai do meu caminho e para de fazer perguntas de kaka. Abrimos caminho através da sala, então paramos numa extremidade da parede para ver as fotos que foram deixadas intactas.

Por que os brancos gostam de tirar retratos?, o Godknows pergunta.

É porque são bonitos, diz a Sbho.

Os retratos?

Não, os brancos.

Nas fotografias, vemos mulheres de vestidos longos e chapéus engraçados. Um menino monta um cavalo negro; ele parece feliz, o cavalo não. Um homem está parado do lado de uma pedra comprida, apontando uma arma. Morde o lábio inferior, concentrado, como se estivesse talvez constipado e tentando empurrar tudo para fora. Outro homem está vestido com um uniforme de soldado e usa uma boina vermelha. Seu peito esquerdo está brilhando com coisinhas de metal. Ele olha para a câmera como se não soubesse para onde olhar. Um homem usando roupas cáqui está de pé diante de um milharal. Um homem e uma mulher estão se casando, rodeados por pessoas felizes segurando bebidas.

É como um museu, disse a Sbho. Isto é o que eles fazem nos museus, ficam vendo fotos e outras coisas.

Se chama galeria, diz Stina.

Num quadro muito grande que ocupa uma boa parte da parede, um homem alto e magro com cabelo grisalho dividido de lado usa um terno que combina com o azul dos seus olhos. Segura uma xícara e um pires em uma das mãos. Sua mão livre está um pouco erguida, como se ele estivesse falando com ela. Na parte de baixo do quadro estão as palavras *O Honorável Ian Douglas Smith; os rodesianos nunca morrem*. No quadro do lado, uma criança pequena está de mãos dadas com um macaco. Eles estão vestidos com coisinhas azuis idênticas que são metade camisas, metade coletes, como se fossem gêmeos.

E num outro quadro, ao lado dos gêmeos, uma mulher bonita de rosto redondo sorri. Está coberta de joias: na sua cabeça tem uma coroa reluzente, e ela veste um colar e brincos combinando. O quadro não é nem mesmo interessante, e ela não é nem mesmo linda de morrer, mas todo mundo fica parado ali e ergue os olhos pra ela como se estivesse olhando talvez pra uma bandeira.

Por que ela está desse jeito?, Bastard pergunta.

De que jeito?, Sbho pergunta.

Como se aquela coisa fosse pesada, diz Bastard.

Se chama coroa, digo. E ela se chama rainha. Eu conheço ela.

Como você conhece?, Bastard pergunta.

Ela estava na nossa casa. Faz muito tempo.

Você está mentindo. O que um branco ia fazer na sua casa de kaka?, Bastard diz.

Sim, ela estava. Debaixo da cama. Debaixo da cama da Mother of Bones.

A rainha estava debaixo da cama da sua avó?, Godknows pergunta.

Aaaafffff. Sbho respira entre os dentes e revira os olhos.

O rosto dela estava no dinheiro inglês que a Mother of Bones guarda na Bíblia debaixo da cama. É assim que conheço ela, digo.

Essa coroa na cabeça dela é muito, muito pesada, e é por isso que ela está sorrindo assim, sorrindo como se tivesse acabado de comer um monte de goiaba verde. É pesada porque é feita de ouro, diz Godknows.

Achei que fosse feita de espinhos. Vi uma imagem dela na Bíblia, na parte em que eles estavam matando Jesus, diz Sbho.

Talvez você tenha visto outra Bíblia. Na que vi, Jesus também tinha uma coroa de verdade feita de ouro. Você sabe, o pai dele é dono do mundo todo, diz Godknows.

Vocês dois estão mentindo, o ouro não é pesado e as pessoas não carregam ele na cabeça, diz Bastard.

Como você sabe?, pergunta Godknows.

Meu tio Jabu me disse. Ele trabalhava na mina, lembra? Disse que o ouro era amarelo e brilhante, mas nunca mencionou que fosse pesado. Ia trazer para a gente ver, mas aqueles soldados de kaka deram um tiro nele, Bastard diz, sua voz começando a se elevar, porque agora ele está se exibindo.

Nós conhecemos a história. Você já contou, diz Sbho.

É, mas eu não contei pra vocês como tentaram esconder o corpo dele. Estava em todos os jornais, diz Bastard, mas já estamos passando pra um outro cômodo. Penso nas mãos de cascalho do meu primo Makhosi, quando ele também trabalhava na mina. Quando olho para trás, Bastard está ocupado ajeitando seu cabelo afro como se tivesse uma coroa ali e ele quisesse colocá-la no lugar.

No quarto, tudo está quebrado também, mas ainda assim subimos na cama e pulamos nela, menos a Sbho, que para na frente de um espelho quebrado e pinta os lábios de vermelho, depois borrifa um pequeno frasco azul de perfume. A gente pula e pula e pula, as molas erguendo a gente tão alto que levantamos as mãos e quase batemos no teto branco a cada vez que vamos para cima. Então, depois que nos cansamos de pular, vamos pra baixo dos lençóis e fechamos os olhos e fazemos ruídos como se estivéssemos roncando. A cama é macia e tem um cheiro tão bom que eu nem quero me levantar dali.

Somos como Cachinhos Dourados, eu digo, debaixo dos meus lençóis. Os três ursos estão vindo, digo, mas ninguém diz nada e eu sei que é porque eles não leram a história na escola.

Vamos fazer a coisa que os adultos fazem, sugere Sbho, e nós rimos. Agora os lábios dela estão como se ela tivesse bebido sangue, e ela cheira a algo caro. A gente olha uns para os outros de um jeito tímido, como se estivesse se vendo pela primeira vez. Então o Bastard fica em cima da Sbho. Então o Godknows se aproxima, mas eu empurro o corpo dele, porque quero o Stina em cima de mim, e não o Godknows da bunda rachada. O Stina sobe em mim e fica parado e a gente ri e ri. Sinto ele esmagando minha barriga sob seu corpo pesado e penso no que faria se ela explodisse e as minhas coisas se espalhassem por toda parte.

Estamos deitados assim, rindo e fazendo a coisa que os adultos fazem na cama macia dos brancos quando ouvimos o toque. Saltamos e olhamos ao redor, sem saber o que fazer.

O que é isso?, pergunta Godknows.

É um telefone, diz Stina.

É um telefone! É um telefone! É um telefone!, gritamos, correndo pra fora do quarto em direção ao som. Caçamos o telefone na sala e logo o encontramos debaixo de uma toalha. O Stina abre o telefone e diz, Alô. Então ele ri e passa pra Sbho, que ri e passa pro Bastard, que ri e passa pra mim. Sou eu quem fala inglês melhor, então digo, Alô, como vai, como posso ajudá-lo esta tarde?

Quem é?, diz uma voz do outro lado da linha. É uma voz surpresa, do jeito que você fala quando encontra algo que não estava esperando.

Sou eu, digo.

O quê? Quem é você?

Darling.

Darling?

Sim, Darling.

Muito bem, isso é uma piada? Como você conseguiu o telefone?

Não, não é uma piada, e quem me deu o telefone foi o Bastard, digo.

O Bastard? Muito bem, veja, você pode só dar o telefone à dona dele?

A dona dele não está aqui.

Onde ela está? Onde eles estão?

Nós não sabemos. Eles os levaram.

O quê? Nós quem? Quem os levou? Posso ouvir pela sua voz que ela talvez esteja franzindo a testa. Me lembro também que eu não estava usando a palavra *senhora*, como nos ensinaram na escola, e quase sinto vontade de começar de novo a conversa para poder fazer direito.

A gangue, senhora, digo, agora da maneira correta.

A gangue?

Aquela com as armas e bandeiras, senhora.

Para onde foi que os levaram?

Não sei, senhora.

Deus do céu, Dan, você pode descobrir o que está acontecendo? Acabei de ligar para a mamãe e o papai e uma criança africana estranha está com o telefone da mamãe, a mulher diz pra alguém chamado Dan.

A esta altura, todo mundo está olhando pra mim como se eu fosse alguma coisa, e só estou orgulhosa por finalmente falar com uma pessoa branca, algo que nunca fiz na vida. Não desse jeito. Então, uma nova voz, a voz de um homem, vem pro telefone. Quando ele começa a falar comigo na minha língua eu rio; nunca ouvi um branco falar a minha língua antes. Soa engraçado, mas estou um pouco decepcionada, porque quero continuar a falar inglês.

O homem branco me pergunta o que aconteceu e eu conto tudo pra ele, mas não a parte do roubo das goiabas. No final, ele me diz que eu deveria colocar o telefone onde encontrei e que a gente deveria sair da casa, porque não é a nossa casa e não temos o direito de estar ali. Eu fecho o telefone e o coloco de volta debaixo da toalha, onde o encontramos, mas não conto pros outros o que o homem disse sobre sair da casa. Já estou pensando em quantas pessoas do Paraíso podem viver aqui nesta casa grande. Talvez cinco famílias, talvez oito.

Na cozinha, a água esguicha das torneiras abertas, que a gente fecha. A mesa e as cadeiras foram derrubadas, e pratos e xícaras e panelas e utensílios estão espalhados pelo chão. Quando abrimos a geladeira, vemos que tudo ali está intocado, o que nos surpreende. Devoramos pão, bananas, iogurte, bebidas, frango, manga, arroz, maçãs, cenoura, leite, qualquer comida que encontramos. Comemos coisas que nunca vimos antes, coisas das quais nem sabemos os nomes.

Oh, esquecemos os talheres, esquecemos os talheres, diz Godknows, imitando um branco, e nós rimos. Ele vai até os armários e remexe e remexe e remexe, e então volta com os garfos e facas cintilantes, e nós comemos como brancos decentes. Quando não acertamos nossas bocas, rimos, arremessamos as coisas e voltamos a usar as mãos. Enchemos a barriga e enchemos a barriga, enchemos a barriga até quase não conseguir respirar.

Quero fazer cocô, diz Godknows, e saímos todos da cozinha para procurar o banheiro. Nossos estômagos estão tão cheios que poderiam explodir. Andamos como elefantes porque estamos pesados, e a comida nos deixou cansados. Encontramos o banheiro no final do corredor comprido. Tem uma grande coisa branca e redonda onde eles tomam banho, e tem o boxe de vidro, os sabonetes, os aparelhos e outras coisas. Tem também um fedor terrível, e olhamos para a outra parede e lá, perto da privada, vemos as palavras *Blak Power* escritas em fezes marrons no grande espelho do banheiro.

Pra valer

O canto é tão distante que é como se as vozes estivessem enterradas e agora tentassem sair. Estamos esperando por isso a tarde inteira, então quando ouvimos, paramos de brincar e corremos a toda até a grande árvore no meio do Heavenway. Subimos na árvore depressa e em poucos minutos estamos lá no alto. Eu me apoio e encontro um bom galho forte para me sustentar e me certifico de que estou bem escondida pelas folhas.

Olha lá, agora eles estão vindo, diz Godknows, e nós vemos os enlutados saindo de trás do grande formigueiro e vindo na direção do Heavenway. Eles estão aqui pra enterrar o Bornfree mesmo que tenham sido avisados do que aconteceria se fossem pegos fazendo isso. Estamos observando desse jeito porque não podemos ir ao enterro, já que não permitem crianças no Heavenway. Mas o que os adultos não sabem é que nos esgueiramos pra cá sempre que queremos assistir a enterros como este, ou só para andar por ali ou mesmo brincar.

O Heavenway é uma porção de montes de terra vermelha em toda parte, como se as pessoas estivessem sendo colhidas, como se a morte estivesse talvez esperando atrás de uma pedra com um grande saco de comida de graça e as pessoas corressem, tropeçando umas nas outras pra chegar primeiro antes que a comida grátis acabe. É assim que é, do jeito que eles vão e vêm.

E sobre os montes vermelhos, os artefatos em memória dos mortos: pratos quebrados. Copos partidos. Cajados. Montes de pedras. Galhos da árvore mphafa. Tudo com um aspecto triste e desajeitado e feio. Não sei por que as pessoas não tentam fazer este lugar ficar bonito — por exemplo, pintando as cruzes e capinando a erva-de-pinto e plantando flores bonitas —, já que os mortos não têm como fazer isso sozinhos. É isso o que eu ia querer, se estivesse morta. Que a minha sepultura fosse bonita, não esta kaka.

Eu costumava ter muito medo de cemitérios e da morte e desse tipo de coisa, mas não tenho mais. Simplesmente não faz sentido ter medo quando você vive tão perto dos túmulos; seria como a língua ter medo dos dentes. Minha parte favorita do Heavenway são as cruzes com os nomes dos mortos. Se não estamos vendo funerais, às vezes passeamos para ler os nomes nas sepulturas. Sempre tento imaginar que conhecia as pessoas e invento histórias sobre elas na minha cabeça, ou conto pra elas as coisas que estão acontecendo enquanto elas estão debaixo da terra.

Quando você olha para os nomes e suas datas, vê que agora são realmente nomes de mortos. E quando sabe matemática como eu, pode então descobrir as idades das pessoas enterradas e ver que morreram jovens, vidas curtas como as de camundongos. Uma pessoa deveria viver uma vida inteira, viver muito e envelhecer, como a Mother of Bones, por exemplo. É aquela Doença que está matando todo mundo. Ninguém consegue se curar, então ela faz o que bem entende — mata mata mata, como um louco cortando cana-de-açúcar verde com um facão.

Os homens do caixão aparecem primeiro, marchando na frente do resto das pessoas. Eles passam bem debaixo da nossa árvore, do lado do caixão, seus sapatos compridos, cor de tijolo por causa da terra, socando o chão e se levantando exatamente ao mesmo tempo —

pra-cima-pra-baixo, esquerda-direita, pra-cima-pra-baixo, esquerda-direita —, como se os pés estivessem tocando marimbas enfiadas debaixo da pele vermelha e calejada da terra.

É assim que eles andam, os seis homens com rostos de pedra e raios nos olhos e muita seriedade na marcha — pra-cima-pra-baixo, esquerda-direita, pra-cima-pra-baixo, esquerda-direita. É bonita a maneira como estão marchando, então a gente se olha e sorri. O caixão do Bornfree está coberto por uma bandeira com listras pretas, vermelhas, amarelas e verdes, com um coração branco na frente. Nos últimos tempos vimos alguns caixões assim; é o pessoal da Mudança, feito o Bornfree, nos caixões.

E a seguir vem a multidão de aflitos. Esta é a primeira vez que vemos tanta gente no Heavenway; gente por toda parte, entupindo os caminhos estreitos. Muitos deles estão usando a camiseta preta com o coração branco na frente ou com a palavra *Mudança*. Mas estes não são como as outras pessoas que vimos antes nos enterros. Estes não choram, não lamentam. Eles não baixam os olhos para o chão, não cruzam as mãos atrás das costas. Não medem seus passos. Estes correm atrás do caixão. Assobiam, erguem os punhos. Cantam o nome do Bornfree como se quisessem que ele aparecesse vindo seja lá de onde ele esteja. Estes enlutados estão com raiva.

No mar de corpos estão alguns dos adultos do Paraíso. Ali está a Mãe, ali está a MaMoyo, e até mesmo a Mother of Bones. A MotherLove. Dignity. A Chenzira. A Soneni. Os homens. As pessoas da igreja Holy Chariot. Quase todos os adultos estão aqui, mas agora eles não têm a mesma aparência, estão como os ossos depois que você comeu toda a carne.

Nos dias logo após a votação, após a festa no barraco da MotherLove, o Paraíso não dormiu. Os adultos ficaram acordados por várias noites, tontos e inquietos de expectativa, sem saber como ficar parados, sem saber como se curvar dentro dos barracos, sem saber como dormir, sem saber como fazer mais nada a não ser ficar de pé ao redor das fogueiras e conversar sobre como iam viver a nova vida que estava esperando por eles.

A primeira coisa que vou fazer é arranjar uma casa onde consiga ficar de pé. É, uma casa de verdade para um homem grande feito eu.

Eu vou voltar e terminar o meu último ano na universidade. Vou tirar meus filhos daquelas ruas feias, sabe, chamar de volta os que foram para o exterior, dizer a eles que voltem pra casa. Ter minha família de novo, sabe, como um ser humano, percebe?

Nós vamos começar a viver. Não vai ser a mesma coisa. Venha, mudança, venha agora.

Eles falavam desse jeito, ficavam acordados noite após noite e esperavam a mudança que estava próxima. Esperavam e esperavam e esperavam. Mas a espera não acabou e a mudança não aconteceu. E então aqueles homens vieram atrás do Bornfree. Essa foi a gota d'água e fez os adultos pararem de falar em mudança. Era como se a votação e as festas e tudo o que tinha se passado não tivesse acontecido. E os adultos só voltaram em silêncio aos barracos, para ver se ainda conseguiam se curvar. Descobriram que ainda conseguiam; se envergaram melhor do que um galho carregado de goiabas podres. Agora tudo voltou a ser a mesma coisa, mas os adultos não. Quando você olha para os rostos deles, é como se algo que estava ali tivesse juntado suas coisas e ido embora.

O Messenger também está lá, entre as pessoas que acompanham o enterro, e tem tanta raiva e tanta dor no seu rosto, você quase não consegue perceber que é o Messenger, quase não consegue perceber que aquilo é um rosto. Se o Messenger abrisse a boca agora, sua voz seria uma ferida terrível; ela está inteira ali, no seu rosto, a dor. Não sei o que ele vai fazer agora sem o seu Bornfree, porque eles iam a toda parte e faziam tudo juntos, como se fossem talvez um par de orelhas.

Depois de todo mundo, vêm os dois homens com os bonés da BBC. Um deles olha para tudo através de uma coisa, e o outro está ocupado tirando fotos. A mãe do Bornfree, MaDube, usa um vestido cor de sangue mesmo que você deva usar preto quando as pessoas morrem, não vermelho, nem qualquer outra cor. O preto é para os mortos, o vermelho é para o perigo. Ela está se contorcendo e rugindo como um leão ferido. Está sentindo dor; você pode ver e ouvir por si mesmo que isto é dor de verdade. Dor-dor. Outras mulheres estão segurando a MaDube como se tivessem ouvido dizer que o leão ia pular em direção ao céu e rasgar o sol em pedaços sangrentos.

As pessoas param e formam um círculo. O caixão foi posto logo do lado da sepultura. É difícil ver, com toda aquela gente, então subo até os galhos mais altos. Quando piso num galho e ele estala, o Stina olha para mim e franze a testa, um dedo sobre os lábios. Franzo a testa de volta pra dizer pra ele me deixar em paz, ninguém vai ver a gente com todas essas folhas, ou ouvir a gente com todo esse barulho.

Um homem alto de cabelão está de pé em frente ao túmulo e começa a falar. As outras pessoas se calam, mas ainda assim dá para ouvir que tem algo por baixo do silêncio. Como raiva. O homem grita e sua voz se eleva como fumaça, passando por nós, em direção a Deus. O homem fala do país e do segundo turno da eleição e dos heróis e de democracia e de assassinato e de liberdade e disso e daquilo. As suas palavras enlouquecem as pessoas no enterro, é como se tivessem acabado de ouvir insultos. O homem da BBC clica sua câmera sem parar, como se estivesse possuído.

Agora as pessoas estão inquietas e não conseguem se conter. Murmuram e balançam a cabeça. Gritam e batem os pés com força no chão. Dançam toyi-toyi. Dançam batendo os pés com força na terra, como se quisessem atravessá-la. Então o Profeta Revelations Bitchington Mborro levanta a Bíblia e começa a dizer coisas sagradas. As outras pessoas ficam quietas. O Profeta Revelations Bitchington Mborro lê um versículo e reza uma oração e chama o Bornfree de Moisés que estava tentando levar o seu povo a Canaã.

Diz mais coisas sagradas e continua falando e falando até que eu começo a me perguntar se ele não se cansa de falar a um Deus que nem faz nada pra mostrar que é um Deus.

Nos dias logo depois da votação, o Profeta Revelations Bitchington Mborro e o povo da Holy Chariot fizeram vigília na Fambeki, rezando pela mudança e encorajando todos a subir a montanha e orar pelo país. Eles eram tão incríveis de se ver e quando estavam em plena forma seu ruído iluminava a Fambeki como uma sarça ardente, canções e cânticos e sermões e orações subindo aos céus antes de descer rolando a montanha como rochas e acertar quem quer que por acaso passasse por ali. E como mais tarde nenhuma mudança veio, as vozes dos adoradores se dobraram como asas de borboleta e os adoradores escorreram da Fambeki feito ossos quebrados e se arrastaram para longe dali, mas agora estão de volta como se não tivessem nem mesmo sido ignorados por Deus daquela vez.

Agora as pessoas no enterro estão inquietas, começam a se mexer e a resmungar, então o Profeta Revelations Bitchington Mborro termina sua fala, talvez porque esteja com medo da raiva das pessoas. O enterro começa em seguida. Quando os homens baixam cuidadosamente o caixão do Bornfree para a sepultura, o leão que é a MaDube se torna um touro furioso. Cego pelo vermelho enlouquecedor do seu vestido, o touro berra, Assassinaram meu filho! Assassinaram meu único filho! O Bornfree, meu filho! Quem vai me enterrar, agora que você se foi? O touro berra sem parar, lutando contra seus captores e tentando atacar o caixão. Olho pro Bastard e vejo que ele tem lágrimas nos olhos, o que me surpreende. Quando vê que estou olhando pra ele, ele franze a testa e vira o rosto.

As pessoas no enterro jogam seus punhados de terra, e pás colocam terra apressadamente na sepultura. Esta parte é feita depressa, talvez para que o touro furioso não escape e entre ali e se transforme num verme que cava fundo e se recusa a sair; já vi algumas pessoas querendo pular pra dentro de um túmulo ou fazer coisas realmente estranhas. Depois que a terra vira um monte e depois que eles colocam uma placa com o nome do Bornfree para marcar a sepultura, a MaDube cai no chão de joelhos, como se estivesse rezando. Agora que ela se acalmou, eles a soltam. Ela se senta de cócoras e começa a acariciar o túmulo, como se fosse uma menininha fazendo bolos de lama. Então as outras pessoas começam a cantar uma canção fúnebre:

> Tshiya lumhlaba, lentozawo,
> thabath'isphambano ulandele,
> ngcono ngiz'hambele mina ngalindlela,
> tshiya lumhlaba, lentozawo...

Bem no momento em que a canção diz lentozawo, o touro pula no ar e dispara pelo cemitério. A MaDube corre, o tempo todo gritando por seu filho. A Sbho começa a rir e o Bastard diz, Cala essa sua boca de kaka, você não vê que isto é um enterro? As pessoas começam a gritar a MaDube para que ela pare e volte. Gritam seu nome, mas ela só continua correndo, os saltos dos sapatos quase encostando na sua nuca. A MaDube corre.

Depois que todas as pessoas vão embora, algumas atrás da MaDube e algumas só indo embora porque não têm mais nada para fazer, descemos da nossa árvore. Podemos ver as marcas de mãos da MaDube no túmulo do Bornfree, onde ela acariciava a terra — uma dezena de palmas franzidas perfeitamente alinhadas e juntas formando um padrão. A placa sobre o túmulo do Bornfree diz BORNFREE LIZWE TAPERA, 1983-2008 DESCANSE EM PAZ NOSSO HERÓI. MORREU PELA MUDANÇA.

O que acontece quando alguém morre?, Godknows pergunta.

Não sabemos, a gente nunca morreu. Por que você quer saber?, Sbho pergunta.

É. Vai perguntar pra sua mãe, diz Bastard.

Quando as pessoas morrem porque alguém matou, elas viram fantasmas e ficam vagando pela terra porque não estão descansando em paz, diz Stina. A gente se volta pra olhar pra ele, que está ali de pé e não tira os olhos da sepultura, como se fosse sua.

Bem, talvez se o Bornfree for um fantasma ele então vai encontrar todas as pessoas que o mataram e vai queimá-las. Ouvi dizer que os fantasmas podem jogar carvão em brasa e queimar coisas, Godknows diz.

Mataram meu avô antes de eu nascer. Talvez ele seja um fantasma — começo a dizer, mas o convencido do Bastard me interrompe e diz, Eu sou o Bornfree. Pode me matar!

Primeiro nós só ficamos parados ali, olhando pra sepultura como se a gente quisesse que ela nos dissesse algo. Então o Godknows começa a dar uns uivos e gemidos e sabemos que ele está se tornando o caminhão que trouxe os homens com as armas que vieram atrás do Bornfree. Ele começa a fazer barulhos cada vez mais altos, e agimos. Pegamos rapidamente nossos cajados e facões e facas e machados e entramos no caminhão. O Stina tira a sua camiseta que diz *O que Jesus faria?* e a agita porque agora ela é a bandeira do país, e apontamos para a bandeira com as nossas armas e cantamos o nome do presidente.

O Godknows é um carro fantástico; ele geme e buzina e faz todo tipo de barulho até parar pra gente poder sair, então muda e vira um de nós. Tira a camiseta do Arsenal e agita a bandeira do país no ar. A esta altura estamos rindo e cantando e entoando canções de guerra e acenando nossas armas. Estamos bêbados de entusiasmo; somos feito animais querendo sangue.

Mas primeiro nós dançamos. Erguemos nossas armas acima da cabeça e cantamos e assobiamos. Saltamos alto, batemos com os pés no chão com força e levantamos poeira. Balançamos o corpo como se fossem coisas, golpeamos o ar com nossas armas. Nossos rostos estão contorcidos, agora; nos olhamos e viramos homens ferozes e realmente feios. A boca do Stina está tão escancarada que consigo ver a sua garganta rosa. Ele agita o seu machado e faz como se mastigasse com seus dentes de cachorro e eu rio.

Depois da dança, caímos em cima do Bastard, que agora é o Bornfree. Gritamos na sua cara enquanto o espancamos.

Para quem você está trabalhando?

Traidor!

Quem está pagando você? A América e a Inglaterra?

Por que você não grita pedindo ajuda à América e à Inglaterra agora?

Amigo dos colonizadores!

Vendendo o país para os brancos!

Você acha que pode simplesmente votar em quem quiser?

Vote agora, a gente quer ver, traidor!

Você quer Mudança, hoje vamos te mostrar a Mudança!

Aqui estão a sua democracia, os seus direitos humanos, engole, pode engolir!

Então o Godknows balança um martelo, fazendo uma linha reta no ar. O martelo atinge o Bornfree na parte de trás da cabeça e ouço o som de algo quebrando. A Sbho balança um machado e o atinge do lado da cabeça, em cima da orelha. Então um machete acerta o Bornfree no rosto, que se abre do olho até o queixo. Então, estamos todos em cima dele. Batendo malhando sovando espancando. Machadadas na cabeça, chutes nas costelas, nas pernas, cajados golpeando o corpo todo. Com todas as nossas armas atacando uma pessoa desse jeito, parece que estamos espancando um grão de areia; tem tantas armas que elas batem umas nas outras. Mas nós só rimos e continuamos batendo. Batendo batendo batendo. Esse tempo todo o Bornfree não faz nem mesmo um único som.

Tem sangue por toda parte, muito sangue, só sangue. Então paramos de bater e alguém diz, Levanta e vai. Levanta. Mas o Bornfree não consegue levantar. Ele rasteja no chão, devagar, devagaaaaaaar, feito uma barata gorda envenenada.

Que tal o gosto da mudança, agora?

Vamos, levanta. Você precisa se levantar e ir votar!

Como vai ver a mudança acontecer se só fica aí deitado, sem fazer nada?

Nós zombamos e rimos e voltamos a bater.

A Chipo, que não conseguiu subir na árvore com a gente, virou a MaDube, a mãe do Bornfree. Ela está num canto, rolando na terra. A Sbho corre pra abraçar ela, mas a MaDube se debate como um peixe fora d'água, como uma cobra possuída, gritando gritando gritando.

Me solta! Me solta e me deixa ir salvar meu filho! Por que ninguém está salvando o meu filho? Por que vocês estão todos parados olhando? Seus idiotas, por que vocês estão aí parados deixando tudo isso acontecer? A MaDube grita pras sepulturas, que são também as pessoas do Paraíso que estão lá paradas sem fazer nada.

Por favor, MaDube, por favor, não faz isso, você quer que eles te matem? A Sbho virou uma mulher gentil com uma voz reconfortante.

Me solta! Me solta! Melhor eles me matarem do que matarem meu filho. Melhor eles...

E então, ali mesmo, uma fonte de sangue esguicha no ar como uma flecha e se espalha por toda parte. As mãos da MaDube voam pro seu peito e ela desmaia.

Mas o espancamento não para. Nós cantamos ainda mais alto. Batemos com os pés no chão e levantamos mais poeira. O Bornfree está seminu agora, parecendo qualquer coisa esfarrapada e vermelha, e não uma pessoa. Ele ainda não faz nenhum ruído, como se estivesse tentando ser Jesus, mas acho que Jesus não faria isso, porque tem até aquela passagem da Bíblia que diz *Jesus chorou*.

As pessoas do Paraíso também não fazem nenhum ruído. Tudo é um grande silêncio negro, como se eles estivessem assistindo a algo sagrado. Mas podemos ver, nos olhos dos adultos, a raiva. É silenciosa, mas está ali. Ainda assim, o que é a raiva quando fica dentro de um coração, feito sangue, quando você não faz nada com ela, quando você não a usa para bater ou até mesmo gritar? Essa raiva não é nada, ela não conta. Ela é só um cachorrão terrível e desdentado.

E então, finalmente, nós só paramos. Estamos cansados. Nossas vozes estão roucas. Nossos rostos estão esgotados. Nossas armas balançam ao nosso lado, todas ensanguentadas. Nossas roupas estão ensanguentadas. A bandeira do nosso país está ensanguentada.

Eles o mataram, alguém sussurra. Jesus, ele morreu morrido.

Entramos no caminhão, e o Goknows vai embora, guinchando e gemendo.

Que brincadeira é essa?, ouvimos alguém dizer atrás de nós. Viramos e vemos que os dois homens da BBC tinham voltado. Eles observam a gente com as suas coisas, parados ali entre os túmulos. A câmera faz clique algumas vezes, tirando fotos. Então, o alto que tem cabelo por toda parte e uma selva no rosto pergunta outra vez, Que brincadeira era essa agora há pouco?, e o Bastard coloca a camisa e diz: Vocês não veem que é pra valer?

Como eles foram embora

Olhe para eles indo embora aos bandos, os Filhos da terra, olhe só para eles indo embora aos bandos. Os que não têm nada estão cruzando fronteiras. Os que têm força estão cruzando fronteiras. Os que têm ambições estão cruzando fronteiras. Os que têm esperanças estão cruzando fronteiras. Os que sofreram perdas estão cruzando fronteiras. Os que sentem dor estão cruzando fronteiras. Caminhando, correndo, emigrando, indo, desertando, andando, abandonando, fugindo, escapando — para toda parte, para países próximos e distantes, para países de que nunca se ouviu falar, para países cujos nomes não sabem pronunciar. Estão indo embora aos bandos.

Quando as coisas se despedaçam, os Filhos da terra saem em debandada como pássaros fugindo de um céu ardente. Eles fogem de sua própria terra miserável para que sua fome possa ser aliviada em terras estrangeiras, suas lágrimas enxugadas em terras estranhas, as feridas do seu desespero tratadas em terras distantes, suas orações cheias de bolhas murmuradas na escuridão de terras desconhecidas.

Olhe para os Filhos da terra indo embora aos bandos, deixando sua terra com feridas que sangram em seus corpos e susto em seus rostos e sangue em seus corações e fome em seus estômagos e tristeza em seus passos. Deixando suas mães e pais e filhos para trás, deixando seus cordões umbilicais debaixo do solo, deixando os ossos de seus antepassados na terra, deixando tudo o que os torna quem e o que eles são, indo embora, pois não é mais possível ficar. Eles nunca mais serão os mesmos, porque você simplesmente não tem como ser o mesmo depois que deixa para trás quem e o que você é, você simplesmente não tem como ser o mesmo.

Olhe para eles indo embora aos bandos apesar de saberem que serão recebidos com reserva nessas terras estranhas, porque não se encaixam ali, sabendo que terão de se sentar em uma nádega só, porque eles não podem se sentar confortavelmente de modo a não serem convidados a se levantar e ir embora, sabendo que vão falar em sussurros úmidos, porque não devem deixar suas vozes afogarem as dos donos da terra, sabendo que vão ter que andar na ponta dos pés porque não devem deixar pegadas na nova terra de modo a não serem confundidos com aqueles que querem reivindicá-la como sua. Olhe para eles indo embora aos bandos, de braços dados com a perda e perdidos, olhe para eles indo embora aos bandos.

Destroyedmichygen

Se você vier até aqui onde eu estou e olhar pela janela, não verá homens sentados debaixo de um jacarandá em flor jogando damas. O Bastard e o Stina e o Godknows e a Sbho não vão estar me chamando pra ir pra Budapeste. Você não vai nem mesmo ouvir um vendedor entoando os nomes de suas mercadorias e não vai ver ninguém jogando o jogo dos países ou correndo atrás de formigas voadoras. Algumas coisas só acontecem no meu país, e este aqui não é o meu país; não sei exatamente de quem ele é. Aquele garoto gordo, o TK, que em tese também é meu primo, mesmo que eu nunca tenha visto ele antes, diz, Isto é a América, mano, você não vai ver nada daquela merda africana aqui neste país do caralho.

 O que você vai ver se vier até aqui onde estou é a neve. Neve nas árvores sem folhas, neve nos carros, neve nas ruas, neve nos quintais, neve nos telhados — neve, só neve cobrindo tudo como areia. É branca como dentes limpos e muito, muito fria. É também um monstro guloso, a neve; é só olhar como ela engoliu tudo: cadê o chão, agora? Cadê as flores? A grama? As pedras? As folhas? As formigas? O lixo? Cadê eles? E quanto ao frio, nunca vi nada assim. É um frio que parece querer matar, como se dissesse, com sua neve, que você devia voltar para o lugar de onde veio.

Na sala de estar, a tia Fostalina está ocupada andando e andando e andando. É muito estranho como ela só anda num mesmo lugar. Talvez, se não fosse toda essa neve por aí, ela estaria andando lá fora, que é o que as pessoas devem fazer. A MaDube costumava andar assim também, só andava e andava e andava, sem estar realmente indo a um lugar específico. Isso porque a MaDube passou a sofrer de loucura depois que mataram seu filho, o Bornfree, mas eu realmente não sei quanto à tia Fostalina, qual é o seu problema.

Quando ela anda, chicoteia os braços pra frente e pra trás como um mjingo e conta ao mesmo tempo. Três-quatro-cinco-seis, e anda, e anda. O tio Kojo, o pai do TK, que é como se fosse o marido da tia Fostalina mas não é seu marido de verdade porque acho que eles não são casados-casados, chega do trabalho e diz, Fostalina, os Lions e os Giants ainda estão jogando, não? A voz do tio Kojo é como se tivesse alguma coisa na sua boca perseguindo as palavras e botando elas para correr de medo. Mas a tia Fostalina não responde; ela tem que acompanhar o ritmo das mulheres na tevê — quatro-cinco-seis e andando, e andando.

Esta sou eu na foto, usando a blusa cor-de-rosa; eu ainda estava morando no meu país nessa época. A tia Fostalina tirou a foto quando foi me buscar. Pra guardar de lembrança, um dia tudo que você terá serão estas fotos, foi o que ela me disse. Este é o Bastard e este é o Godknows e esta é a Chipo e este é o Stina e esta que está passando é a irmã do Godknows, a S'bhale. Não sei onde a Sbho estava quando tiramos a foto. Estas são a tia Fostalina e a Mãe na foto, elas são gêmeas. A tia Fostalina é bonita, mas eu acho a Mãe bem mais bonita; se ela tivesse nascido aqui, ia virar modelo ou algo assim. Mas o que eu vi é que algumas modelos não são bonitas de verdade, então nem sei o que elas estão fazendo na tevê; você olha pra elas andando na passarela e pensa, *Se você tivesse nascido no meu país seria uma pessoa comum, sua passarela seria a fronteira, onde você estaria vendendo coisas que nem a minha mãe.*

Quando estava indo embora, a Mãe não queria largar a minha mão, e pensei que ia arrancar ela fora. Mother of Bones olhou para mim com bondade, a primeira vez que ela me olhou assim, e disse, Eu não sei eu realmente não sei menina esta pode ser a última vez que te vejo não sei se ainda vou estar aqui quando você voltar mas que tipo de vida é essa quando todos nascem pra se espalhar por terras estrangeiras aos bandos que tipo de vida será que o país vai virar uma ruína?, ela disse. Eu não disse nada, porque mesmo que tenha sido uma pergunta, a Mother of Bones estava falando com ela mesma, como sempre.

Alguns dias antes de eu ir embora, a Mãe me levou para o Vodloza, que me fez fumar alguma coisa numa cabaça, e espirrei e espirrei, e ele sorriu e disse: Os ancestrais são os seus anjos, eles vão levar você até a América. Depois, ele derrubou tabaco sobre a terra e disse pra alguém que eu não podia ver: Abra o caminho para o seu bezerro errante, você, Vusamazulu, pavimente os céus, convoque seus pais, Mpabanga e Nqabayezwe e Mahlathini, e empunhe suas poderosas lanças para limpar os caminhos e proteger a menina de espíritos das trevas em sua jornada. Entreguem-na àquela terra estranha onde vocês e aqueles antes de vocês nunca sonharam em pôr os pés.

Por fim, ele amarrou um osso preso a um cordão da cor do arco-íris em volta da minha cintura e disse, Esta é a sua arma, ela vai lutar contra todos os males daquela América, nunca a tire do corpo, está ouvindo? Mas quando cheguei na América o cachorro do aeroporto latiu e latiu e me cheirou, e a mulher de uniforme me levou pra um canto e passou a vara em torno de mim e a vara fez um som de *nting-nting* e a mulher disse, Você está carregando alguma arma?, e eu fiz que sim e mostrei a minha arma do Vodloza, e a tia Fostalina disse, Que porcaria é essa?, e tomou-a de mim e jogou numa lata de lixo. Agora eu não tenho nenhuma arma pra combater o mal na América.

*

Com toda essa neve, com o sol longe daqui, com o frio e a tristeza, este lugar não parece a minha América, não parece nem mesmo real. É como se a gente estivesse numa história terrível, em partes malucas da Bíblia, em que Deus está ocupado punindo as pessoas por seus pequenos pecados e fazendo com que se sintam infelizes com este clima. O céu, por exemplo, está branco desde que cheguei aqui, o que mostra que alguma coisa não está certa. Até mesmo as pedras sabem que o céu deve ser azul, como o nosso céu lá na minha terra, que é azul, tão azul que você pode borrifar água oxigenada nele e enxugar com uma toalha de papel e o azul nem vai desbotar.

Outra coisa: você não vai conseguir vê-los daqui de onde estou, mas tem tokoloshes também, nessa neve. À noite sonho que eles saem dela e dizem, Ei, você quer fazer um boneco de neve? Como você está? De onde você é? Então eles perguntam, Você gosta de *High School Musical* ou de *As visões de Raven*? Eles perguntam, Você quer McDonald's ou Burger King? Eles perguntam, Você gosta de Justin Bieber? Grito aos tokoloshes para irem embora.

O tio Kojo olha pra tia Fostalina andando no mesmo lugar e cruza os braços sobre o peito e diz, Sabe, eu realmente não entendo por que você está fazendo tudo isso. O que você está fazendo consigo mesma, Fostalina, exatamente o quê, de verdade? Chute. E soque. E chute. E soque. Olhe para você, ossos ossos ossos. Só ossos. E pra quê? Elas não são nem mesmo africanas, essas mulheres que você está copiando, isso não deveria te dizer alguma coisa? Três-quatro-cinco-seis, e chute. E soque. Não há realmente nada de africano numa mulher sem coxas, sem quadris, sem barriga, sem traseiro. Agache. Dobre os joelhos. Agache. Dobre os joelhos. Agache.

Ele diz, o tio Kojo, E da última vez que mandei fotos da família pra minha mãe ela chorou de verdade, Ah ah ah, meu filho, oh, por favor, por favor, por favor, alimente sua esposa e não traga ela aqui desse jeito, você vai nos envergonhar. Foi o que ela disse, a minha mãe. Agache. Dobre os joelhos. Agache. Dobre os joelhos. Pra esquerda agora, dois socos. E gancho. Mais uma vez.

Quando o tio Kojo volta do trabalho, tudo o que ele faz é se sentar na frente da tevê. A tia Fostalina diz, Quando é que você vai fazer alguma coisa com as crianças, Kojo? Você nunca está em casa, e quando está, só estaciona na frente da droga da tevê pra assistir a droga desse futebol. Você não pode levar os dois ao cinema ou ao shopping ou algo assim? Mas acho que ela só diz isso para poder ficar com a tevê pra ela e assistir às suas mulheres andando. O tio Kojo parece não se dar nem ao trabalho de escutar o que ela está dizendo; ele só diz, Touchdown! E em seguida fala na sua língua que ninguém entende. Ele não é do nosso país, é por isso que não entendemos a sua língua, e nem ele a nossa; ele é de Gana. O TK também não entende a língua do seu pai porque ele mesmo não é de Gana, a mãe dele é americana e ele nasceu aqui.

O tio Kojo diz pro TK, Você aí, quantas vezes preciso dizer para puxar as calças para cima, hein? Se quer deixar as calças caindo desse jeito, por que simplesmente não anda sem calças? Por que não anda por aí de cueca? Pensando bem, por que você não esquece as suas roupas e anda por aí pelado, hein? Você quer ser igual a esses garotos maltrapilhos que ficam pelos cantos fumando coisas e falando palavrões porque são idiotas demais para perceber como tudo é fácil para eles? É isso que você quer ser, hein? O TK resmunga alguma coisa e puxa as calças pra cima e vai pro seu quarto, onde passa horas e horas.

Uma vez fui até lá pra ver o que ele estava fazendo e o encontrei sentado na sua cama com essa coisa no colo e *tobedzing* e *tobedzing* e *tobedzing*, balas e bombas chovendo na tela. Eu perguntei, O que você tá fazendo, e ele disse, Não consegue ver que eu estou jogando?, e eu perguntei, Que tipo de jogo você joga sozinho?, e ele disse, Sai daqui, porra. Eu não vou ser amiga do TK; ele se fecha ali como se vivesse sozinho no seu próprio país. Ele também nem fala a minha língua e diz que eu falo engraçado.

Se estivesse em casa eu sei que não ficaria sem sair porque uma coisa chamada neve estava me impedindo de ir lá fora viver a vida. Talvez eu e a Sbho e o Bastard e a Chipo e o Godknows e o Stina estaríamos em Budapeste, roubando goiabas. Ou estaríamos brincando de Encontrar Bin Laden ou do jogo dos países ou de queimada. Mas por outro lado não teríamos comida suficiente, e é por isso que vou tolerar ficar na América aguentando a neve; tem comida para comer aqui, todos os tipos e mais tipos de comida. Mas tem horas em que não importa quanta comida eu coma, vejo que a comida não faz nada por mim, como se estivesse com fome pelo meu país e nada fosse resolver isso.

Estive observando o carro preto do outro lado da rua tentando sair do lugar, mas ele não conseguiu; a neve veio sorrateira ontem à noite e enfeitiçou as pobres rodas do carro. O carro consegue sair do lugar um pouco, só um pouco, e depois atola, como um escaravelho lutando para subir o morrinho de uma grande bola de esterco de vaca. Agora quem quer que esteja dentro daquele carro ficou preso na neve fria.

Quando a neve cai, ela nem sequer faz barulho. É por isso que eu fico vigiando — porque ela é muito sorrateira. Você pode acordar e encontrar ainda mais pilhas e pilhas de neve sem ter nem mesmo ouvido nada. Como é que alguma coisa tão grande que tapa tudo só cai desse jeito e você nem sequer ouve? Nenhum som — uma trombada, uma batida, um baque, um ruído, alguma coisa, qualquer coisa, pra que essa neve possa trazer uma história de verdade. Neste momento, sei o que ela está tentando fazer: está esperando que eu saia para poder me cobrir também, mas eu não vou passar por aquela porta. A tia Fostalina diz que estamos presos em casa pela neve e não vamos sair daqui tão cedo. Digo que vou ficar em casa porque sei o que esta neve está tentando fazer.

Se não fosse o fato de as casas aqui terem calor dentro delas, acho que a esta altura teríamos todos morrido. Seríamos mortos por esta neve e o frio que vem com ela; não é o frio normal de que você pode simplesmente reclamar e depois ir fazer outras coisas. Não. Este frio não é assim. É o frio que faz parar a vida, frio que corta você ao meio e congela os seus ossos. Ninguém me falou deste frio quando eu estava vindo para cá. Se tivesse acontecido de alguém me puxar de lado e explicar o frio e sua história direito, não sei o que teria feito, se realmente teria entrado naquele avião e vindo pra cá.

O primo da tia Fostalina, o Prince, chegou ontem do nosso país, mas ele vai continuar a viagem, vai morar com o irmão num lugar chamado Texas daqui a duas semanas. Agora ele está dormindo, porque está cansado de ter ficado sentado no avião por tanto tempo. O Prince tem cicatrizes de queimaduras nos braços e nas costas, onde o queimaram. Ele é novo, mas agora parece velho, mais velho do que o tio Kojo, parece talvez com o Mdawini lá na nossa terra, que tem seis filhos. Seu rosto é duro e terrível e a luz nos seus olhos se foi, como se a neve tivesse talvez entrado ali furtivamente e apagado.

Quando a tia Fostalina acaba de caminhar, ela pergunta, Você acha que estou perdendo peso? Quem é mais gorda, eu ou a tia Da? Quem é mais gorda, eu ou a sua mãe? Em seguida, ela se senta naquela grande bola e é como se dormisse ali em cima. Em seguida, ela levanta aqueles ferros e diz, Vou fazer uma dieta de frutas. Em seguida, ela se levanta e começa a andar de novo, os braços balançando para a frente e para trás, para a frente para trás. A tia Fostalina é magra e logo, logo vai começar a se parecer com os ossos do Pai, afogado ali na cama, esperando para morrer.

O tio Kojo chega em casa do trabalho e diz pra tia Fostalina, Sabe, eu na verdade não entendo por que nunca tem comida quente nesta casa, Fostalina. A tia Fostalina, que está espremendo uma laranja, levanta os olhos e diz, Não tem comida nesta casa, Kojo, é mesmo? Mas eu fiz compras ontem, o que você acha que tem dentro da geladeira, hein, tijolos? E ele diz, Fostalina, desde que você começou com essa coisa do peso você nunca cozinha. Quando foi a última vez que a gente teve um jantar de verdade nesta casa, hein? Sabe, no meu país as mulheres cozinham refeições quentes todos os dias para seus maridos e filhos. E não só isso, elas também lavam e passam e mantêm a casa limpa.

O gordo do TK puxa as calças pra cima e resmunga, Machista filho da puta, e a tia Fostalina joga o resto da laranja no lixo e diz, É, no seu país, talvez, mas isto é a América, e nxa ubon' engan' ulebhoyi lapha manj' uzatshetshela ngereza fanami!, e o tio Kojo balança a cabeça e vai embora porque ele não entende uma palavra da nossa língua. Mas acho melhor o tio Kojo não entender o que a tia Fostalina acabou de dizer pra ele, senão ele ficaria muito, muito zangado.

Na tevê, aquele homem bonito, o Obama, que anda dizendo *Yes We Can, America, Yes We Can,* está se tornando presidente. Ele não parece velho como o nosso presidente; ele parece talvez o filho do nosso presidente. Tem multidões e multidões de pessoas brancas e pessoas negras e pessoas marrom, apenas pessoas, e elas estão felizes e aplaudindo. O Prince olha para tudo com lágrimas nos olhos e aperta minha mão até eu achar que ele quer quebrá-la e diz, Viu? Isso é democracia, não podemos nem mesmo dizer essa palavra lá em casa, e então ele sacode a cabeça e ri e ri e ri até o gordo do TK dizer, Maluco filho da puta. O Prince fala sozinho, como se tivesse um monte de gente dentro da sua cabeça e ele precisasse dizer coisas pra elas.

Quando o micro-ondas diz *nting*, o gordo do TK tira dali uma pizza e come. Quando o micro-ondas diz *nting* mais uma vez, ele tira dali asas de frango. E então vêm os burritos e cachorros-quentes. Comer comer comer. Toda essa comida que o TK come num dia, eu e a Mãe e a Mother of Bones comeríamos em talvez dois ou três dias lá na nossa terra.

Eles estão lá fora cavando a neve, porque caiu muita. Acho ótimo que eles estejam cavando; é brancura demais, como se alguém tivesse dito pra neve que as outras cores nem contam. Acho que se fosse uma cor bonita, como talvez roxo ou rosa, ou mesmo a cor do arco-íris, seria no mínimo interessante de se olhar. Eles cavam e arremessam a neve para os lados, onde ela se acumula em pilhas sujas.

Tem também criancinhas brincando na neve. Tocam, chutam, jogam neve umas nas outras, só brincam com ela como se fosse feita para se brincar. Agora eles começaram a fazer uma coisa que quase parece uma pessoa redonda e colocaram um chapéu nela e um pano vermelho em volta do seu pescoço e uma cenoura na sua cara. Talvez seja um tokoloshe americano, talvez, quando a noite vier, ele comece a andar e fazer o mal. Não sei o que eu faria porque agora não posso lutar contra o mal porque eles me fizeram jogar fora a minha arma no aeroporto.

Na sala, o Prince está polindo seus animais de madeira; ele trouxe da nossa terra e brinca com eles como se fosse uma criança pequena. Os animais estão todos enfileirados ali na mesa: o leão, o elefante, o rinoceronte, a girafa. O Prince fala com seus animais como se ouvissem e fossem responder. Ele diz pro leão, Silwane, bhubesi, nkunzi! Então pega o leão e segura junto à bochecha e ruge por ele, e a luz morta nos seus olhos quase volta.

Então ele pega o elefante e diz, Ndlovu, ntaba, umkhulu! E o segura junto à outra bochecha e imita o bramido dele. Digo pra ele, É bom que sejam feitos de madeira, porque não precisam ir lá fora e morrer nesta neve, mas o Prince não parece me ouvir. Ele só bate a cabeça de um na do outro e mostra os dentes como um cachorro e rosna e pergunta a eles, Quem vai mandar nessa selva, quem vai mandar nela? O tio Kojo pergunta, Você não deveria estar procurando uma universidade, Prince? Você está na América agora e pode ser qualquer coisa que você queira, veja só o Obama. A tia Fostalina olha para o tio Kojo como se quisesse cortá-lo com os olhos e diz, Wena silima, você não vê que ele está tentando lidar com tudo o que aconteceu lá?

*

Faz um tempo que a neve já não cai, e no chão ela parece que está começando a derreter. A camada está muito mais fina e dá para ver poças d'água em alguns lugares. Ela também está caindo dos galhos, e dá para ver os telhados e a rua. Talvez a neve tenha decidido ir embora, voltar ao lugar de onde veio, porque sabe que estou de olho nela. Não quero ir lá fora ainda, e faço que não com a cabeça quando a tia Fostalina pergunta se eu quero ir aqui e ali com ela. Ela me deixa em paz e não me obriga nem bate em mim como talvez a Mãe ou a Mother of Bones fizessem se eu não respondesse o que elas queriam. Ela sempre me pergunta se eu quero fazer isso ou aquilo — Quer comer macarrão com queijo? Quer ir para a cama? Prefere isto ou aquilo? Tem certeza? — como se eu tivesse me tornado uma pessoa de verdade.

O Prince está falando sozinho cada vez mais, como se talvez as pessoas na sua cabeça tivessem realmente saído de lá e ele pudesse vê-las. Às vezes, ele grita e berra e dá pontapés como se alguém tentasse fazer coisas com ele. A tia Fostalina sacode o Prince pra fazê-lo parar, mas ela não é forte o bastante. Ele está agitando os braços queimados e pedindo ajuda aos gritos, agora. Quando para, a tia Fostalina toma ele nos braços finos como se fosse um bebê. Ele se acalma e ela o embala e o embala e o embala. Quando ele volta a falar, ela canta uma canção de ninar, e ele canta com ela, embora ele cante uma música diferente, os punhos martelando sua cabeça como se ele quisesse tirar sangue dali:

> Sobashiy' abafowethu
> Savuka sawela kwamany' amazwe
> Laph' okungazi khon' ubaba lomama
> S'landel' inkululeko...

Quando a neve se for, vai dar pra ir lá fora e ver como é essa tal de Detroit, ver a grama, as flores, as folhas, os pássaros e o lixo.

Talvez eu finalmente veja coisas que conheço, e talvez este lugar finalmente pareça um lugar comum. Vou lá para fora sentir o cheiro do ar, talvez pegar uns gafanhotos e descobrir que tipo de frutas estranhas cresce em todas essas árvores grandes. Vou desenhar o jogo dos países no chão, ou até mesmo o jogo arra, que o Bornfree ensinou a gente. Ele disse que eles jogavam quando eram crianças, quando o país ainda era um país.

O Stina disse que um país é uma garrafa de coca-cola que pode cair no chão e quebrar e decepcionar você. Quando uma garrafa quebra, você não tem como juntar os pedaços outra vez. Um dia, quando a gente estava agachado no mato depois de comer goiabas, o Mukoma Charlie nos encontrou e disse, Vocês são as crianças mais infelizes que esta garrafa quebrada já viu. Quando isso ainda era um país, vocês estariam todos na escola aprendendo coisas de verdade, para crescer e para ser alguém, mas aqui estão, agachados no meio do mato, goiabas rasgando seus ânus.

O Stina também disse que deixar o seu país é como morrer, e quando você retorna é como um fantasma perdido voltando pra terra, andando por aí com um olhar ausente. Não quero ser isso quando voltar ao meu país, mas na verdade não sei, porque será que o Paraíso vai estar lá quando eu voltar? Será que a Mother of Bones vai estar lá quando eu voltar? Será que o Bastard e o Godknows e a Sbho e o Stina e a Chipo e todos os meus amigos vão estar lá quando eu voltar? Será que as goiabeiras vão estar lá quando eu voltar? Será que o Paraíso, e tudo mais, será que vai estar tudo igual quando eu voltar?

A única vez que aqui quase chega a ser interessante é quando o tio Themba e o tio Charley e a tia Welcome e tia Chenai e os outros vêm visitar a tia Fostalina. Chamo eles de tios e tias, mas a gente não é ligado pelo sangue como eu e a tia Fostalina; eu não os conhecia lá na nossa terra, e o tio Charley, por exemplo, é branco. Acho que a razão pela qual eles são meus parentes agora é que eles também são do meu país — é como se o país tivesse se tornado uma família de verdade agora que estamos na América, que não é o nosso país.

Sempre que eles vêm, o tio Kojo fica fora a maior parte do tempo, porque todo mundo fala nossa verdadeira língua, rindo e dizendo coisas com a voz bem alta sobre a nossa terra, como era quando eles estavam crescendo antes de as coisas ficarem ruins, depois horrorosas. Eles sempre esquecem que o tio Kojo não consegue entender, e ele fica sentado ali parecendo desnorteado, como se tivesse acabado de entrar ilegalmente num país estranho na sua própria casa.

Os tios e tias trazem miúdos de cabra e preparam ezangaphakathi e sadza e mbhida e de vez em quando trazem amacimbi, que é a minha comida favorita, umfushwa e outras comidas de casa, e as pessoas voam sobre a comida como se tivessem passado fome a vida inteira. Rasgam o sthwala com as próprias mãos, o enrolam apressadamente e mergulham na comida e fazem uma pequena pausa pra olhar um pro outro antes de meter dentro da boca. Depois, mastigam cuidadosamente, tombando a cabeça pro lado como se a comida falasse e eles estivessem ouvindo o gosto, e então seus rostos se iluminam. Quando preparam comida da nossa terra, até mesmo a tia Fostalina esquece que está fazendo dieta de frutas.

Depois da comida vem a música. Eles põem para tocar Majaivana, põem Salomon Skuza, põem Ndux Malax, Miriam Makeba, Lucky Dube, Brenda Fassie, Paul Matavire, Hugh Masekela, Thomas Mapfumo, Oliver Mtukudzi — músicas antigas de que me lembro de quando era pequena, da Mãe e do Pai cantando. Algumas das músicas eu não conheço porque o tio Charley disse que eu não tinha nem nascido. Quando eles dançam, sempre fico perto da porta vendo porque vale a pena ver.

Eles dançam de um jeito estranho. Pernas e braços dão solavancos e corpos se contorcem. Eles se amontoam como gado num kraal, depois se espalham como ossos quebrados. E se endireitam, olham para cima, e protegem o rosto do sol e convidam a chuva com as mãos. Quando a chuva não vem eles sacodem a cabeça, desapontados, e então se abaixam, afundando-afundando-afundando como navios. Depois se levantam, agarram a barriga e o peito como mulheres sentindo dor, erguem os braços em oração, agacham bem baixo como se estivessem enterrando a si mesmos. Levantam de novo, abruptamente, ficam na ponta dos pés e esticam as mãos como aviões indo pra terras distantes.

Casamento

As coisas começam a dar errado quando deixamos passar a entrada e nos perdemos no caminho pro casamento do Dumi em South Bend, Indiana. Mas não que a gente saiba que está perdido; a tia Fostalina está tirando um cochilo no banco da frente porque ela trabalhou durante a noite, e o TK, sentado ao meu lado, está ocupado como de costume, iPod no colo, fones de ouvido em alto volume. Estou atrás do tio Kojo, que dirige, balançando a cabeça ao som daquela estranha música de Gana que às vezes faz com que ele se esqueça de si mesmo, como se tivesse talvez alguma coisa dentro da sua cabeça chamando-o para um lugar distante.

Faz muito tempo que deixamos as casas e as lojas pra trás, agora só dirigimos entre milharais e mais milharais, o que me faz esperar ver gente curvada manejando enxadas, lavrando; meninos andando na frente de arados puxados por bois, conduzindo os bois, o som de seus apitos e chicotes estalando no ar, enxadas batendo na terra, vozes de mulheres animando umas às outras com canções. Tem sempre momentos como esse, em que é quase como se as coisas familiares de casa aparecessem do nada, como fantasmas.

Não importa o quanto os milharais sejam verdes na América, eles não são reais. Eles chamam isso de milho aqui, e ele sai todo errado, pequeno, doce, mole demais. Nem perco mais meu tempo, porque comer isso realmente decepciona, é como se eu insultasse meus dentes. Vejo os milharais se estenderem toda a vida e começo a ficar nervosa, porque não consigo imaginar o que poderia vir em seguida. Talvez florestas fechadas com leões, tigres e macacos balançando nos galhos e coisas desse tipo, porque você nunca sabe.

Uhmmn, talvez a gente precise usar o GPS, tio Kojo, eu digo, me inclinando para a frente e falando no seu ouvido. Sei que ele não gosta que digam pra ele o que fazer, mas mesmo assim. Não fico surpresa quando ele continua balançando a cabeça ao som da sua música, como se eu não tivesse falado. Muito tempo atrás, depois que saímos da rodovia, o tio Kojo começou a xingar o GPS na sua língua porque ele não parava de dizer, Recalculando, vire à direita, vire à direita, recalculando, apesar de estarmos numa estrada comprida e não ter nenhum jeito de virar à direita. Por fim, o tio Kojo só arrancou o GPS daquela coisa em que ele fica, entregou-o a mim por cima do ombro, aumentou o volume do rádio e começou a escutar a sua música.

Quando eu me canso de olhar os campos sem fim e a parte de trás da cabeça do tio Kojo, pego meu estojo da Hello Kitty da bolsa e tiro o espelho e o meu gloss. Até que estou gostando do meu rosto hoje, mesmo que esteja estranho, porque a tia Fostalina passou maquiagem nele pro casamento, já que diz que agora sou uma adolescente. Se eu estivesse do lado de fora de mim e visse esse rosto, talvez perguntasse, Quem é essa?, porque não ia me reconhecer de imediato, mas ao mesmo tempo é interessante e eu estou feliz com ele. Só é pena que é verão e as escolas estão fechadas, então não posso mostrar, mas decidi que quando chegar o outono este é o rosto que vou levar a Washington Academy.

Quando cheguei a Washington, queria morrer. As outras crianças implicavam comigo por causa do meu nome, do meu sotaque, do meu cabelo, do jeito que eu conversava ou dizia coisas, do jeito que eu me vestia, do jeito que eu ria. Quando implicam com você por causa de alguma coisa, primeiro você tenta consertar essa coisa pra que as implicâncias parem, mas aquelas crianças malucas implicavam comigo por tudo, até mesmo as coisas que eu não tinha como mudar, e isso continuou acontecendo e continuou acontecendo até que no fim simplesmente tudo parecia errado dentro da minha pele, do meu corpo, das minhas roupas, da minha língua, da minha cabeça. Quando falei com a tia Fostalina sobre isso, ela me contou como, na época em que ela estava no colégio interno, lá na nossa terra, as valentonas comiam a comida das outras alunas e normalmente faziam delas suas criadas — mandavam lavar suas roupas e arrumar suas coisas. Ela tem esse hábito estranho de falar sem parar da nossa terra quando não quer enfrentar alguma coisa — Quando eu estava crescendo, em casa, só ganhávamos roupas novas no Natal e acabamos muito bem; em casa você nem sonharia em falar nesse tom com os mais velhos; em casa isso, em casa aquilo.

As implicâncias só acabaram quando o Tom entrou para a nossa turma; não sei de onde ele veio, mas veio com dentes tortos e cabelo comprido e oleoso e óculos grandes, e era triste como ele gaguejava. De algum jeito, ele fez com que os outros se esquecessem de mim e eu quase tive vontade de agradecer a ele. Lembro que implicavam muito mais com ele, talvez porque ele fosse menino. Lembro que sempre queriam que ele brigasse e o chamavam de *freak,* e tive que procurar a palavra no Google porque nunca a tinha ouvido antes; tinha uma porção de palavras e coisas americanas que eu ainda estava aprendendo.

Lembro que foi o modo como eles diziam *freak* que me fez querer procurar o significado da palavra; era como se quisessem furar o lábio inferior com os dentes quando diziam a parte do *f,* e depois faziam explodir o resto da palavra para fora da boca. Lembro que esperei até estar sozinha no meu quarto pra procurar no Google. Procurei a palavra, depois cliquei em Imagens, e quando aquelas fotos malucas apareceram eu fiquei olhando pra tela e me perguntei como o Tom devia se sentir, mas soube, todo mundo soube uma semana mais tarde, quando o encontraram pendurado pelo pescoço perto dos armários na escola, a palavra *freak!* rabiscada com caneta hidrográfica vermelha num armário atrás dele.

Você precisa ficar atenta, na verdade o salão deve ficar aqui, em algum lugar, diz o tio Kojo.

Aqui? No meio dos milharais?, digo, e me arrependo na hora porque soa como se o tio Kojo tivesse dito algo idiota e eu não pudesse acreditar nos meus ouvidos. Ele não responde, então eu termino de passar o meu gloss, aperto os lábios um no outro como vi a tia Fostalina fazer. Guardo o gloss e o espelho, empurro a minha bolsa pra baixo do assento do tio Kojo, do lado do GPS. Os sapatos estão começando a machucar os meus pés, então os tiro.

Sabe, na sua idade a melhor coisa a fazer é esquecer a maquiagem e pensar de verdade na escola. No que você quer ser quando crescer, esse tipo de coisa, diz tio Kojo. Quando ele abaixa o volume, reviro os olhos porque sei o que está por vir.

Sabe quantas moças querem vir estudar neste país? Quantas estão simplesmente, simplesmente morrendo de vontade de estar onde você está?

O tio Kojo parece chateado agora, e isso me irrita muito porque eu não fiz nada de errado. E, além disso, tenho tirado A em tudo, até mesmo em matemática e ciências, matérias que odeio, porque a escola é tão fácil na América que até mesmo um burro conseguiria passar, então não sei o que o tio Kojo quer, o que mais eu deveria fazer. Ele me olha pelo espelho retrovisor e seus olhos têm uma decepção que sei que eu não mereço, então pego emprestadas as palavras do TK e digo dentro da minha cabeça, *Me deixa em paz, filho da puta.*

Acho que é no momento em que o tio Kojo está olhando para mim desse jeito que um veado corre na frente do carro. Logo em seguida há o som de algo sendo esmagado e o carro dá uma guinada e somos sacudidos pra todo lado. Tem uma buzina estridente de um segundo carro vindo direto na nossa direção, e o tio Kojo grita na sua língua e a tia Fostalina acorda e grita na nossa língua e o TK diz, Que porra é essa?, e até eu grito. Quando o tio Kojo consegue fazer o carro voltar pra nossa pista e pisa no freio, o veado já está coxeando na direção da mata, uma grande mancha de sangue do seu lado. Estou preocupada com o veado, mas também estou grata porque agora o tio Kojo finalmente me deixou em paz.

O que diabos você está fazendo, Jameson, você quer nos matar?, diz a tia Fostalina. Sua voz é de sono e choque e pânico. O tio Kojo a ignora e sai do carro, resmungando. Por um tempo ele só fica parado ali balançando a cabeça, as mãos nos bolsos. Então ele se abaixa para dar uma olhada mais de perto no lado direito.

Jesus, são 15h35, estamos perdendo o casamento! Como isso aconteceu?, a tia Fostalina diz, um novo pânico na sua voz, como se isso fosse mais grave do que o acidente que quase aconteceu.

Onde estamos?, ela pergunta, voltando-se para TK e para mim, e nós respondemos com o silêncio.

Deveríamos estar no casamento há uma hora e meia! Onde está o meu GPS? O que ele fez com o meu GPS?, ela pergunta, e eu rapidamente apanho o GPS embaixo do assento do tio Kojo e o entrego. A tia Fostalina o agarra; ela está descontrolada agora, dando telefonemas e pedindo informações. O tio Kojo volta para o carro e diz, Aquele veado quebrou o meu farol. Agora vou ter de trocar. Acabei de consertar o escape na semana passada!

Depois que o tio Kojo faz o contorno com o carro e estamos no caminho de volta pra 94, o TK diz, Ah, merda, a polícia está atrás da gente, talvez alguém tenha visto.

A polícia? É a polícia mesmo? O tio Kojo diz, a voz tão alta e em pânico que você nem acharia que era o tio Kojo falando, mas um menino apavorado. A maneira como ele diz a palavra *polícia*, como se fossem bruxas, monstros.

Só não dê meia-volta, você sabe que eles não gostam disso, diz TK. O carro começa a desacelerar para a direita, saindo da estrada e se preparando para parar. O tio Kojo está resmungando; soa como uma oração. Olho por cima do ombro, e como não vejo polícia nenhuma, coloco a mão na boca e dou uma risadinha. Do meu lado, o TK está ocupado morrendo de rir. Quando o tio Kojo nos ouve, ele olha por cima do ombro e grita com o TK na sua língua, a voz agora alta e com raiva e parecendo ele mesmo novamente. Ele não acha engraçado.

Quando finalmente chegamos ao casamento, imaginamos que as partes mais importantes devem ter terminado, o que não me incomoda nem um pouco, porque eu na verdade não conheço o Dumi, o cara que está se casando. Mas a tia Fostalina sim, e sei que está furiosa porque durante as últimas semanas ela tem falado deste casamento como se fosse o seu próprio. Ela sai do carro, bate a porta e segue às pressas como se nem nos conhecesse.

Umas três semanas atrás, fui com a tia Fostalina na JCPenney comprar o vestido dela pro casamento. Passamos horas e mais horas na loja experimentando esse e aquele vestido até que finalmente, quando eu só queria sair correndo da JCPenney, ela encontrou o que realmente queria, um vestido longo, creme, sem alças, que ficava grudado no corpo. O zíper não fechava, mas ela comprou assim mesmo, o que significava que teria de perder alguns quilos pra poder usá-lo. Hoje de manhã, quando ela veio até o meu quarto e me pediu para fechar o vestido para ela, consegui fechar sem nenhum problema, como se ela tivesse se derramado ali dentro.

Você está bonita, tia Fostalina, eu disse, porque ela estava mesmo, e também porque ela gosta de ouvir isso.

Mesmo, você acha?, ela disse, virando-se e finalmente parando na frente do espelho. Seu rosto parecia um pouco cansado no reflexo.

Não conte pra ninguém: eu e o noivo costumávamos sair, mas isso foi há muito tempo, na nossa terra, quando estávamos na faculdade. Terminou quando ele se mudou para os Estados Unidos há um tempo, mas tudo faz parte do passado agora. Eu só vou ver com quem ele vai se casar, só isso, disse a tia Fostalina com um sorriso travesso que eu nunca tinha visto antes, e eu nem sabia se ela estava falando comigo ou com o reflexo.

A primeira coisa que noto quando entramos no salão são os brancos. Eu sei que entre todos os americanos são os brancos os que mais amam os africanos, mas mesmo assim, vendo quantos deles estão no casamento, não posso deixar de pensar, *Isso não pode ser só amor*. Só quando vejo a noiva é que entendo por que tem tantos brancos: ela é branca. Fora isso, ela é somente rolos e mais rolos de carne; não consigo evitar de ficar olhando pra ela, não consigo deixar de pensar, *Mas isso não é só gordura*.

Na América, a gordura não é a gordura a qual estava acostumada na minha terra. Lá, a gordura era de grandeza, uma gordura que você poderia entender porque significava que a pessoa comia bem, gordura que você poderia até mesmo invejar. Era gordura que não interferia no corpo, um pescoço ainda era um pescoço, uma barriga uma barriga, um braço um braço, uma bunda uma bunda. Mas essa gordura americana leva as coisas a um outro nível: o corpo vira outra coisa — o pescoço vira uma coxa, a barriga vira um formigueiro, um braço uma coisa, uma bunda eu nem sei o quê.

O marido alto, Dumi, está sentado ali no seu terno branco do lado da noiva. Ele tem esse sorriso que nunca vai embora; seus dreadlocks tingidos batem no ombro, e seu corpo parece um graveto em comparação ao da sua esposa. Olho para o seu sorriso esculpido e me pergunto por que ele sorri, já que não vejo por que alguém estaria sorrindo com uma noiva assim, porque não seria o caso de você estar dizendo, Olhe para a minha bela esposa; não seria o caso de as outras mulheres estarem ocupadas com inveja e querendo matá-la por sua beleza ou odiando ela por isso. Olho para a tia Fostalina e ela é toda sorrisos olhando para o casal, e sei que a razão da sua felicidade é que a noiva do Dumi é gorda e feia.

Ficamos sentados durante a leitura das mensagens da nossa terra; o mestre de cerimônia explica que os pais e familiares do Dumi não puderam vir ao casamento porque não conseguiram visto, então escreveram suas mensagens, que depois foram enviadas por e-mail. Um amigo do Dumi, que se apresenta como Mtha, lê as mensagens, e outro, Siza, traduz para os brancos.

A primeira mensagem é da avó do Dumi, que começa se dirigindo ao Dumi com seus totens, do jeito que os velhos fazem. O som é como o de um poema rolando, os totens, e é lindo ouvi-los sendo lidos na nossa língua. A avó parabeniza seu primeiro neto e diz que espera que ele tenha escolhido uma mulher saudável, bonita, respeitosa e equilibrada, que gere filhos fortes e ensine a eles nossa bela cultura, e volte para casa e retome o lar ancestral como se espera da primeira nora. Uma mulher que saiba o seu lugar e ouça e obedeça o marido e faça dele um homem entre os homens. Uma esposa que seja rápida com os pés e talentosa com as mãos e trabalhadora e pura e fiel.

A noiva continua fazendo que sim e sorrindo como se pudesse entender a língua, mas agora eu sei que sorrir sem motivo é mesmo uma coisa dos brancos, então isso não me surpreende. Mas eu percebo que quando o tradutor traduz ele deixa de fora coisas como retomar o lar ancestral e ensinar aos netos nossa bela cultura e ser rápida com os pés e trabalhadora e obediente ao marido. Quando as mensagens começam a se seguir umas às outras como versículos da Bíblia, eu me levanto e vou procurar o banheiro.

Estou fazendo xixi quando ouço duas vozes falando na nossa língua. Elas falam baixo e de um jeito reservado, como você deve fazer quando está fofocando, mas ainda assim consigo ouvir. Seguro o xixi e escuto.

Que descaramento! Acho que ela é a irmã. Falando dos africanos e de como eles adoram mulheres grandes! Eu queria rir, sinceramente.

Bem, fale por você, porque eu queria dar um tapa naquela puta idiota. Dizer, Sua babaca, o que é que você sabe sobre a África? E desde quando grande passou a ser sinônimo de gorda?

Menina, ela nem é só gorda.

É mesmo, a palavra certa é obesa. Ela é uma porra de uma montanha!

Nesse ponto, as vozes explodem em gargalhadas. Rio por dentro até que duas gotas de xixi saem, então paro de rir e me concentro pra conseguir segurar o resto.

Só o que tenho para dizer é que ele é um homem de coragem. E se não for coragem, então não sei o que é. Burrice?

Ah, que desperdício, e ainda por cima um cara tão lindo.

Mas as coisas que as pessoas são capazes de fazer para conseguir aqueles *papéis*, minha amiga, vou te dizer. Fico surpresa com a súbita mudança na segunda voz, agora movida pela pena, e quase consigo imaginar quem está falando: não uma garota, como a voz sugere, mas uma mulher muito, muito velha, com um rosto gentil, sacudindo a cabeça branca de tristeza. A água corre de uma torneira e para. Há o som de saltos, então eu ouço, Agora para, garota, vem vindo alguém.

Sim, é melhor voltar, estou morrendo de fome, feito uma porra de uma noiva gorda.

Há mais sons de saltos, provavelmente as fofoqueiras indo embora, e ouço um Oi, e então a primeira voz dizendo, agora em inglês, num tom alegre e falso, Que vestido lindo você está usando! Eu faço xixi, limpo, e o vaso sanitário dá descarga automaticamente.

Estou lavando as mãos e admirando meu rosto interessante quando uma voz pergunta, Você também é da África?

Olho para o espelho e uma mulher de vestido azul está parada ali, sorrindo para mim. Noto que o cheiro do seu perfume doce está por toda parte, como uma coisa viva. Sorrio de volta. Não é exatamente um sorriso-sorriso, apenas um rápido exibir de dentes. Isso é o que você faz na América, você sorri para pessoas que não conhece e sorri para pessoas de que você nem gosta e sorri sem motivo. Faço que sim com a cabeça, viro e começo a secar as mãos sob o secador barulhento. Quando eu me viro a mulher está esperando por mim como se estivéssemos na minha terra, e ela estivesse me vendendo ovos baratos.

Você pode dizer alguma coisa na sua língua?, ela pede. Eu dou uma risadinha, porque o que a pessoa diz diante de um pedido como esse? Mas a mulher está me olhando fixamente com expectativa, o que significa que não está brincando, então pergunto:

Não sei, o que a senhora quer que eu diga?

Bem, qualquer coisa.

Deixo escapar um suspiro interior, porque isso é uma idiotice, mas me lembro de manter o sorriso no meu rosto. Digo uma palavra, *sa-li-bo-na-ni,* e pronuncio devagar para que ela não me peça para repetir. Ela não pede.

Como é bonito, diz ela. Agora está olhando pra mim como se eu fosse uma maravilha, como se eu tivesse acabado de fazer algo mágico acontecer.

Que língua é?, ela pergunta. Eu digo, e ela me diz que é bonita, mais uma vez, e eu digo obrigada. Então ela me pergunta de que país eu sou, e eu digo.

É bonito lá, não é?, diz ela. Eu faço que sim, mesmo sem saber por quê. Só faço isso. Pra esta senhora, talvez tudo seja bonito.

A África é bonita, ela diz, continuando com sua palavra favorita. Mas não é terrível o que está acontecendo no Congo? Um horror.

Agora ela me olha com essa cara ferida. Não sei o que fazer ou dizer, então finjo uma tosse comprida só para preencher o silêncio. Meu cérebro está correndo por toda parte e pulando cercas agora, tentando lembrar o que exatamente está acontecendo no Congo, porque acho que estou confundindo com outro lugar, mas o que posso ver nos olhos da mulher é que é sério e importante e eu deveria saber, então por fim eu digo, Sim, é terrível o que está acontecendo no Congo.

Aperto sabonete na palma da mão e começo a lavar as mãos de novo, de costas pra mulher. Mas ela não me deixa em paz. Puxou a cadeira que estava do lado da porta e está sentada agora; nem sei por que eles têm cadeiras no banheiro.

Nem me diga. Cristo, os estupros, e todas aquelas mortes! Como essas coisas ainda podem estar acontecendo?, diz ela. Não consigo saber se é realmente uma pergunta-pergunta ou se é uma pergunta que eu não preciso responder, mas no fim eu me ouço dizendo, É, eu também realmente não sei. Então começo a secar as mãos.

Sabe, eu não consigo nem mesmo — não consigo nem mesmo processar. E todas aquelas pobres mulheres e crianças. Eu estava assistindo à CNN ontem à noite e havia essa menininha que era — que era tão linda, ela diz. Seus olhos começam a ficar úmidos e ela olha pra baixo. Vejo a caixa de Kleenex no canto da bancada e me pergunto se deveria pegar e segurá-la para ela.

Isso me emocionou muito, sabe, diz a mulher, com a voz embargada. Então ela levanta a cabeça como se tivesse se lembrado de algo importante.

Sabe, Lisa, lá no salão, minha sobrinha, uma das damas de honra, a mais alta, uma ruiva bem magrinha, ela vai a Ruanda ajudar. Ela está no Corpo da Paz, sabe, e eles estão fazendo coisas incríveis pela África, incríveis mesmo. Eu faço que sim, mesmo que na verdade não saiba do que ela está falando. Mas a expressão no seu rosto está muito, muito melhor, como se a dor de antes estivesse indo embora.

E no verão passado ela foi a Khayelitsha, na África do Sul, dar aulas num orfanato e, sabe, nós todos fizemos doações — roupas e canetas e balas para aquelas pobres crianças africanas. Em seguida, ela coloca a mão sobre o coração e fecha os olhos por um instante, como se talvez estivesse ouvindo o pulsar da sua bondade. Fico surpresa pela forma como ela diz *Khayelitsha*, pronuncia tão bem, como se fosse sua própria língua.

E ah, ela tirou umas fotos impressionantes. Você devia ter visto aqueles rostos!, diz ela, e olho para o seu rosto sorridente inclinado pra cima, agora, refletindo a luz brilhante, e posso ver nele como os rostos das crianças deviam estar. Sorriam como ela sorri agora. Então começo a me ver no rosto desta mulher, na época em que estávamos no Paraíso, quando o pessoal da ONG tirava as nossas fotos.

Simplesmente adoráveis, sabe, ela diz. Agora olhamos uma para a outra e sorrimos ainda mais, como se a gente tivesse se tornado amigas de verdade, aqui no banheiro com os azulejos creme e luzes brilhantes e a cadeira laranja.

Ah, e escute só isso, enquanto ela estava lá, ela também tirou fotos da Table Mountain e da Robben Island. Ah. Meu. Deus. Table Mountain é tããããão incrível. Linda mesmo. Tenho que dizer, eu vi as fotos e prometi a mim mesma que simplesmente preciso conhecer. Nunca vi nada parecido. Talvez a gente vá no próximo ano, Christopher e eu, no nosso aniversário de casamento. Opa, falando nisso, é melhor eu voltar lá para cima, diz ela, e se levanta e vai em direção à porta, abre-a e desaparece como se nunca tivesse existido.

Quando volto também, as pessoas estão de pé num círculo, escutando o Tshaka Zulu cantar uma canção tradicional. Embora seu corpo esteja todo enrugado pela idade, é um homem bonito e parece ameaçador. Veste uma saia que chega aos joelhos, feita de peles coloridas de animais. Em volta do seu pescoço tem um colar de dentes afiados, e argolas pendem de suas orelhas. Na cabeça ele tem um gorro feito de pele. Usa braceletes combinando nos seus braços finos. Numa das mãos está um comprido escudo branco salpicado com pontos pretos.

Fico parada do lado do TK, que filma a apresentação com seu BlackBerry, tavez para compartilhar no Facebook. Em volta da gente, outras pessoas fazem o mesmo, telefones e câmeras por toda parte. O Tshaka Zulu tem uma voz forte e trovejante que me faz pensar no Profeta Revelations Bitchington Mborro, é como se ele cantasse pra alguém perdido na estrada quando a noiva está sentada bem ali diante dele, sorrindo como se aquela fosse a canção mais bonita do mundo. Quando acaba, todos aplaudem, e o Tshaka Zulu se ilumina de orgulho. Ele realmente gosta de se apresentar em casamentos e onde mais as pessoas do nosso país estejam celebrando eventos, e olhando pra ele você jamais pensaria que tem algo de errado com ele, ou que ele é um paciente de Shadybrook.

Estou com fome, mas não como muito quando chega a hora de comer porque, mesmo depois de tanta prática, ainda não aprendi a comer direito usando garfo e faca. Sempre derramo a minha comida pra todo lado, e a carne escorrega quando corto, e sinto que as pessoas estão me observando, rindo escondido. É por isso que fico tão envergonhada quando como em público; na maioria das vezes, e é o que acontece agora, finjo que não estou com fome. Mas estou treinando; a única razão pela qual tenho demorado é que em casa eu como com as mãos, que é o modo como se deve comer.

A tia Fostalina está do meu lado, comendo uma salada, e o tio Kojo e TK têm montanhas de comida nos seus pratos, como se tivessem passado fome a vida inteira. O tio Kojo mudou para a mesa ao lado para se sentar com esse outro homem do seu país. Ele e o homem não estão exatamente combinando, mas suas roupas bordadas, coloridas e fluidas são bastante parecidas e deixa-os com um aspecto interessante, sentados juntos desse jeito. Mais cedo, outro cara parou na mesa deles e pediu para tirar uma foto. Fico observando o tio Kojo; sempre que ele está com alguém do seu país, tudo nele fica diferente — sua risada, seu jeito de falar, de comer —, é como se alguém o tivesse aberto para revelar essa outra pessoa que nunca vi antes.

Mais tarde, o Dumi vem a nossa mesa; segura nos braços um lindo menininho de cabelo liso. Sorrio um sorriso de verdade pro menino, mas ele só fica me olhando. Segura uma bola branca com umas coisas de borracha espetadas. O Dumi é alto e parece que frequenta a academia de ginástica; não é muito bonito, mas é mais bonito do que o tio Kojo. Mas gostaria que ele não tivesse os dreadlocks; não combinam com ele.

Lembro o que a tia Fostalina disse sobre eles terem namorado, então espero para ver se tem alguma coisa interessante na forma como interagem. Escuto eles falarem coisas normais — Quando foi a última vez que você viu fulano e beltrano? Que tipo de trabalho você está fazendo agora? — e de como estão as coisas na nossa terra, nosso velho presidente que não quer morrer para que a gente possa ter um líder finalmente. A voz profunda do Dumi é um pouco áspera, como se tivesse percorrido a pé todo o caminho até a América e agora estivesse desgastada pelo esforço.

Ele não diz pra tia Fostalina que ela está bonita, como ouvi outras pessoas dizerem; ele diz que ela se parece com o nascer do sol. Você está parecendo o nascer do sol, Fee, é o que o Dumi diz, na nossa língua. Nunca ouvi ninguém chamar a tia Fostalina de Fee antes. Ela sorri, e fico olhando fixamente pra ela por causa do jeito como ela sorri. Como se estivesse ouvindo música e dançando por dentro.

Eles ficam em silêncio por um tempo, como se não tivessem mais palavras, como se a nossa língua e o inglês não fossem suficientes. O silêncio começa a me fazer sentir esquisita, então, no fim, não sabendo o que fazer, pego um garfo com a mão direita, uma faca com a esquerda, e enfrento meu prato. Corto um pedaço de carne. Ele não dança pelo prato, o que me dá coragem, então eu corto outro, e mais outro, na esperança de fazer o tempo passar. O silêncio não vai embora; é como se eles o usassem pra falar. Do outro lado do salão, a noiva não se mexeu; fala com uma dama de honra e um homem alto de camisa amarela.

O tio Kojo olha pra nossa mesa. Segura um osso de galinha na mão e, quando vê o noivo, acena com a cabeça e ergue o osso do modo como se ergue um copo para brindar. O Dumi acena com a cabeça de volta. O menino começa a mastigar as coisas pontudas da bola.

Oi, gracinha, qual é o seu nome? A tia Fostalina pergunta pro menino, quebrando o longo silêncio. O garoto ri, cobre os olhos com uma das mãos.

Ele é tímido. Seu nome é Mandla, diz Dumi. Eu me pergunto como é que um menino branco tem um nome como Mandla, mas a conversa não é minha e ninguém falou comigo, então eu fico de fora. Me concentro na minha carne; ela está gostosa, então como um pedaço depois do outro.

Ah, entendo, diz tia Fostalina. É um nome bonito.

Ele é filho da Stephanie, diz Dumi, como se lesse meus pensamentos. Olha na direção da mesa, para sua mulher. Mas eu dei a ele o nome do meu pai, diz Dumi; ele beija Mandla no nariz, bagunça seu cabelo. Eu me pergunto qual a sensação de tocar o cabelo de um branco; nunca toquei nenhum antes, já que até agora não fiz nenhum amigo branco assim. Provavelmente é sedoso, como a barba de uma espiga de milho.

Mas o Mandla não gosta que mexam no seu cabelo, porque balança a cabeça e diz, em voz alta, Não! Fico surpresa que ele saiba falar, porque esteve quieto durante todo esse tempo. Ele se contorce como um peixe molhado nos braços do Dumi, querendo descer. Já no chão, joga a bola no prato da tia Fostalina e ri. Eu paro, minha faca no ar. A tia Fostalina não diz nada, mas sei que ela não gostou.

Não, Mandla, pare, não faça isso, diz Dumi. Ele pede desculpas para a tia Fostalina, se inclina pra pegar a bola, os dreadlocks caindo sobre seu rosto. O Mandla o observa, agora comendo as mãos. Quando o Dumi termina de limpar a bola com uma toalha de papel, o Mandla estende suas mãozinhas.

Agora não, filhinho, eu disse que você não pode jogar a bola. Vamos jogar mais tarde, em casa, está bem? Em casa, o Dumi diz, olhando pro Mandla com um rosto sério de pai, mas dá para ver que o Mandla está acostumado a ter o que quer.

Me dá a minha bola, diz ele, com uma força estranha na voz. Quando franze o rosto e começa a chorar, o Dumi olha pra tia Fostalina com uma expressão frustrada. Ela dá de ombros.

Está bem, mas não é pra jogar, certo? Tem gente aqui, diz Dumi.

Quando o Mandla recebe a bola, ele joga e acerta uma velha senhora de vestido rosa no peito. Paro de respirar, mas a velha senhora apenas sorri como se nada tivesse acontecido, pega a bola do seu colo e a entrega pro Mandla.

Ele não é um amor?, ela diz pro Dumi com um sorriso sem sentido de uma velha senhora, e o Dumi sorri de volta. O Mandla pega a bola, caminha de volta para a nossa mesa. Ele obviamente está se divertindo. Quando olha para mim, olho para ele de um jeito sério que diz, Você está exagerando e precisa parar com isso antes que alguma coisa aconteça. Mas posso ver, pelo sorriso do Mandla, que ele não entende, que não ensinaram nada pra ele sobre ler olhos.

Pronto, agora você pode me dar a bola, diz o Dumi. Ele se curva pra ficar da altura de Mandla, as mãos em concha. Mandla dá alguns passos pra trás, faz que não com a cabeça.

Você quer que o papai te pegue no colo?, pergunta Dumi.

Não! Você não é meu pai!, Mandla grita, a voz agora estridente. Limpo a boca com uma toalha de papel. Algumas pessoas viram a cabeça pra olhar, mas depois continuam conversando e comendo. O Mandla fica ali parado olhando pro Dumi, como se o desafiasse a fazer alguma coisa. O Dumi só balança a cabeça; vejo no seu rosto que está envergonhado, e ele realmente não sabe mais o que fazer.

Ele comeu balas demais antes, ele diz, a voz de quem quer explicar alguma coisa, e eu sinto vontade de rir, porque o que têm balas a ver com uma criança mimada?

É então que o Mandla joga a bola em mim, e quando vejo, ela já bateu no meu olho direito, uma das coisas pontudas acerta a parte de dentro. A dor é intensa. Antes que dê por mim, esqueço que estou num casamento, num salão cheio de gente, esqueço que estou na América. Antes que a tia Fostalina diga bruscamente pra eu me sentar, agarro o pirralho, faço *pá-pá-pá* com três bofetadas rápidas e bato na sua cabeça com os nós dos dedos, duas vezes.

Só quando me sento e olho ao redor é que percebo o que fiz. Os brancos já estão boquiabertos e uma voz chocada já disse, Oh, meu Deus. Cabeças já foram sacudidas e olhos se arregalaram incrédulos. Algumas mãos já sobrevoaram as bocas e o silêncio já se instalou. Ele permanece no ar como uma mancha, até que uma voz feito um trovão, que logo reconheço como a do Tshaka Zulu, grita de perto da porta, onde ele está sentado:

Não se assustem. É assim que lidamos com crianças mal-educadas na nossa cultura, não é nada, vocês precisam relaxar, por favor, ele diz com uma risada. Ninguém ri com ele; tem um fogo quente feito de silêncio. Se olhares pudessem queimar, eu estaria no chão, deitada numa pilha de cinzas. Só percebo que fiz algo que não se faz, algo que é tabu. Sei que nunca vou esquecer esses rostos, e sei, ao olhar para eles, que nunca mais vou bater numa criança, não importa o quanto ela seja má.

O Dumi leva o Mandla embora e agora que ele sabe que é o centro das atenções, grita como se fosse pago para isso. A mãe está olhando da mesa, balançando sua montanha e esticando o pescoço para ver o que há de errado com o filho. Fico grata por sua gordura porque acho que se não fosse por isso ela já teria se levantado e corrido até nós. Pego a faca e finjo que estou concentrada apenas no meu prato.

Ele vai ficar bem?, a voz de um menino grita atrás do Dumi, e eu quero olhar sério para ele, mas não me atrevo a me virar. Fico aliviada quando o Dumi carrega o Mandla através da porta que leva aos banheiros. Quando seus gritos em certo ponto cessam, as pessoas voltam à comida, mas posso perceber que ainda estão perturbadas. À minha esquerda, um velho continua me lançando um olhar severo, como se eu tivesse comido seu bolo. As crianças que antes corriam agora estão sentadas junto de suas mães como se tivessem visto um terrorista.

Não faça isso de novo, eu sempre tenho que dizer isso a você, você está na América agora, a tia Fostalina diz, sem qualquer sinal de irritação na voz, e eu fico aliviada. Se a noiva fosse bonita, então a tia Fostalina estaria num de seus momentos de mau humor; se estivesse de mau humor, então eu estaria pior do que o Mandla, pior do que um cervo ferido. Faço que sim com a cabeça, coloco a faca de volta no prato e pego um copo de coca-cola, que nem tem gosto de verdade.

Angel

Então digo para a tia Fostalina que quero ir para casa, visitar, só por um tempo, ver como estão a Mãe e a Mother of Bones e as pessoas e as coisas. Primeiro há apenas silêncio, como se a tia Fostalina não tivesse nem mesmo me ouvido falar. Estamos sentadas na sala de estar e estou bebendo um Capri Sun de canudinho. A tia Fostalina está no sofá, vendo fotos de mulheres vestindo belas lingeries da Victoria's Secret. Em torno dela tem pilhas de revistas, pilhas na mesa de centro de vidro na frente dela, e mais pilhas aos seus pés.

Termino o meu Capri Sun, estendo a mão para a prateleira atrás de mim e pego uma goiaba. Olho para ela como se nunca tivesse visto uma goiaba antes, em seguida seguro ela debaixo do nariz. O cheiro me atinge onde importa, e sinto como se meu coração e minhas entranhas estivessem sendo lentamente abertos. Sacudo a cabeça, esfrego a goiaba com as duas mãos, dou uma mordida e rio.

Vamos ver se você ainda vai rir quando ficar constipada, diz a tia Fostalina, virando uma página. Apenas continuo mastigando; como ela entenderia que a cada vez que dou uma mordida na goiaba, eu deixo a casa, Kalamazoo e Michigan, deixo o país, e me encontro outra vez no Paraíso, em Budapeste?

Na semana passada, o Messenger veio pra América em busca de asilo e me trouxe um pacote surpresa. Recebi poucos dias antes do meu aniversário, então eu me segurei e não abri. Estava embrulhado com um papel de kaka, e ri quando finalmente cortei a fita preta com a tesoura, tirei o plástico transparente e em seguida camadas e mais camadas de uma revista chinesa. Trazer comida fresca de casa não é permitido; se as pessoas na fronteira encontrarem, jogam fora, então fiquei feliz que minhas goiabas tivessem sobrevivido. Antes mesmo de acabar de desembrulhar, o cheiro de goiaba estava por toda parte, delicioso e estonteante. Fechei os olhos e inspirei como não fazia há anos.

Tinha perdido contato com o Bastard, o Stina, o Godknows, a Chipo e a Sbho por muito tempo, mesmo tendo prometido, quando fui embora, que não sumiria.

Eu vou escrever, tem bastante papel e muitas canetas, então eu vou escrever sempre, eu me lembro de ter dito, logo antes da tia Fostalina e eu entrarmos no carro na Mzilikazi.

Promete?, a Chipo perguntou.

Sim, prometo, disse.

Jura?, a Sbho disse.

Juro e que um raio caia em mim se eu não cumprir, disse.

E se você não escrever?, o Godknows perguntou.

Por que eu faria isso?, perguntei.

Porque você encontrou amigos bonitos e brancos e esqueceu a gente, ele disse.

Eu vou ter amigos bonitos e brancos, mas isso não significa que vou esquecer vocês, disse.

O que os olhos não veem, o coração não sente, o Stina disse.

Isso é kaka, vocês sabem que nunca vou esquecer vocês, disse.

Veremos, disse Bastard, com aquela expressão que era como se ele soubesse algo que eu não sabia. Quando eu estava no carro indo embora, beijei minha mão e acenei como tinha visto uma moça da ONG fazer certa vez e gritei, Vou escrever sempre, sempre, sempre!

No começo, nos primeiros meses depois que cheguei, escrevi mesmo. Naquelas cartas, contei pra eles da América, do tipo de coisa que eu comia, das roupas que usava, das músicas que escutava, das celebridades e coisas do tipo. Mas tomava cuidado para deixar certas coisas de fora também, por exemplo, o clima que era horrível porque tinha quase sempre algo errado com ele, quente demais ou frio demais, os furacões e coisas do tipo. Que a casa onde a gente morava não era nem um pouco parecida com as que a gente tinha visto na tevê quando éramos pequenos, como ela não era feita de tijolos mas de tábuas, uma casa feita de tábuas na América, e como quando chovia essas tábuas mofavam e cheiravam mal.

    Não contei pra eles como, nas noites de verão, tinha às vezes o pá-pá-pá de tiros na vizinhança, e eu tinha de ficar em casa, com medo de sair, e como uma vez uma mulher a poucas casas da nossa afogou os filhos na banheira, todos os quatro, como tinha gente pobre que morava na rua, segurando cartazes para pedir dinheiro. Eu deixava essas coisas de fora, e muitas outras mais, porque elas me envergonhavam, porque faziam com que a América não se parecesse com a Minha América, aquela com a qual eu sempre tinha sonhado no Paraíso.

    Com o tempo, parei de escrever de vez. Só comecei a adiar, dizer a mim mesma que escreveria no dia seguinte, na semana seguinte, dali a duas semanas, escreveria dali a um mês, escreveria logo, e foi isso, antes que eu me desse conta tinha perdido contato. Mas não significava que eu tinha me esquecido deles; eles me faziam falta, muita falta, e tinha horas em que eu fazia alguma coisa e tinha a terrível sensação de culpa por não ter mantido contato. Também sentia saudade de Budapeste, da Fambeki, do Paraíso, da Mãe e da Mother of Bones e da MotherLove, de todas essas pessoas, até mesmo do Profeta Revelations Bitchington Mborro, com sua loucura, sentia saudade de todos eles. E quando recebi as goiabas que a turma mandou pelo Messenger, anos mais tarde, foi bom sentir que eles também se lembravam de mim.

    Tia Fostalina, digo, tentando chamar sua atenção, mas sua cabeça continua grudada na revista. Esses dias as revistas substituíram os exercícios porque a tia Fostalina não tem energia já que está tão ocupada com seus dois empregos, um no hospital e outro na casa de repouso. A razão pela qual a tia Fostalina está trabalhando duro desse jeito é para poder terminar de pagar a casa que acabou de comprar pra Mãe e pra Mother of Bones em Budapeste. Vi as fotos; é uma casa grande e bonita, com uma piscina, igual às outras casas que a gente costumava invadir para pegar goiabas. A casa é ainda melhor do que esta em que vivemos aqui na América, o que me surpreende, porque lá eu ouvia dizer que tudo na América era melhor.

De vez em quando a tia Fostalina levanta os olhos da revista para a tevê, para aquela mulher de rosto bonito que faz pensar que tem algo de errado com ele, falando de como perder cinco quilos em dez dias e dizendo às pessoas para telefonar agora e mudar sua vida.

Vou talvez só por duas semanas e depois volto, digo, mesmo que a tia Fostalina ainda esteja me ignorando.

Ainda não é hora, Darling. Quando for a hora, você vai, ela finalmente diz, e vira mais uma página.

Mas a senhora disse que quando eu fizesse catorz...

Menina, você não é filha do Obama, seu pai não é dono da Air Force One; ir para casa custa dinheiro. Além disso, você veio com um visto de turista, que já venceu; se você sair, pode dizer adeus para a América, diz a tia Fostalina.

Mas por que eu não posso voltar? É só eu renovar o meu visto, digo.

Darling, pode me deixar em paz? Você acha que sou a Imigração?, diz ela. Fala na nossa língua agora, o que significa que a conversa acabou. Quando a tia Fostalina muda de língua desse jeito, você sabe que o que quer que estivesse sendo dito acabou.

Agora a tela da tevê se dividiu em duas, e tem duas imagens da mulher, uma de antes, quando ela era maior e parecia uma pessoa de verdade, e uma de depois, em que ela está magra e parece algo bonito.

Me dê o telefone, depois vá até o meu quarto e traga a minha bolsa azul; preciso encomendar este sutiã *push-up*, diz a tia Fostalina.

No andar de cima, olho pela janela do quarto da tia Fostalina para o cemitério do outro lado da rua. A primeira coisa que você nota são todas aquelas decorações, como se estivessem talvez tentando dizer para você que a morte é bonita. Na entrada, tem uma coisa grande de concreto com letras numa língua que não entendo, e no topo dela tem uma grande escultura de uma mulher reclinada, com a cabeça descansando de lado. Ela está cobrindo o rosto com uma das mãos, como se quisesse dizer que tem sol demais na vida, como se quisesse dizer que não quer ser incomodada.

Por todo o cemitério tem belas esculturas de anjos: um anjo olhando pro céu, um anjo dormindo numa laje de pedra, um anjo carregando uma pomba, um anjo com a mão no coração, um anjo ajoelhado em frente a uma fonte. Olhando pra eles assim, você poderia imaginar que os anjos são coisas comuns, que andam por ali na vida real, como cães e gatos e baratas e carros. O cemitério em si é coberto de grama verde, e por toda parte tem árvores que projetam sombras compridas durante o dia. E tem também as lápides; algumas parecem casinhas, algumas parecem castelos, algumas só são estranhas, mas são todas interessantes.

Sempre que olho para o cemitério, penso no Pai em Heavenway, onde o enterraram, seu túmulo nada além de um monte de terra vermelha, e quase desejo que ele também estivesse enterrado num lugar bonito, onde se pode ver porque, quando enterram os mortos, se diz *Descanse em Paz*. Quando nos mudamos de Detroit pra cá e eu vi o cemitério pela primeira vez, nem sabia que era um lugar de gente morta, pensei que era só um museu de alguma coisa, outro lugar interessante onde coisas interessantes aconteciam. A rua que separa a nossa casa do cemitério é uma pista lisa, e sempre me pergunto onde exatamente ela acabaria se eu seguisse por ela. Na América as estradas são como as mãos do diabo, como o amor de Deus, alcançam tudo; a parte triste disso é que não podem me levar para casa.

Tem duas casas dentro da minha cabeça: a casa de antes do Paraíso e a casa do Paraíso; casa um e casa dois. A casa um era melhor. Uma casa de verdade. O Pai e a Mãe com bons empregos. Bastante comida. Roupas para vestir. Rádios estridentes todo sábado e todo mundo dançando, porque não tinha nada pra fazer além de ser feliz e festejar. E em seguida a casa dois — o Paraíso onde tudo era de zinco zinco zinco.

Tem três casas dentro da cabeça da Mãe e da tia Fostalina: a casa de antes da independência, de antes de eu nascer, quando negros e brancos estavam lutando pelo país. A casa de depois da independência, quando os negros ganharam o país. E por último a casa das coisas caindo aos pedaços, que fez a tia Fostalina ir embora e vir para cá. A casa um, a casa dois e a casa três. Tem quatro casas dentro da cabeça da Mother of Bones: a casa de antes dos brancos virem roubar o país, quando um rei governava; a casa de quando os brancos vieram roubar o país e teve a guerra; a casa de quando os negros tomaram de volta o nosso país roubado depois da independência; por fim, a casa de agora. Casa um, casa dois, casa três, casa quatro. Quando alguém menciona casa, é preciso ouvir com atenção para saber a que casa exatamente eles estão se referindo.

Há dois dias o presidente do nosso país apareceu na tevê durante o noticiário da BBC. Ele estava levantando os punhos e falando, dizendo que o nosso país é o lar do homem negro e jamais voltaria a ser uma colônia, e isto e aquilo. A tia Fostalina pegou o controle remoto da mesa de centro, apontou para a tevê como se fosse uma arma e disparou. Todos nós viramos para olhar para ela, sentada ali, tremendo, o rosto de repente feio como se ela estivesse mastigando espinhos. O TK, que não é mais um menino gordo porque começou a levantar peso e agora se parece com Will Smith em *Ali*, começou a rir mas depois parou, talvez por causa da expressão no rosto da tia Fostalina.

O tio Kojo pegou o controle remoto e mudou o canal de volta. A tia Fostalina olhou pra ele durante um tempo, depois se levantou e saiu da sala sem dizer nada. Na tevê, o presidente disse, logo depois que a tia Fostalina foi embora, como se estivesse contando um segredo e precisasse esperar a tia Fostalina sair antes de poder falar: Nós não nos importamos com sanções banindo-nos da Europa; não somos europeus, e o tio Kojo jogou os punhos no ar e bateu com muita força. Então ele saudou a tevê e gritou, Diga a eles, sr. Presidente, diga a esses colonialistas desgraçados. Então ele sorriu olhando primeiro pro TK e depois para mim.

Aquele ali, meninos, é o único filho da puta com colhões no continente. O principal estadista da África!, disse ele. Eu e o TK nos entreolhamos, intrigados, e então sorrimos, e explodimos em gargalhadas porque era a primeira vez que ouvimos o tio Kojo usar aquela expressão, *filho da puta*, que assim parecia interessante e bonita. O TK ainda estava rindo quando deixou a sala de estar e subiu a escada. Mais tarde, quando entrei no Facebook, ele tinha contado a história lá, e tinha um monte de curtidas e kkkk no seu mural.

Estou no meu terceiro Capri Sun agora, e meu estômago está tão cheio de líquido que poderia estourar. Acabei de comer a última goiaba e já sinto uma tristeza pensando em quanto tempo, anos talvez, eu vou levar para sentir de novo o gosto de goiaba. A tia Fostalina está ocupada tentando pedir o sutiã *push-up* no telefone, e dá para ouvir que ela e quem quer que seja a pessoa com quem ela fala estão tendo problemas. O problema com o inglês é o seguinte: Você normalmente não abre a boca e ele sai assim — primeiro você tem de pensar no que quer dizer. Então tem de encontrar as palavras. Então tem de organizar cuidadosamente essas palavras na sua cabeça. Então tem de dizer as palavras em voz baixa para si mesmo, pra ter certeza de que estão corretas. E finalmente o último passo, que é dizer as palavras em voz alta.

Mas como tem que fazer tudo isso, quando você chega à etapa final algo estranho acontece com você, e você fala do modo como um bêbado anda. E como você fala como quem cai, você parece um idiota, quando na verdade a língua e o processo todo é que são complicados. E o problema com aqueles que só falam inglês é o seguinte: eles não sabem como ouvir, estão ocupados assistindo à sua queda em vez de prestar atenção no que você diz.

Cheguei à conclusão que a melhor maneira de lidar com tudo isso é falar como americana, e a tevê tem me ensinado o jeito certo de fazer isso. É bem fácil, tudo que você tem de fazer é assistir a *Dora, a aventureira, os Simpsons, Bob Esponja, Scooby-Doo,* e depois passar para *As visões de Raven, Glee, Friends, As supergatas,* e assim por diante, só ouvindo e imitando o sotaque. Se fizer isso bem, então, antes que perceba, ninguém mais vai pedir pra você repetir o que disse. Eu também tenho a minha lista de palavras americanas que guardo debaixo da língua como talismãs, prontas para o uso: *pretty good, pain in the ass, for real, awesome, totally, skinny, dude, freaking, bizarre, psyched, messed up, like, tripping, motherfucker, clearance, allowance, douche bag, you're welcome, acting up, yikes.** A tevê também me ensinou que se eu estiver falando com alguém, tenho que olhar a pessoa nos olhos, mesmo que seja um adulto, mesmo que isso seja rude.

Não sei por que a tia Fostalina não pensa em aprender a falar americano desse jeito, vendo como tornaria sua vida mais fácil e ela não teria tantas dificuldades como as de agora.

Eu disse Angel Collection, a tia Fostalina está dizendo. Ela tirou o som da tevê e aumentou o volume do telefone, então eu consigo ouvir a outra pessoa também; sua voz é como a de uma jovenzinha entediada.

---

* Expressões e palavras equivalentes, no português, às americanas, seguindo a ordem do texto: Muito bom, um saco, mandar uma real, sensacional, totalmente, magérrima, cara, muito louco, bizarro, alucinado, pirado, tipo assim, uma viagem, filho da mãe, liquidação, mesada, trouxa, de nada, fazer cena, caramba! (N.E.)

Desculpe, o quê? Não ouvi muito bem, talvez seja a minha linha. Posso imaginar a cabeça inclinada, a garota, uma carranca de concentração no rosto.

Angel, angel, angel, diz a tia Fostalina, aumentando o som da voz ainda mais.

Há um silêncio, como se talvez a garota estivesse se preparando pra rezar.

An-gél, tia Fostalina acrescenta, prestativa, arrastando a palavra para fora como se juntasse cascalho com um ancinho. Balbucio em silêncio — *Endjiel*. Ouço a garota dar um breve suspiro.

Me desculpe, eu não sei o que a senhora quer dizer, ela diz, finalmente. Dá para perceber, pela sua voz, que está ficando cansada de tentar entender.

O que você quer dizer com não sabe o que eu quero dizer? Você não entende o que estou falando? Uma palavra tão simples!, diz a tia Fostalina. Ela fala com as mãos e com a cabeça agora, e vejo, pelo nó em que seu rosto se transformou, que se a garota não entender logo as coisas vão ficar feias. Pigarreio, que é a minha maneira de lembrar à tia Fostalina que estou na sala, então talvez ela me peça para falar por ela, mas isso não acontece. Agora ela rabiscou a palavra *angel* por toda a revista, e a mulher nua de sutiã e calcinha está toda vestida de tinta preta, as letras feito pequeninos insetos irritados.

Senhora, lamento muito que estejamos tendo estas — dificuldades. Mas temos um website onde a senhora pode fazer o seu pedi..., a garota no telefone começa a dizer, erguendo de repente a voz. Dá para perceber que ela está satisfeita com o fato de ter pensado no website, de que as coisas afinal vão funcionar. Também estou aliviada, e começo a pensar que talvez deveria correr lá para cima e pegar o meu MacBook pra tia Fostalina usar. Me levanto do sofá.

Não, eu não vou. Fazer. O pedido. On-line, diz a tia Fostalina com firmeza, separando as palavras agora, o que nunca é um bom sinal. Volto a me sentar. Ela golpeia o rosto da mulher da Victoria's Secret com uma caneta ao dizer cada palavra.

Não vou fazer o pedido on-line. Estou falando inglês, por isso, pelo que me diz respei...

Talvez a senhora possa soletrar? Agora é a garota que parece se irritar, e talvez esteja dizendo dentro da sua cabeça alguns insultos graves que não pode falar em voz alta.

Mnnccc, agora você quer que eu soletre?, diz a tia Fostalina. Ela olha pra mim como se não pudesse acreditar no que está ouvindo, mas eu desvio os olhos para a tevê; a mulher se foi, agora tem uma outra sentada numa bola de exercício. Estou esperando a tia Fostalina dar uma bronca na garota pelo telefone, porque é isso que ela parece estar se preparando para fazer, mas alguma coisa a faz mudar de ideia, e ela se senta e começa a soletrar.

É *A,* diz a tia Fostalina. Sua voz está um pouco mais calma. Ela escreveu a letra na revista, como que para ter certeza.

O.k., *A* de árvore...

Árvore não, *A* de ânus, é um som diferente. *N* de *não. G* de *girafa. E* de *elefante. L* de *Líbia.* Pronto, aí está, *angel. Angel. Angel,* diz a tia Fostalina.

Há um breve silêncio, como se talvez a garota refletisse sobre o que escreveu, e então ela diz, Ah! A senhora quer dizer *endjiel*!

Sim, angel, era o que eu estava tentando dizer a você todo esse tempo. Quero um rosa, diz a tia Fostalina, pronunciando exageradamente o *r* da palavra *rosa,* cujo som é o de algo vibrando dentro da sua boca, e eu prometo a mim mesma que nunca vou falar desse jeito.

Quando a tia Fostalina termina o telefonema com a moça da Victoria's Secret, ela liga pra um número que deve estar ocupado, porque desliga depressa. Liga imediatamente pra outro número e espera por um tempo antes de eu a ouvir deixando uma mensagem, na nossa língua, para que a outra pessoa ligue de volta. Eu sei que a tia Fostalina está telefonando porque precisa contar a história da

Victoria's Secret para alguém na nossa língua, porque é isso que você deve fazer na América sempre que algo assim acontece. Tem de contar a história pra alguém que sabe o que você quer dizer, que vai entender exatamente o que você diz, e que não é sua culpa mas da outra pessoa, alguém que sabe que o inglês é como uma imensa porta de ferro e você está sempre perdendo as chaves.

Depois de deixar a sua mensagem, a tia Fostalina apenas fica sentada ali como se algo importante acontecesse dentro dela e ela estivesse esperando que esse algo saísse, se ajoelhasse e anunciasse que tinha terminado e perguntasse se podia ir então cuidar de outros assuntos. Ela também tem uma expressão — já vi essa expressão muitas vezes, mas ainda não sei se devo chamá-la de dor ou de raiva ou de tristeza, nem se ela tem de fato um nome. Tomo muito cuidado para não olhar nos olhos dela enquanto ela coloca o cartão de volta na sua bolsa, e em seguida ela se levanta, vai ao porão e bate a porta ao passar.

Sei que ela vai acender as luzes quando descer a escada que range, sei que vai dar pequenos passos calculados, como se tivesse alguma coisa lá embaixo que ela temesse, e quando chegar vai ficar na frente do espelho que cobre uma parede e olhar para o seu reflexo. Sei que não vai olhar para a sua magreza, mas para a sua boca. Sei que vai ficar parada ali e iniciar a conversa de novo e dizer em voz alta, com um inglês cuidadoso, todas as coisas que queria dizer, que deveria ter dito à garota no telefone, mas não disse porque não conseguia encontrar as palavras no momento. Sei que na frente do espelho a tia Fostalina será articulada, o inglês vai ganhar vida na sua boca e ela vai cuspir como se ele a queimasse, como se fosse um veneno, como se fosse a única língua que ela sempre conheceu.

Este filme contém algumas imagens perturbadoras

Marina é da Nigéria e acha que é a princesa da África só porque seu avô era um chefe ou algo desse tipo, e ela usa todas aquelas roupas tradicionais coloridas sem se importar que sejam feias e que façam ela parecer uma velha. A Kristal acha que é melhor do que a Marina e do que eu, já que ensinou a gente a usar maquiagem e tem um aplique que faz o cabelo dela parecer comprido, mas a verdade é que ela não sabe nem escrever uma frase correta em inglês para mostrar que é americana de verdade. Elas são minhas amigas principalmente porque moramos na mesma rua e estamos terminando a oitava série da Washington Academy. Agora nós três estamos juntas no porão da minha casa.

Nos últimos tempos, quando saímos da escola, corremos para casa e vemos uns filmes. A gente sempre faz isso na minha casa porque não tem ninguém lá de tarde, porque a tia Fostalina e o tio Kojo estão sempre no trabalho e o TK só vem para casa na hora de dormir, como se aqui fosse um hotel. Quando a gente chega da escola, jogamos nossas mochilas do lado da porta e vamos direto para o computador no andar de baixo. Antes, costumávamos ver o XTube, mas agora descobrimos o RedTube, que é mais elegante e não tem muitos vírus.

Temos assistido aos filmes por ordem alfabética, para manter um padrão. Até agora, vimos amador; vimos anal, que era simplesmente nojento; vimos asiático, que era respeitoso; vimos *big tits,* com as mulheres peitudas, e *blond,* com as louras, e boquete; vimos *bondage,* que era arrepiante; vimos *creampie* e *cumshot,* que eram ambos desagradáveis; vimos dupla penetração, que era assustador; vimos ébano, que nos deixou envergonhadas; vimos faciais, que era sujo; vimos fetiche, que era estranho; vimos *gangbang,* que era como um crime; não vimos gay, porque estávamos com medo, então pulamos; vimos grupal, que era bem obsceno, vimos *hentai,* que era excitante; vimos japonês, que era bem quieto; e vimos lesbianismo, que era interessante. Hoje estamos assistindo a MILF,* e já que é a vez da Kristal, ela escolhe e clica em *play*.

O filme começa com um cara com uma máscara de esqui invadindo uma casa, e na hora começo a me perguntar se tranquei a porta no andar de cima, que é algo que a tia Fostalina sempre insiste que eu faça quando volto da escola. Não lembro se tranquei a porta, mas não quero ir verificar, então apenas digo pra mim mesma que tranquei. O cara que invade a casa no filme está perdendo tempo, só andando por ali, olhando por uma janela e em seguida pegando uma ferramenta no bolso para abri-la. Depois de um tempo, ele começa a entrar, ainda sem pressa. Quando está com a metade do corpo dentro da casa, a Marina diz, Foda-se isso, e estende a mão para o computador e clica em *fast forward.*

Quando a Marina começa o filme de novo, o homem já está dentro da mulher, então ela volta um pouco, para quando a mulher está se levantando, lambendo os lábios como se acabasse de beijar um pouco de açúcar. Agora podemos ver que o homem é na verdade um sujeito bem jovem, mas ainda assim a sua coisa é como a de um homem. A mulher parece muito mais velha, como se pudesse

---

* MIFL: *Mom I'd Like to Fuck* – em português, "Mães que eu gostaria de foder". (N.E.)

ser sua mãe ou algo assim. Vemos a mulher caminhar em direção à grade que divide a grande sala de estar em duas, seu corpo coberto de óleo brilhando sob a luz suave. Ela tem uma tatuagem de uma flor vermelha e verde que cresce em toda a sua nádega esquerda caída e depois finalmente se enrola na sua coxa.

A mulher chega ao corrimão, passa sua perna comprida por cima de uma das coisinhas de metal e segura uma coluna com as duas mãos para se apoiar, as unhas parecendo sangrentas contra o metal claro. Olho para seus grandes saltos roxos e me pergunto como é que alguém pode ficar de pé sobre essas coisas. O rapaz vem por trás dela, sua coisa como uma cobra na frente dele. Estendo a mão e clico em mudo, porque quando a ação real começa sempre gostamos de fazer a trilha sonora dos filmes.

Aprendemos a fazer os barulhos, por isso, quando o rapaz começa a mandar ver na mulher nós gememos e gememos e gememos, nosso barulho ficando mais acirrado a cada estocada, como se a gente tivesse se tornado a mulher no filme e estivesse sentindo a coisa do rapaz dentro da gente, nos rasgando. Paramos um pouco quando a mulher tira a perna do corrimão e se curva, ainda segurando a coluna. Agora o rapaz está bombeando forçando metendo. Imaginamos seu fogo e gritamos como se estivéssemos queimando no inferno. Normalmente a Kristal é quem grita mais alto, porque ela tem uma voz aguda, mas hoje a Marina ultrapassa nós todas.

Quero ver de novo, diz a Kristal quando chegamos no final do vídeo e estamos sentadas ali encarando a tela. A voz da Kristal é baixa, como se ela estivesse talvez morrendo de sede. Ela já está inclinada na direção do computador.

O que acontece com a coisa deles quando os homens se sentam no banheiro para fazer número dois?, a Marina pergunta.

Pelo visto deve balançar e mergulhar na água, digo.

Acho que eles teriam que juntar as pernas, assim, diz a Marina, unindo os joelhos como se estivesse se preparando para sentar um bebê no seu colo. Em seguida, ela coloca a mão em concha sobre o lugar onde as coxas se encontram, como se fosse a coisa de um homem.

Pronto, assim, faz mais sentido deste jeito, diz ela.

No andar de cima, o telefone berra; ignorei o barulho desde que o filme começou e não quero ir atender.

Atende esse telefone e acabe logo com isso, que droga, diz Kristal, e quero dizer que ela não deveria se esquecer de quem é a casa, mas em vez disso digo, Já volto, não comecem sem mim.

Quando vejo o 263 no identificador de chamadas, sei que é alguém de casa e começo a ficar preocupada. Hoje em dia, com tudo o que tem acontecido, sempre que é um número de casa você começa a se desesperar porque o telefonema pode ser sobre qualquer coisa. Como na semana passada, a amiga da tia Fostalina, MaDumane, ligou pra dizer que o marido dela, que trabalha pro jornal, tinha sido levado pela polícia no meio da noite por causa das coisas que ele tinha escrito. A polícia bateu na porta e o marido foi olhar e eles o levaram assim, só de short. Não tiveram mais notícias dele desde então.

E em seguida, em outro telefonema, a prima da tia Fostalina, NaSandi, ligou pra dizer que seu filho, o Tsepang, que era da minha idade, tinha sido comido por um crocodilo ao tentar atravessar o rio Limpopo na África do Sul. Ainda me lembro de ter brincado com o Tsepang num Natal, quando éramos pequenos. Foi também o Natal em que o Pai me deu uma bicicleta BMX amarela, e eu e o Tsepang nos revezávamos andando nela pela vizinhança até ele ir dar direto nos espinhos. Ele chorou até que nenhum som mais saísse da sua garganta.

Se as pessoas não telefonam com histórias como essa, então telefonam pra pedir dólares para comprar comida, porque agora as coisas estão sendo pagas em dólares e em rands sul-africanos. Esses são os telefonemas de que a tia Fostalina mais tem medo, tanto que ela quase nem quer mais atender o telefone. Os telefonemas não param, como se eles tivessem ouvido dizer que a tia Fostalina é casada com o Bank of America.

Hoje, é a Mãe ao telefone. Fico feliz em ouvir sua voz, então abro um sorriso. Sinto tanta saudade dela que às vezes fico tonta, mas não tem nada que eu possa fazer a respeito. Pelo tom da sua voz, vejo que está tudo bem, então relaxo.

Como foi quando você caiu?, a Mãe pergunta.

Quando eu caí?, pergunto, vasculhando o meu cérebro para descobrir o que ela quer dizer.

Quando eu caí de onde?, pergunto.

Do céu, porque aparentemente eu não dei à luz você. Talvez tenha sido um anjo, porque senão você saberia que tem uma mãe e talvez telefonasse para ela de vez em quando para ver como ela está, a Mãe diz. Eu não digo nada, porque não sei muito bem qual é a coisa certa a dizer. A última vez que falei com ela foi talvez há duas ou três semanas. Quatro semanas; não me lembro.

Darling, estou falando com você.

Eu estava muito ocupada, digo.

Sim, você estava ocupada porque ouvi dizer que agora você tem um emprego e uma esposa e filhos para cuidar. E vejo que a América ensinou você a falar inglês com a sua mãe, e com esse sotaque. He-he--he, então você está tentando falar como os brancos, agora!, diz ela, e então começa a rir histericamente, e fica difícil saber se ela fala sério ou não. Começo a chamá-la de maluca, mas paro a tempo e digo para mim mesma que é uma das coisas americanas que eu não quero fazer, então só reviro os olhos em vez disso. Na tevê, no Maury Show e no Jerry Springer e coisas do tipo, vi uns meninos que chamam as mães de loucas e babacas e piranhas. Ensaiei as palavras, mas sei que nunca vou dizê-las em voz alta para a minha mãe ou qualquer outro adulto.

Você deu o meu recado à tia Fostalina?, ela pergunta.

Dei, digo. Meu coração pula uma batida, mas não altero a voz, para que ela não perceba que estou mentindo. Escolhi não dizer para a tia Fostalina que a Mãe tinha me pedido para ver se dava para mandar dinheiro para comprar uma antena parabólica do filho do seu vizinho, que estava importando as antenas da China.

Eu ia dar o recado para a tia Fostalina, mas quando ela chegou do segundo emprego mais tarde naquela noite, seu corpo parecendo um saco, e se atirou na poltrona reclinável e soltou um suspiro cansado, não tive coragem.

Bem, não se esqueça de falar com ela de novo. Nós precisamos da antena parabólica; por que vocês querem desfrutar sozinhas todas as coisas maravilhosas dessa América?, a Mãe diz. Seja como for, seus amigos estão aqui.

Meus amigos?, pergunto.

É, eu os vi andando por aí e os convidei para entrar, quem sabe o que eles estavam inventando. Não desligue.

Agora me dou conta do som de vozes familiares conversando ao fundo. As vozes do Godknows e da Sbho se destacam, e fico arrepiada só de ouvi-los. Tem um sentimento estranho tomando conta de mim, e sinto uma tonteira e preciso me sentar. O tempo se dissolve como se a gente estivesse numa cena de filme e eu tivesse talvez entrado no telefone e viajado através da linha para ir para casa. Nunca fui embora, e jogamos o jogo dos países e Encontrar Bin Laden e queimada. Implicamos com o Godknows por causa da sua bunda de fora, vemos uma briga, imitamos as pessoas da igreja, assistimos ao enterro de alguém. Estamos com fome, mas estamos juntos e em casa e tudo é mais doce do que qualquer doce.

Você tá aí? E o que você tá fazendo?, é a voz da Sbho.

Nada, digo.

Nada? Você quer dizer nada-nada?

Bem...

Como ela pode não fazer nada na América? Isso nem faz sentido! Ouço o Godknows dizer no fundo.

Acabei de chegar da escola, digo, tentando não ficar irritada.

Você acabou de chegar da escola? Ela diz que acabou de chegar da escola, e aqui é quase de noite, ha-ha, a Sbho diz, metade para mim e metade para os outros. Posso ouvir as risadas deles, mas não consigo entender por que eles estão rindo. Diferença de horário? Por favor.

Você já viu a Victoria Beckham? A Kim Kardashian? A Lady Gaga? A Oprah? Já foi pra Nova York? Hollywood? Que roupa você tá usando agora? Você tem amigos brancos? Qual o nome deles? A Sbho fala com perguntas e não sei como responder, porque tudo sai ao mesmo tempo, igual a um rap. Então o Godknows salva a situação tirando o telefone dela, porque ouço a Sbho protestar e implorar pra ele que devolva o telefone para ela. Então ouço a voz da Mãe, anunciando que o telefone não é brinquedo.

E aí, Darling, como vai você, menina? Vai muito bem? O Godknows pergunta. Começo a responder, mas ele já fala por cima: Ouvi uma conversa na tevê da sua mãe. É assim que se fala na América, entende o que digo, *Qual é? O que todas as vadias e filhos da puta estão fazendo aí na América?* Como vai Nova York? Como vai o meu irmão Obama?, diz ele, e eu dou uma risadinha porque na verdade não sei como responder. Tem um silêncio constrangedor, o silêncio da espera.

Sabe, em poucos meses vou morar em Dubai. Meu tio finalmente foi embora de Londres e agora trabalha lá, ele vem me buscar e eu também vou embora desta kaka de país, o Godknows diz, como se tivesse acabado de se lembrar disso. Sei, pelo tom da sua voz, que ele está sorrindo seu sorriso largo.

Que ótimo, Godknows, digo.

Sim, é ótimo, ele diz.

Então vem o silêncio de novo, mas é interrompido por um longo grito vindo do porão, seguido de risos. Quase esqueci que a Kristal e a Marina ainda estavam lá embaixo. Agora sei que elas estão vendo filmes sem mim, e isso me irrita. Não sei quando o Godknows larga o telefone, mas de repente me vejo falando com o Bastard.

Como é Destroyedmichygen?, o Bastard pergunta. Sua voz engrossou e soa estranha; é como se eu falasse com alguém que não conheço.

Destroyed o quê?, pergunto. Ah, Detroit! É legal, mas eu não moro mais lá. Moro em Kalamazoo agora, a gente se mudou para cá pouco depois que cheguei.

Eles te mandaram embora?

Não, não. Nós só fomos.

Você sabe que tem sorte, Darling, diz ele depois de um tempo. Sua voz parece cansada e eu não sei o que dizer, então só fico quieta.

Você pode me mandar uma camiseta da Lady Gaga e um iPod? Ouço a Sbho ao fundo.

O que está acontecendo lá fora?, a Chipo pergunta quando pega o telefone.

O que está acontecendo?, pergunto. Ouço outro grito vindo lá de baixo. Uma mosca muito gorda atravessa a sala voando e pousa numa pizza que alguém deixou ali. Pego um jornal pra matá-la, mas quando olho de novo ela já foi embora.

É, lá fora. O que você vê quando olha lá pra fora? Tem gente, e o que eles estão fazendo?, a Chipo pergunta.

Olho lá para fora pela cortina de renda. A rua está vazia, como se talvez a Martha Stewart tivesse estado ali e limpado tudo. Quando começo a contar para a Chipo que não tem nada acontecendo, um monte de carros de polícia passa a toda pela rua, luzes piscando, sirenes gritando. Conto sete deles.

Só uns carros de polícia descendo a rua, digo.

Aonde eles estão indo? Vão prender alguém? Tem bandidos lá? O que eles fizeram? Você vai sair pra olhar?, ela pergunta. Ao fundo, ouço o Godknows repetir, *Qual é? O que todas as vadias e filhos da puta estão fazendo aí na América?* Passo o telefone de um ouvido pro outro, apoiando entre a cabeça e o ombro. Eu me sinto meio cansada; não sei como lidar com todas essas perguntas malucas. Então me inclino na direção da mesa de vidro e começo a brincar com a correspondência. Um cartão endereçado ao TK que diz *Junte-se ao Exército Americano,* um envelope rosa da Victoria's Secret, um envelope vermelho da JCPenney, uma coisa do Pizza Hut, um envelope com uma chave de plástico grudada do lado de fora, um envelope do Bank of America, um envelope do Discover Card.

Bem, o que está acontecendo por aqui é que a sua mãe está acabando de cozinhar istshwala e macimbis, e a Sbho está de pé ali olhando e comendo uma goiaba. Quando a Chipo anuncia isso, sinto uma dor estranha no coração. Minha garganta fica seca; minha língua começa a salivar. Fico me lembrando do gosto de todas essas coisas, mas lembrar não é sentir o gosto, e é doloroso. Sinto lágrimas brotando dos olhos e não as enxugo. A Chipo ainda está falando.

... E lá fora, uma mulher de vestido amarelo e chapéu branco desce a rua. Ela anda igual a uma lagarta, porque é grande. Agora ela está parando um vendedor de bicicleta para comprar uma espiga gorda de milho. Agora, agora, ah, Jesus, começou um redemoinho. Não é grande, mas mesmo assim é um redemoinho, e levantou poeira e escombros. As roupas estão dançando no varal. Ha-ha-ha, o vestido da mulher está levantando e ela está tentando segurar com as duas mãos. Dá pra ver coisas marrons imensas e uma calcinha que parece um paraquedas. Minha filha está tentando voar no vento, vou lá fora buscar ela, tchau.

Quando éramos pequenos, costumávamos brincar no vento sempre que ele soprava. Corríamos para fora de casa e íamos ao encontro dele, as mãos abertas como asas, os corpos equilibrados na ponta dos pés e se esticando na direção do céu. Queríamos que o vento nos levantasse, e como ele não levantava, girávamos em círculos vertiginosos, cantando, *Leve-me para Londres, baby. Para ver meu tio, baby. Que tem um bebê, baby. Uma menininha, baby. Oo-uh-huh, baby!* Esta é a canção que canto quando o Stina me pergunta o que estou fazendo. Sua voz soa distante, como se ele estivesse falando de cima de uma árvore.

Que estranho; é exatamente a canção que a Chipo estava cantando quando foi buscar a Darling agorinha há pouco, diz o Stina depois que dizemos oi. Darling é a filha da Chipo; eles dizem ter decidido dar a ela o meu nome pra que houvesse outra Darling caso alguma coisa acontecesse comigo na América. É fofo, mas não sei como me sinto, alguém recebendo o meu nome como se eu estivesse morta ou coisa do tipo.

Quando você vai voltar?, o Stina pergunta depois de um longo silêncio. Abro a boca e ouço a voz da tia Fostalina dentro da minha cabeça. Não sei como dizer ao Stina que não sei quando vou voltar. Através da janela posso ver o carteiro alto vindo pela entrada dos carros, em direção a nossa casa. Espero ele tocar a campainha antes de pedir pro Stina esperar um instante, e desligo, sabendo que não vou voltar a falar. É difícil explicar esse sentimento, é como se eu fosse duas. Uma parte tem saudade dos meus amigos, a outra não tem mais nenhum elo com eles, como se fossem desconhecidos. Me sinto um tanto culpada, mas dou um jeito de me livrar do sentimento.

Depois de pegar o pacote, fecho a porta e olho o carteiro voltar pro caminhão. Ele é alto e forte, e me lembro de que enquanto me pedia para assinar o recebimento do pacote eu não conseguia olhá-lo nos olhos. Mas tinha consciência de sua presença alta diante de mim, pelos espessos cobrindo seus braços e pernas. Também estava pensando em como seria a sua coisa se ele tirasse o uniforme. Quando vejo o caminhão se afastando, coloco o pacote na mesa da cozinha. É da Victoria's Secret e está endereçado à tia Fostalina, e sei que é o sutiã *push-up*. Eles escreveram o nome dela no envelope, *Fosterline*.

Quando volto ao porão, a Kristal e a Marina estão vendo outra coisa.

Que diabo é isso?, pergunto.

She-male.

O que é *she-male*? E por que vocês saltaram para a letra *s*?, pergunto.

Não importa, diz Kristal. É gente trepando, não é? Ela chega pro lado, pra me dar lugar, mas continuo de pé, as mãos na cintura, pensando se deveria me sentar ou virar as costas e subir a escada pisando forte para que elas saibam que estou zangada.

Na tela, uma garota alta e bonita com um pênis. Não é como aqueles falsos que as lésbicas usavam quando estávamos na letra *l*; não. É real. Entre todos os filmes que vimos, este me deixa mais atordoada, e sinto minha cabeça começar a girar de confusão. A visão de cabelos compridos e um rosto bonito e um pomo de adão e seios grandes e um pênis grande, tudo no mesmo corpo, me faz sentir que para completar todas as coisas ruins que estamos fazendo, esta é uma coisa ruim a mais, então digo, Vocês não deveriam ter pulado.

Está bem, vamos voltar então, diz Marina em voz baixa, e noto pelo tom da sua voz que ela também não está pronta para ver um *she-male*. Dou um suspiro de alívio e me sento quando ela se inclina para a frente e aperta o botão *voltar*.

A minha amiga Alexis me mandou um link legal. Querem ver?, a Kristal pergunta.

O que é?, pergunto.

Como você quer que eu saiba? Nosso computador é tão lento que parece que está tentando fazer um download de Jesus.

Bem, você disse que é um link legal, então achei que você tivesse visto, diz Marina.

Então? Chega para lá, diz a Kristal, e estende as mãos para o teclado.

A primeira coisa que vemos são as palavras *Este filme contém algumas imagens perturbadoras*. Olho para a Kristal e depois para a Marina, querendo ver o que elas acham disso porque me faz pensar em filmes de terror e não estou a fim de ver nenhum filme de terror. A Kristal passa as mãos pelo aplique no cabelo e a Marina começa a imitar o rufar de tambores nas coxas, então começo fazendo uns barulhos pra acompanhar o rufar dos tambores, mas depois um grito louco explode e todas nós paramos o que estamos fazendo.

É como se o grito tivesse devorado toda a dor que existe e agora estivesse engasgado com ela. Pende no ar como algo vivo. Penso em como soa familiar, em como tenho a impressão de tê-lo ouvido antes, mas não consigo saber onde, nem quem gritava. Quero muito apertar o botão *mudo*, sei que todas queremos porque é um som terrível, mas ninguém toca o mouse. Então a câmera abre e podemos vê-la deitada no chão, os punhos cerrados, a cabeça jogada para trás, a boca aberta e os dentes à mostra. Ela usa um vestido amarelo com flores brancas e tem umas pernas de competição, pernas compridas que ganhariam muitos pontos e correriam muito.

Então aparece uma mulher e segura as pernas da garota, e a garota começa a dar chutes como se o diabo estivesse dentro dela. Então um bando de mulheres surge e ataca a garota, prendendo-a ao chão. Me lembro, pelo jeito delas, de como os homens em casa seguravam um bode na hora do abate, ou de como o Profeta Revelations Bitchington Mborro e os Evangelistas seguraram a mulher bonita na montanha para exorcizar o seu demônio. Agora as mulheres todas gritam com a garota, e sei, por suas vozes alteradas, que estão lhe dizendo que pare de gritar e chutar e que se comporte.

Só uma mulher não está ajudando a segurá-la, e isso porque é a que está com uma faca comprida. Uma mulher alta, corpulenta, braços grandes, pescoço de girafa. Rosto redondo. Quase bonita. Olhos ovais. Peitos grandes. Saia comprida da cor das folhas no outono, blusa vermelha. Brincos amarelos de argola, pulseiras coloridas nos punhos, anéis nos dedos. Um trapo sujo numa das mãos e na outra, a faca; quero perguntar o que ela vai fazer com a faca, mas sei que se abrir a boca as palavras não vão sair. E ao lado está uma mulher muito velha, a pele como couro gasto. Ela observa tudo com olhos apertados. Fica fazendo que sim com a cabeça, as mãos murchas segurando uma bengala.

A mulher da faca começa a limpá-la com um trapo e estremeço. Ela faz isso de forma lenta e deliberada, como se talvez soubesse que estamos assistindo, a testa franzida de concentração. Cospe na faca, limpa, cospe, limpa e, satisfeita, atira longe o trapo. A esta altura já estou apertando minhas pernas juntas com força. Olho de relance pra Kristal e pra Marina, e elas estão com a mesma postura.

Então a mulher da faca se curva na direção da menina, os dentes afundando no lábio inferior, dedos gordos segurando com força a faca. Quando a faca toca a menina, a Marina se levanta, e a ouvimos subir correndo a escada. Quero me levantar e correr também, mas as minhas pernas estão tão pesadas que afundo de volta no sofá e só cubro os olhos com o braço, e ouço os gritos da menina, penetrantes agora, como se alguém tivesse coberto sua voz com parafina e posto fogo.

Quando volto a olhar, tem um bocado de sangue no chão. A garota foi levada pra um canto. Seu vestido foi rearrumado sobre suas coxas; não dá pra dizer o que aconteceu poucos minutos antes. Os gritos e chutes acabaram, como se o que quer que estivesse furioso dentro da garota tivesse ganhado asas e voado para longe, deixando-a como uma flor arrancada da terra, raízes e tudo. A Kristal e eu ficamos sentadas ali sem nos mover, só olhando fixamente pra tela, e sei, pelo fato de não olharmos uma para a outra, que nunca vamos falar sobre o que vimos.

Chegada ao Crossroads

Kristal não tem idade pra ter carteira de motorista, mas isso não significa que não saiba dirigir, e é por isso que agora estamos a caminho do Crossroads Mall. É o carro da mãe da Marina — pegamos o carro porque ela trabalha à noite no Borgess Hospital e dorme durante o dia, feito uma coruja, e acorda às cinco da tarde, o que dá tempo suficiente para gente ir ao shopping e voltar. A Marina diz que a sua mãe dorme como se estivesse morta, mas se por acaso acontecesse de levantar para a ir ao banheiro, ela continuaria de olhos fechados, cambaleando e esbarrando nas coisas como uma galinha sem cabeça; se ela fosse lá fora, não veria nada.

Nunca fizemos isso antes e quase não fizemos desta vez, porque a Marina e eu não estávamos tão seguras assim no começo, mas depois de ver a Kristal dar ré com o carro na entrada da casa e colocá-lo de volta no lugar usando apenas uma das mãos, ganhamos um pouco mais de coragem e pulamos lá dentro, prendemos o cinto de segurança e demos risadinhas. Mas, quando estávamos nos preparando para sair, vimos o sr. Harris. O sr. Harris é o vizinho da Marina, e ele estava chegando em casa se arrastando no seu carro, então tivemos de nos afundar nos nossos assentos e ficar ali até ouvir o carro parar na casa ao lado e a porta bater com força. Levantamos a cabeça apenas o suficiente para ver o sr. Harris se arrastar até a caixa de correio e em seguida até a casa, como se tivessem dito a ele que receberia um prêmio se levasse menos do que dez anos para fazer isso.

A Marina está no banco da frente, já que o carro é da sua mãe, e estou no banco traseiro, atrás da Kristal, e por mim tudo bem, no caso da gente bater de frente ou coisa assim. Nos primeiros minutos, fico inclinada para a frente, olhando as mãos magras da Kristal no volante. Minhas mãos estão agarradas no assento da Kristal como se eu o estivesse dirigindo. A Marina está calada, o que significa que ela também está com medo e talvez esteja até pensando em dizer pra gente que só estava brincando, que devemos levar o carro de volta e esquecer o Crossroads. É a Kristal quem fala sem parar, mas nem presto atenção; observo para ver onde tudo isso vai chegar, e como.

Em certo momento o carro dá uma guinada para a esquerda e inspiro com força e me preparo para gritar, mas paro a tempo, uma vez que ninguém mais está gritando. Dirigimos em silêncio por algum tempo, mas depois da Kristal ter nos levado pela Paterson e virado à esquerda na Cobb sem problemas, começo a me sentir melhor e relaxo meu bumbum no banco. Quando chegamos em Westnedge já estamos com todas as janelas abertas e os cotovelos pra fora como se tivéssemos comprado o carro com o nosso próprio dinheiro e pagado pela estrada também.

Hoje de manhã, nosso último dia no ensino fundamental, um garoto levou uma arma carregada para a escola, então eles fecharam a Washington e mandaram todo mundo para casa com uma carta. Quem viu disse que o menino tinha uma lista de pessoas em quem ele queria atirar. Disseram que a arma carregada caiu sem querer da sua mochila e disparou; o zelador se atracou com ele e pegou a arma antes que ele pudesse matar alguém.

Não vi nada, mas ouvi da lanchonete o *pá-pá-pá* da arma disparando, e em seguida as crianças e os professores gritaram e correram por toda parte feito galinhas, entupindo os corredores e tentando sair todos ao mesmo tempo. Eu me lembrei dos tumultos lá em casa quando as coisas começaram a desmoronar e as lojas estavam vazias, como as pessoas se derramavam pelas ruas e corriam como se estivessem morrendo, corriam atrás dos caminhões carregados com farinha, açúcar, óleo, pão, sabão, qualquer coisa.

Passamos pelas igrejas e pela loja de bebidas à direita, a loja chinesa de produtos para o cabelo, a oficina; passamos pelo posto Shell à esquerda e o posto Speedway à direita, passamos pelo lugar que faz tatuagem, pelo banco, pelo Holiday Inn, pelo Starbucks, pela escola particular chique onde a Marina vai estudar no outono enquanto a Kristal e eu iremos para a Central; passamos pelo restaurante chinês e pelo restaurante indiano e pelo Walgreens e o McDonald's e o Burger King. Hoje, como vamos para onde queremos e estamos no comando, a sensação de passar de carro pela cidade é diferente, talvez como se tudo o que víssemos fosse nosso, como se a gente tivesse construído tudo. Abro meus dedos ao vento e de vez em quando eu o agarro e atiro de volta para si.

Estamos rodando desse jeito, e estou sendo obrigada a ouvir aquela canção idiota da Rihanna que todo mundo na escola ouvia como se fosse um hino ou coisa do tipo. Bom, talvez a canção não seja idiota, é só que eu estou de saco cheio de toda essa história de Rihanna, de como ela estava no noticiário e tudo mais. Sei que o namorado maluco deu uma surra nela, mas acho que ela não precisava aparecer em todo canto, como se o seu rosto fosse uma crise humanitária, como se fosse o Sudão ou coisa do tipo. Nós corremos e ela canta, e sinto vontade de agarrar o rádio e atirar pela janela. Estamos passando por uma loja de produtos para adultos quando ouvimos a sirene, e sabemos que a polícia está nos perseguindo. Toda a diversão acaba de uma vez, como se fosse um balde d'água que alguém tivesse acabado de derrubar em nós.

A última vez que fomos parados pela polícia, eu estava num carro com o tio Kojo e a tia Fostalina, e a gente estava na estrada, não me lembro vindo de onde. O policial queria levar o tio Kojo, mas não levou porque a tia Fostalina implorou e implorou e no final ele simplesmente os deixou pagar a multa ali na hora. A Marina diz algo sobre sua mãe matá-la, e a Kristal diz outra coisa, mas eu nem presto atenção porque estou ocupada pensando no que vai acontecer com a gente; na América, as prisões não são apenas pra adultos e criminosos de verdade.

A Kristal sai da pista e para o carro. Eu me viro pra olhar para trás e tem luzes azuis piscando e sirenes por toda parte. Penso em abrir a porta e correr, só correr, mas depois eu me lembro de que a polícia atira em você por fazer uma coisa dessas se você for negro, então fico sentada no carro e digo, A gente não devia ter vindo, agora o que vamos fazer, o que a tia Fostalina vai dizer?

Muito tempo depois dos dois carros da polícia passarem trovejando por nós e desaparecerem, ainda olhamos uma para a outra como se estivéssemos sentadas no escuro e alguém tivesse acabado de acender as luzes. Nos damos conta de que a polícia não estava nos perseguindo, mas apenas indo às pressas a algum lugar importante, e nós estávamos no caminho. O medo deixa nosso rosto, e ficamos sentadas ali rindo, com relutância e nervosas no início, e então nossa coragem volta e nossas vozes se elevam e agora estamos rindo de verdade, rindo pra valer, como se quiséssemos dirigir o carro só com o som das nossas vozes.

Voltamos para a estrada e quando paramos no sinal vermelho ao lado da estátua daquele soldado num cavalo, sinto-me tão feliz por não ter sido presa, tão feliz que ouço a mim mesma cantando a música que a gente costumava cantar na escola, em casa, quando éramos pequenos:

Quem descobriu o caminho das Índias?
Vasco da Gama! Vasco da Gama!
Vasco da Gama! Vasco da Gama!

Como não estou mais num carro roubado com a Kristal e a Marina, como não estou mais na América a caminho do shopping, ergo a minha voz mais e mais, melhor do que a Rihanna. Estou na minha casa-casa agora, com os meus amigos na escola, e todos nós usamos uniformes marrons de colarinho amarelo e um emblema que diz Escola Primária Rainha Elizabeth, a imagem de um sol nascente e as palavras *Conhecimento é poder* escritas em letra cursiva vermelha na parte inferior. Estamos a caminho das Índias, marchando nos passos de Vasco de Gama, e usamos meias brancas e sapatos pretos. Como este é o lugar onde estou agora, e porque é um lugar onde você canta como se algo estivesse queimando dentro de você, canto até que a Marina começa a gritar meu nome e a Kristal desliga o rádio e pergunta, Que porra é essa? Você precisa se acalmar, cacete.

Vocês estavam com o volume no máximo quando escutavam as suas músicas idiotas, e por acaso me ouviram reclamar?, pergunto.

Bem, pelo menos a gente não estava escutando nenhum troço tribal, a Kristal diz, e faz uma curva. Não sei se ela está brincando ou não, mas nos últimos tempos, desde que a Kristal passou a ter esses peitos que são grandes como se fossem amamentar a América inteira, ela anda gostando de dar ordens, como se tivesse sido decretada rainha por alguém.

Não me enche o saco, digo. E, além do mais, estou cantando em inglês.

Não está não, diz a Kristal, e a Marina dá uma risadinha. Passamos por um canteiro de obras, de modo que as duas pistas se fundem numa só. À nossa esquerda tem fileiras de tambores.

Como você sabe? Você nem sabe falar inglês, digo.

Qual é?, Kristal diz. Eu sei, mesmo ela não tendo se virado para mim, qual a expressão do seu rosto. Dá para perceber na sua voz. O lábio curvo. Os olhos apertados. A testa franzida. *Qual é?*

Bem, é verdade, todo mundo sabe que você não fala inglês direito. Agora, por exemplo: *Qual é?* O que diabos quer dizer isso?, pergunto. A Marina tosse uma tosse falsa. E o que quer dizer *sabe qual é? Que que tu tá dizendo? Bora nessa?* Todas essas bobagens que você diz. É difícil para você só dizer, *O que você quis dizer com isso?* Ou simplesmente, *O que você disse? Você sabe o que quero dizer? Sabe o que estou dizendo? Estou partindo...*

Como é que é?, a Kristal pergunta, e sua voz me diz que seu rosto está todo contorcido agora, mas não vou recuar.

É verdade. Sabe, quando te conheci eu não conseguia entender nada que saía da sua boca, nem uma única palavra, nada, e você fica sentada aí dizendo que é americana e que fala inglês!

Começo a falar rápido agora, e preciso me lembrar de ir com calma, porque quando fico animada começo a falar como eu mesma e meu sotaque americano desaparece. Mas eu sei que o que eu falei impressionou a Kristal, porque ela ficou em silêncio por um bom tempo, só olhando para a rua à sua frente e sem dizer nada. A Marina se vira e faz *toca aqui*. De repente, sentimos cheiro de piche ou algo queimando vindo de fora; é um fedor horrível.

Eca, diz a Marina, e cobre o nariz com as mãos como se isso fosse fazer o cheiro melhorar.

Você não sabe de nada, a Kristal diz depois de um tempo, se virando e me lançando um olhar como se fosse eu quem estivesse fazendo o carro feder.

Em primeiro lugar, isso se chama *ebonics* e é uma língua, mas a nossa língua, *sabe qual é? Só tranquilidade,* ela diz.

Perdão?, digo.

Ã-hã, perdão uma porra, tentando falar que nem os brancos idiotas, ela diz.

O que você disse?, pergunto.

Você ouviu, merda, diz Kristal. O carro começa a ir um pouco mais devagar.

Não, é verdade. É só o jeito que a gente fala, diz Marina.

Alguém está falando com você, idiota? A Kristal pergunta, se voltando pra Marina. Além do mais, é melhor você nem dizer nada.

Eu já vi filmes nigerianos e vocês não sabem falar, ponto; por que você acha que colocam legendas?, a Kristal diz. Eu não quero rir, mas começo a rir mesmo assim.

Bem, até que é verdade, num certo sentido. Quer dizer, quando vejo os filmes de vocês tenho de ler as legendas também, mesmo que em tese eles sejam em inglês.

Isso porque você não é inteligente, diz Marina. E o que você quer dizer com *meus filmes,* por acaso já me viu neles, hein?, Marina diz, facas na sua voz. A Kristal ri e eu olho pela janela pra um cachorro que está sentado no banco de trás de outro carro, olhando para a frente como se quisesse ter certeza de que o motorista não vai tomar o caminho errado. A construção termina e voltamos a ter duas pistas.

E falando em ser inteligente, devo dizer que vocês são inteligentes pra cacete, ou não conseguiriam inventar aquela porra do 419, a Kristal diz pra Marina. O carro muda de faixa.

Que porra do 419?, a Marina pergunta.

Ela está falando dos e-mails fraudulentos; não faça de conta que não sabe, digo. Tipo, *Senhorita Darling, precisamos da sua ajuda para lavar este dinheiro e você vai ganhar um milhão de dólares.* Ou, *Sou o gerente do banco tal e um cliente rico morreu num acidente de avião e não tem nenhum parente próximo, então podemos lhe dar os vinte milhões?* Você sabe, esse tipo de e-mail maluco, tenho dezenas deles na minha pasta de lixo eletrônico agora mesmo, todos eles de nigerianos.

Não sei do que você está falando. Nunca vi esses e-mails, diz a Marina.

Bem, isso porque deve ser você quem os manda, Kristal diz.

Isso não tem graça, diz Marina. Pela sua voz, percebo que está ficando chateada, então paramos, já que estamos no carro da mãe dela.

Alguém sabe qual é o limite de velocidade?, a Kristal pergunta.

Como a gente descobre isso?, pergunto. Eles colocam placas ou coisa do tipo?

Chegamos aos trilhos do trem quando as luzes estão piscando e aquela barra descendo. A Kristal tenta ser mais rápida do que o trem, mas não consegue, então acaba pisando bruscamente no freio, e somos arremessadas pra frente com um solavanco; tenho de agarrar a parte de trás do assento da Kristal para não bater de cara nele.
Foi mal, foi mal, diz Kristal.
Você precisa tomar cuidado, é o carro da minha mãe, diz Marina.
Calma, convencida, não acabei de dizer que foi mal?, diz Kristal.
Ficamos sentadas ali observando o trem. Com os azuis, você só tem de esperar talvez uns três minutos e pode passar, mas este é um daqueles marrons compridos, e demora a vida inteira; nem mesmo Deus levou tanto tempo assim para criar as coisas.
Olha, olha, a Marina diz, e nós olhamos para a nossa esquerda, e o cara que está dirigindo o carro vermelho se inclinou para fora e está olhando pro nosso carro como se nos conhecesse. Quando põe para fora sua língua comprida mexendo, a Marina ri.
Isso é nojento, não olha para esse babaca, a Kristal diz, mas dou uma olhada mesmo assim. Quando os meninos fazem essa coisa com a língua eu acho assustador e interessante. Na nossa frente, o trem ruge sem parar, vagão após vagão após vagão após vagão. Tem pixações em alguns deles, mas não consigo ler. Então o último dos vagões passa e a barra sobe e avançamos de novo.

Paramos perto da Borders e estamos saindo do estacionamento quando bem ali, do lado de uma van preta, vejo o meu carro. Nem penso duas vezes, corro na direção dele, gritando, Meu Lamborghini, Lamborghini, Lamborghini Reventón! Talvez eu tenha me exaltado demais, não sei, mas a Marina me puxa para longe dali e me pergunta o que tem de errado comigo.
Você sabe quanto custa esse carro?, ela pergunta, depois que saímos do estacionamento.

Quanto?, pergunto.
Quase uns dois milhões de dólares, ela diz.
Mentira. Milhões? Por aquele carrinho?, digo.
Pode procurar no Google; aquele carrinho é, na verdade, um dos mais caros que existem, Marina diz.

Bem, digo, e não falo mais nada. Paro e deixo um carro passar antes de atravessar até a entrada do shopping. O problema é que não quero dizer com a minha própria boca que se o carro custa tanto assim, isso significa que nunca vou ter um, e se não posso ter um, será que isso significa que sou pobre, e se for isso para que serve a América, então?

Olho para o estacionamento lá atrás, mas não consigo ver o Lamborghini em meio à massa de carros. Estico o pescoço para cá e para lá, mas ele sumiu, como um sonho que você sonha e sabe que sonhou, mas nem consegue se lembrar sobre o que era. Ando um pouco atrás da Kristal e da Marina agora, então posso ficar virando o pescoço toda hora. Se o Bastard e o Stina e a Chipo e o Godknows e a Sbho estivessem aqui, estariam gritando e implicando e uivando e morrendo de rir agora.

Na Borders, uma mulher velha de colete vermelho e bótons por toda parte nos recebe na porta com um sorriso desbotado e pergunta, Como posso ajudá-las hoje, senhoritas?, mas nós só passamos por ela como se fosse feita de ar. A Kristal vai à frente, a Marina atrás dela e em seguida venho eu. O cheiro de livros novos está por toda parte, mas não paramos para ver nada, mesmo que parte de mim tenha vontade de parar, porque eu não odeio os livros. Mas faz tempo que não leio nada interessante, porque estou sempre ocupada com o computador e a tevê. O último livro que li era aquele tal de *Jane Eyre*, com as frases longas e sinuosas que me deixaram de saco cheio e aquela Jane que me irritava com suas decisões idiotas e toda aquela história chata me deixou com vontade de jogar o livro fora. Tive de me obrigar a continuar lendo porque precisava escrever um texto pra aula de inglês.

É de manhã cedo, então o shopping está um pouco morto. Se fosse lá em casa, este lugar já estaria pulsando de vida: crianças pequenas subindo a escada rolante como se fossem levá-las para o céu, seus gritos tão altos como arranha-céus — daria pra ouvir até da Victoria's Secret, que fica no terceiro andar; as mães fofocando e rindo no primeiro andar, se revezando para olhar para cima e gritar advertências aos seus filhos, os corpos se mexendo constantemente pra cá e pra lá porque as mulheres nunca ficam paradas, já que sempre tem alguma coisa para fazer, sempre alguma coisa; os homens fazendo o que sempre fazem, talvez sentados num daqueles bancos em frente à loja de sapatos Payless, talvez passando uns para os outros um cigarro Kingsgate, ou reunidos em torno de um jornal e falando talvez dos resultados do futebol na Liga Europeia, ou da guerra no Iraque, suas vozes profundas mas jamais se elevando acima das vozes das mulheres e das crianças, porque a voz de um homem precisa ficar sempre baixa; e então, no espaço aberto onde a garota indiana faz depilação com linha, os garotos e garotas mais velhos estariam dançando house music, DJ Sbu e DJ Zinhle e Bojo Mujo, sendo irresponsáveis com seus corpos se contorcendo como se soubessem que não são seus donos e, portanto, não se importando se quebrarem; e nas cadeiras de massagem perto do elevador, idosos desdentados estariam esparramados como lagartos ao sol, soltando gemidos enquanto aqueles instrumentos de massagem fossem aplicados em seus corpos murchos; e no telefone perto da loja de velas, uma fila impaciente para telefonar para os seus parentes em lugares como Chicago e Cidade do Cabo e Paris e Amsterdã e Lilongwe e Jamaica e Túnis; no ar, os aromas estonteantes das comidas da manhã destruindo os cheiros perfumados da Macy's; e talvez, naquela pracinha na entrada do Foot Locker, sob a árvore falsa, alguém pregando com uma Bíblia, uma pequena multidão reunida ao redor, talvez se perguntando se acreditam ou não, lixo aos seus pés e por todo o shopping para mostrar que existem pessoas vivendo ali.

Um sentimento estranho toma conta de mim, e a Marina está gritando meu nome lá de cima, então percebo que estava perdida em pensamentos e elas subiram e me deixaram parada em frente à loja de piercings. Pulo na escada rolante e subo. Na outra escada rolante, a que desce, um homem com cabelo lambido pra trás está segurando dois grandes sacos de lixo. Seu nome no crachá diz *Jesus*. Ambos sorrimos porque é o que devemos fazer; quando passamos um pelo outro ele diz, Buenos días, señorita, e sorrio ainda mais e digo, Buenos días.

Na Best Buy, a Kristal coloca fones de ouvido e balança a cabeça com força. A Marina olha os iPods como se fosse comprar um. Paro diante dos pôsteres, mas decido não me deter ali quando vejo os DVDs. Pego um que diz *Salt* e tem Angelina Jolie na capa. Eu na verdade não assisti a todos os filmes da Angelina Jolie, mas sei que ela pode ir pra qualquer lugar do mundo e arranjar um bebê onde quiser. Quando vi que ela trouxe aquela menininha bonita da Etiópia, fiquei com inveja; queria que ela tivesse ido ao meu país quando eu era pequena e me levado também, eu poderia ser a Darling Jolie-Pitt agora, e morar numa mansão e voar por aí a bordo de jatos e tudo mais. Mas talvez ela tivesse escolhido a Sbho, a mais bonita. Quando vejo um DVD com um cara que tenta se parecer com o Nelson Mandela, pego, e coloco o da Jolie de volta. Diz *Invictus*. Não vi o filme, mas ouvi falar dele; talvez peça à tia Fostalina pra pegar na Blockbuster, ou pro TK achar no Netflix.

Que que tu tá fazendo?, a Kristal pergunta, deixando a seção de música. Ela está desembrulhando um chiclete; estendo a mão e ela revira os olhos, coloca o chiclete ali e começa a desembrulhar outro.

Não vê que eu estou olhando o *Invictus*?; digo, como se tivesse visto o filme. Jogo o chiclete dentro da boca; é de hortelã.

Você sabe quem é esse cara?; pergunto, segurando o DVD pra Kristal poder ver a capa.

Ah, e quem não sabe quem é Morgan Freeman?, diz ela.

Eu sei disso, eu quero dizer o papel que ele faz no filme? Quem?

Nelson Mandela, digo, e fico surpresa com o orgulho na minha voz, como se talvez estivesse falando de alguém que conhecesse, como se a gente costumasse jogar o jogo dos países juntos, ou algo assim.

Ah, sei, aquele cara nas camisetas. Bora pra JCPenney, gente, a Kristal diz, e já está saindo da Best Buy.

Lá fora, a Marina para diante da joalheria, onde ficam os relógios. Eu paro, mas a Kristal continua andando na direção da JCPenney. Os relógios são bonitos e têm um aspecto importante. Coloco as duas mãos na cintura e rio.

Do que você está rindo?, a Marina pergunta.

Os preços são engraçados. Quem compraria um relógio de três mil dólares?, digo.

Bem, se eu tivesse esse dinheiro e pudesse pagar, com certeza compraria, diz Marina. Não tem nada de errado em querer coisas boas.

Tanto faz, digo, e estouro uma bola de chiclete no ouvido da Marina só para irritá-la, depois vou olhar os anéis de diamante na outra vitrine. Eles também são caros, mas eu sei que mesmo que tivesse todo o dinheiro do mundo não ia comprá-los. Então vejo um anel que parece diferente do resto. A parte em volta do dedo é retorcida, e a parte de cima dele é feita de diamantes num aglomerado como sementinhas. A etiqueta com o preço diz $22.050, e começo a dizer à Marina que sua loja é insana quando meus dentes erram a mira e mordo a parte interna do lábio. A dor é tão aguda que fecho os olhos e aperto a boca com a mão, o gosto salgado e metálico de sangue se espalhando ali dentro.

Na JCPenney, vamos direto para a seção de adolescentes. Escolhemos jeans, camisetas, vestidos, suéteres, pegamos o que dá na nossa telha. Não falamos muito porque não queremos ninguém nos seguindo ou perguntando por que não estamos na escola e onde estão as nossas mães e esse tipo de coisa. Às vezes nos perdemos uma da outra por alguns minutos, mas depois nos topamos de novo, porque andamos em círculos. Quando nossos braços estão carregados, vamos aos provadores. Em algumas lojas eles dizem pra pegar somente cinco ou talvez seis peças de cada vez para experimentar, mas na JCPenney não é assim; aqui, você pode levar até uma montanha aos provadores se quiser, e ninguém enche seu saco.

Vamos nos vestir pra uma festa, Marina grita do seu provador.

Pssssst, não fala tão alto, idiota, diz Kristal.

Que tipo de festa?, pergunto.

Uma festa de debutantes, Marina diz, com a voz baixa.

Quando saímos, a Marina está usando um vestido preto sem alças, com umas coisinhas brilhantes no busto, descendo até a barriga. Uma coisa que parece renda cobre a parte da saia. A Kristal está usando um vestido vermelho com babados; é sem mangas e tem uma fenda profunda que deixa seus peitos grandes bem na cara de quem olha, do jeito que ela gosta, e agora ela está estufando o peito para exagerar seu tamanho. Já eu, estou usando um longo cor de creme que varre o chão. Ficamos paradas ali como modelos, olhando o nosso reflexo no espelho.

Você precisa ter peitos para usar um vestido sem alças igual a esse, a Kristal diz, olhando pra Marina no espelho. Eu rio, mas não muito, porque os meus peitos também são pequenininhos; às vezes nem sei por que uso sutiã.

Como você diz bobagem, Marina diz, e revira os olhos.

Depois que concordamos que o melhor vestido é o da Kristal, voltamos ao camarim e trocamos de roupa, dessa vez para dançar numa festa. Quando saímos, parecemos prostitutas: minissaias com as quais você não consegue nem se abaixar sem sua calcinha aparecer e tops tão apertados que não conseguimos nem respirar. Não passamos muito tempo na frente do espelho, talvez porque a gente esteja um pouco envergonhada. Temos pressa em voltar e trocar de roupa, agora para um programa entre amigas. Quando olhamos uma para a outra, rimos, porque estamos todas usando o mesmo jeans skinny, e a Marina e a Kristal estão até usando a mesma camiseta de renda sem mangas. Já que eu sou a única usando algo diferente, uma camiseta com decote em V e uma bandeira francesa na barriga, venço a rodada, mas quando me viro para voltar ao provador, a Marina diz, Você podia pelo menos usar algo com uma bandeira africana.

Trocamos de roupa para o baile de formatura, para a igreja, para o tapete vermelho, para um encontro às escuras; mudamos de roupa repetidas vezes, nos encontrando a cada rodada pra admirar e para comparar. Acabamos de nos trocar para um jogo de futebol quando uma mulher pequena entra nos provadores usando uniforme de enfermeira e carregando uns vestidos. Não diz nada, só passa e se dirige para o provador dos deficientes nos fundos. A Kristal ri sem motivo particular, mas depois que a mulher fecha a porta, a Marina diz, vou me trocar, vou para casa agora, e pergunto, Por quê? Bem na hora em que a Kristal diz, Tá de brincadeira?

Trocamos de roupa e deixamos tudo em pilhas bagunçadas.

Vamos ver quem chega primeiro no carro sem correr, a Kristal diz, e nós disparamos. Saímos num passo rápido da JCPenney como se estivéssemos tentando perder peso, passando pelos joalheiros e os diamantes, descendo a escada rolante, passando pelos estandes, pelos velhos nas cadeiras de massagem. Estou na frente e quando olho pra trás, Marina está perigosamente perto, então aperto minhas mãos e conto quatro-cinco-seis, e ando, e ando. Passamos a toda pela Borders, e no momento em que chegamos à porta não suporto mais aquilo, então abro as portas e saio correndo. A Kristal me ultrapassa e chega primeiro ao carro, e eu ouço a Marina gritar atrás de mim, Não é justo, gente, não é justo, vocês descumpriram as regras.

Dentro do carro, é como se o diabo estivesse assando pecadores; abrimos as janelas e colocamos os braços para fora. Então vemos a mulher; no carro em frente ao nosso, uma mulher de hijab preto sentada atrás do volante mexendo na bolsa, procurando talvez suas chaves. Ela olha para a gente, sorri brevemente e retorna à bolsa, mas nós continuamos olhando para ela como se estivéssemos no zoológico. Não dizemos nada, mas sabemos que é por causa do seu vestido e das coisas que vemos na tevê que ficamos observando — se ela estivesse usando jeans ou qualquer outra coisa, nem olharíamos para ela.

A Kristal liga o carro, mas depois só fica sentada ali, como se tivesse esquecido como dirigir.

O que tem de errado com o carro da minha mãe?, Marina pergunta. Eu me inclino e coloco a cabeça entre os dois bancos da frente pra ver o que está acontecendo.

Vocês sabem quem é o George, não sabem?, Kristal diz.

Quem é o George?, Marina pergunta.

O filho da puta que levou a arma para a escola, Kristal diz.

O que tem ele?, pergunto, e começo a acenar porque a mulher agora está acenando, talvez porque ainda estejamos olhando fixamente para ela. Então a Marina acena, e ainda estamos acenando quando o carro da mulher começa a se afastar.

Deixa para lá, diz Kristal, e começa a dar ré.

Quando chego em casa, o carro da tia Fostalina está saindo. Ela abre a janela e me diz que está indo a Shadybrook, então eu entro no carro, jogo minha bolsa no banco de trás. De vez em quando, a tia Fostalina é chamada à casa de repouso Shadybrook para acalmar o Tshaka Zulu. Quando sua loucura começa, o Tshaka Zulu ameaça os outros moradores e os funcionários com a azagaia que afirma estar escondida em algum lugar em seu quarto. Eu vi a lança curta; não é de verdade, mas ninguém sabe disso. Tshaka Zulu me mostrou um dia; é só o desenho de uma lança que ele guarda dobrado e escondido entre fotos suas quando menino, no nosso país.

O problema com a loucura do Tshaka Zulu é que quando ela vem, quando os remédios que dão a ele param de fazer efeito, ele se recusa a falar inglês, e então Claudine, a moça calma e bonita que dirige a casa de repouso, chama a tia Fostalina para falar com o Tshaka Zulu na nossa língua. Esse parece ser o único remédio que funciona, mas o que a tia Fostalina descobriu é que quando o Tshaka Zulu está supostamente louco, ele não precisa na verdade de calmantes, mas que o ouçam. Sua loucura parece ser a loucura que o faz falar. A tia Fostalina me leva com ela porque fica entediada escutando.

 Estacionamos o carro na rua tranquila, seguimos depressa pelo cobertor fervente de ar até Shadybrook. Antes que a gente toque a campainha a porta é aberta por um louco sorridente de cabelos louros. Seu nome é Andrew. Tem algo de errado com sua cabeça, mas ele também é muito inteligente. Há dois meses, por exemplo, a polícia veio buscá-lo porque supostamente ele invadiu uns sites e postou fotos impróprias de si mesmo. A tia Fostalina passa depressa por ele em direção ao porão, que é onde fica o quarto do Tshaka Zulu.

 Oi, eu digo para o Andrew, porque acho difícil só empurrar o cara pro lado e passar por ele como se ele não existisse, mesmo sendo um louco. Shadybrook sempre tem cheiro de hospital, e já posso sentir o meu estômago revirando.

 Oi, Peter, Andrew me diz. Você tem um cigarro? Que é a pergunta que ele sempre faz, e balanço a cabeça, como sempre faço. Parei de corrigi-lo quando ele me chama de Peter. Na sala, aceno para uma mulher que nunca vi antes. Ela está sentada ao lado de um andador, fitando o ar com indiferença, como se estivesse esperando por algo, por um anjo vir abençoá-la, enquanto a tevê está ligada. Rapidamente desvio o olhar, sempre me sinto culpada perto de pessoas doentes, porque não tem nada que eu possa fazer por elas.

 Tshaka Zulu está usando sua roupa tradicional, de pé sobre a cama. Claudine anda de um lado a outro no porão, cruzando e descruzando os braços.

Graças a Deus você está aqui, ela sussurra para a tia Fostalina. Não sei por quanto tempo ainda vou poder fazer isso, ela diz.

Está tudo bem, eu vim assim que pude, por que você não descansa um pouco?, diz a tia Fostalina.

Tshaka Zulu pega seu escudo, levanta acima de sua cabeça grisalha e grita, Bayethe, eu o recebo em meu kraal, você quer ver a minha lança? E eu tenho de fazer força para não rir. Sei que ele está doente, mas isto é realmente extraordinário. O lado bom, porém, é que ele não é perigoso de fato. Desce da cama e prossegue em direção ao seu banquinho de madeira, do tipo que os velhos usam lá na nossa terra, e se senta sob o cartaz de uma menina Masaai com os peitos de fora, miçangas por todo o corpo.

Estar no quarto do Tshaka Zulu é como estar num museu de memórias ou coisa do tipo — as paredes do porão estão sufocando com as coisas que tem ali: recortes de jornal de Nelson Mandela, de quando ele saiu da prisão e tudo mais, fotos do presidente do nosso país quando ele se tornou presidente e ainda tinha cabelo, uma foto de Kwame Nkrumah, de Kofi Annan, uma foto grande de Desmond Tutu, fotos de Miriam Makeba, Brenda Fassie, Hugh Masekela, Lucky Dube, um recorte de jornal de Credo Mutwa, fotos emolduradas de Bébé Manga, Leleti Khumalo, Wangari Maathai e assim por diante.

As fotos de família foram colocadas num lugar separado e ocupam uma parede inteira. Nos dias que ele é ele mesmo, o Tshaka Zulu percorre as fotos uma a uma, aponta seus filhos e filhas e sobrinhas e sobrinhos e netos. Diz qual o trabalho que cada um faz, o tipo de coisa de que eles gostam, onde vivem, com quem são casados, e sempre fico surpresa em ver como ele se lembra de cada detalhe, como se morasse com essas pessoas. Escolheu os nomes de todos os seus filhos e netos, deu a eles nomes como Gezephi, Sisa, Nokuthula, Nene, Nicholas, Makhosi, Ophelia, Douglas, Sakhile, Eden, Davie, Ian, cada nome pensado com cuidado e finalmente informado por telefone.

É como faço para tocá-los, Tshaka Zulu me disse um dia, quando mencionávamos os nomes um a um.

Veja, a cada vez que eles são chamados pelo nome e respondem, eu sou a mão invisível que os toca e lembra que eles são minha família, disse ele.

Não sei exatamente de que tipo de loucura o Tshaka Zulu sofre; a tia Fostalina me disse o nome uma vez, mas eu esqueci porque era um nome complicado, mas acho que é muito melhor do que alguns tipos que já vi. Uma vez, quando a gente estava vindo de Budapeste, um homem louco nos perseguiu por todo o caminho para casa, seminu. E num casamento, antes de nos mudarmos para o Paraíso, um noivo simplesmente pegou um pedaço de madeira e começou a bater em todo mundo, inclusive na sua própria noiva. Ele nunca se curou; onde quer que fosse, as pessoas sempre tratavam de desaparecer, pelo bem de suas vidas.

Como eles viviam

E quando nos perguntaram de onde éramos, trocamos olhares e sorrimos com a timidez das noivas muito jovens. Eles disseram, África? Nós fizemos que sim. Que parte da África? Nós sorrimos. É aquela parte onde os abutres ficam esperando as crianças esfomeadas morrerem? Nós sorrimos. Onde a expectativa de vida é de trinta e cinco anos? Nós sorrimos. É lá onde os dissidentes enfiam AK-47s entre as pernas das mulheres? Nós sorrimos. Onde as pessoas andam por todo canto nuas? Nós sorrimos. Aquela parte onde eles massacraram uns aos outros? Nós sorrimos. Onde o antigo presidente fraudou as eleições e as pessoas foram torturadas e mortas e um monte delas foi posta na prisão e tudo mais, lá onde eles estão morrendo de cólera? — oh, meu Deus, sim, vimos o seu país, ele está no noticiário.

E quando essas palavras saíram de seus lábios como tijolos esmagados, trocamos olhares novamente e a água em nossos olhos vazou. Nossos sorrisos derreteram como sombras morrendo e nós choramos; choramos por nosso país bendito e miserável. Choramos e choramos e eles se apiedaram de nós e disseram, Está tudo bem — está tudo bem, você está na América agora, e ainda assim choramos e choramos e choramos e eles nos deram umas coisinhas macias e disseram, Pegue um Kleenex, tome, e nós pegamos as coisinhas macias e colocamos no bolso para usar mais tarde e continuamos chorando, chorando como viúvas, chorando como órfãos.

Na América vimos mais comida do que tínhamos visto em toda a nossa vida e ficamos tão felizes que vasculhamos as latas de lixo da nossa alma para recuperar os pedaços sujos e quebrados de Deus. Nós o havíamos atirado ali dentro quando ainda estávamos no nosso país, o arremessado ali em momentos de desespero, de total desespero, quando estávamos tontos de fome e pensamos: Por que é que ele não tem piedade de nós, por quê? Pensamos, Por que ele não nos ouve, por quê? Pensamos, Por que é que nós pedimos e pedimos e pedimos e ainda não recebemos nem uma migalha, por quê? E cegos de raiva nós o atiramos para longe e dissemos, Melhor não ter Deus nenhum, melhor não ter Deus nenhum do que viver assim, rezando desse jeito por coisas que nunca virão. Melhor não ter Deus nenhum.

Mas quando chegamos à América e vimos toda aquela comida, prendemos a respiração e pensamos, Espere, deve haver um Deus. Tão felizes e gratos, encontramos suas peças descartadas e colamos com Super Bonder comprado na loja dos produtos até um dólar por apenas noventa e nove centavos e dissemos: *Confiamos em Deus* também, agora, *Confiamos em Deus* para valer, e começamos a rezar de novo. No McDonald's, devoramos Big Macs e batatas fritas e coca-colas gigantes. No Burger King, adoramos os Whoppers. No KFC, atacamos baldes de frango. Fomos a bufês chineses e comemos tudo que conseguíamos sentir o cheiro — arroz frito, frango, carne, camarão, e quanto às coisas cujos nomes não sabíamos ler, nós simplesmente apontávamos e dizíamos, Queremos *aquilo*.

Comemos feito porcos, feito lobos, feito dignitários; comemos feito abutres, feito cachorros de rua, feito monstros; comemos feito reis. Comemos por toda a nossa fome passada, pelos nossos pais e irmãos e parentes e amigos que ainda estavam lá no nosso país. Dissemos seus nomes entre garfadas, conjuramos seus rostos famintos e seus lábios rachados — comendo por aqueles que não podiam estar conosco e comer por si mesmos. E quando estávamos de barriga cheia levamos nossos corpos densos com a dignidade de elefantes — ah, se o nosso país pudesse nos ver na América, nos ver comendo feito reis numa terra que não era nossa.

Como a América nos surpreendeu, de início! Se você não estava feliz com o seu corpo, você podia ir a um médico e dizer, por exemplo, Doutor, nasci no corpo errado, por favor me conserte; Doutor, não gosto deste nariz, destes seios, destes lábios. Observamos as pessoas enviando seus pais idosos para longe, para serem cuidados por estranhos. Observamos os pais não sendo autorizados a bater em seus próprios filhos. Observamos coisas estranhas como essas, coisas que nunca tínhamos visto em nossa vida, e dissemos: Que tipo de país é este, que tipo de país?

Como não estávamos no nosso país, não podíamos falar em nosso próprio idioma, então quando falávamos nossas vozes saíam machucadas. Quando falávamos, nossa língua se debatia loucamente em nossa boca, cambaleavam como bêbados. Como não estávamos usando nosso idioma, dizíamos coisas que não queríamos dizer; o que realmente queríamos dizer ficava dobrado dentro de nós, preso. Na América, nem sempre encontrávamos as palavras. Só quando estávamos sozinhos falávamos com nossas vozes reais. Quando estávamos sozinhos, convocávamos os cavalos das nossas línguas e subíamos em suas costas e galopávamos deixando os arranha-céus para trás. Sempre relutávamos em descer de novo.

Como foi difícil chegar à América — mais difícil que passar pelo buraco de uma agulha. Pelos vistos e passaportes, imploramos, nos desesperamos, mentimos, nos humilhamos, fizemos promessas, cativamos, subornamos — qualquer coisa para nos tirar do país. Para obter o seu passaporte e pagar pela viagem, o Tshaka Zulu vendeu todas as vacas do seu pai, contra a vontade do velho. A Perseverance teve de tirar sua irmã Netsai da escola. A Nqo trabalhou nos campos de

Botsuana por nove meses. A Nozipho, assim como a Primrose e a Sicelokuhle e a Maidei, dormiu com aquele porco preto e gordo do Banyile Khoza, do escritório dos passaportes. Garotas deitadas de costas, o Banyile entre as suas pernas, a América em sua mente.

Para que partíssemos da forma correta, nossos anciãos derramaram tabaco na terra seca a fim de chamar os espíritos dos antepassados para nos proteger. Ao contrário do que acontecera muitos anos antes, os espíritos não vieram dançando da terra. Rastejavam. Empacavam. Estavam com fome. Queriam sangue e carne e cerveja de painço, queriam sacrifícios, queriam presentes. E exceto por alguns grãos de tabaco, não tínhamos nada para dar, absolutamente nada. E assim, os espíritos apenas olharam para nós com olhos secos de piedade. Entre si, eles sussurravam: Como é que esses aí vão ficar bem na *Mélika*, tão longe dos túmulos de seus antepassados?

Não é verdade que as pessoas vivem com medo naquela *Mélika*, com medo do mal?

Não dizem que é como uma sepultura, aquela *Mélika*, que ir para lá é como se enterrar, porque o seu povo talvez nunca o verá novamente?

Essa *Mélika* não é também aquele lugar miserável aonde eles levaram os filhos e filhas negros roubados, muitos e muitos anos atrás?

Ouvimos tudo isso, mas deixamos entrar por um ouvido e sair pelo outro, fingimos não ter escutado. Ninguém haveria de nos demover, não queríamos ouvir; iríamos para a América. Nos passos dos filhos e filhas negros roubados, iríamos, sim, iríamos. E quando chegamos à América, pegamos os nossos sonhos, olhamos para eles com ternura, como se fossem crianças recém-nascidas, e os pusemos de lado; não os perseguiríamos. Nunca seríamos aquilo que queríamos ser: médicos, advogados, professores, engenheiros. Não havia escola para nós, mesmo que nossos vistos fossem vistos de estudo. Sabíamos que não tínhamos dinheiro para estudar, para começo de conversa, mas tínhamos solicitado vistos de estudo porque era a única maneira de sair.

Em vez de estudar, trabalhamos. Nossos cartões de previdência social diziam *Válido para trabalhar apenas com autorização do Serviço de Imigração e Naturalização*, mas cerramos os dentes e descumprimos a lei e trabalhamos, o que mais poderíamos fazer? O que poderíamos ter feito? O que qualquer um poderia ter feito? E como estávamos infringindo a lei, abaixávamos a cabeça de vergonha; nunca tínhamos descumprido lei alguma antes. Abaixávamos a cabeça porque não éramos mais pessoas, agora éramos imigrantes ilegais.

Quando eles debateram o que fazer com os imigrantes ilegais, paramos de respirar, paramos de rir, paramos tudo e ficamos escutando. Ouvimos: exportação da América, fronteiras violadas, guerra contra a classe média, invasão, deportação, ilegais, ilegais, ilegais. Mordemos a língua até sentir o gosto de sangue, nos sentamos tensos numa nádega só, com medo de nos sentar nas duas, porque como você pode se sentar corretamente quando não sabe como vai ser o dia de amanhã?

E porque éramos ilegais e tínhamos medo de ser descobertos, ficávamos na companhia uns dos outros, perto dos nossos, e nos esquivávamos daqueles que não eram como nós. Não sabíamos o que eles pensariam de nós, o que fariam conosco. Não queríamos a sua raiva, não queríamos a sua curiosidade, não queríamos nenhuma atenção. Não fitávamos ninguém no rosto, nossos olhares não encontravam outros olhares. Escondíamos nossos verdadeiros nomes, dávamos nomes falsos quando perguntavam. Construímos montanhas entre nós e eles, cavamos rios, plantamos espinhos — tínhamos pagado muito caro para estar na América e não queríamos perder tudo.

Quando eles falaram sobre empregadores verificarem a situação de seus funcionários, nosso coração afundou. Recordamos os farrapos do nosso país deixados para trás, mal mantidos juntos por dólares norte-americanos, por verbas provenientes de outros países, e nosso sangue gelou. E quando, no trabalho, pediram nossos documentos, corremos dali como galinhas assustadas e seguimos em bando para empregos indesejáveis onde conhecemos outros, muitos outros. Outros com nomes como mitos, nomes como quebra-cabeças, nomes que nunca tínhamos ouvido antes: Virgilio, Balamugunthan, Faheem, Abdulrahman, Aziz, Baako, Dae-Hyun, Ousmane, Kimatsu. Quando era difícil dizer os muitos nomes estranhos, chamávamos uns aos outros pelo nome dos nossos países.

Então como diabos você faz isso, Sri Lanka?

México, você vem ou não?

É verdade que você vendeu um rim para vir para a América, Índia?

Pessoal, deem um descanso ao Tshaka Zulu, o cara é velho, não estão vendo?

Sabemos que você despreza este trabalho, Sudão, mas tem que enfrentar, cara.

Vamos lá, Etiópia, ande logo, ande logo; Israel, Cazaquistão, Níger, irmãos, vamos lá!

Os outros falavam línguas que não conhecíamos, adoravam deuses diferentes, comiam coisas que não nos atreveríamos a tocar. Mas assim como nós, tinham deixado sua terra para trás. Abriam sua carteira para nos mostrar fotografias desbotadas da mãe cujo rosto tinha os mesmos vincos de preocupação das nossas próprias mães, irmãos e irmãs de olhar sombrio com sonhos não realizados como os nossos, pais abandonados e derrotados como os nossos. Nunca tínhamos visto seus países, mas conhecíamos tudo o que estava naquelas fotos; não éramos completamente estranhos.

E os trabalhos que arranjávamos, Jesus — Jesus — Jesus, os trabalhos que arranjávamos. Trabalhos mal remunerados. Trabalhos exaustivos. Trabalhos que corroíam os ossos da nossa dignidade, devoravam a carne, lambiam a medula. Pegávamos ferros de passar escaldantes e alisávamos o nosso orgulho. Limpávamos privadas. Colhíamos tabaco e frutas sob o sol fervente até nossas línguas ficarem penduradas e ofegarmos feito cães perdidos. Abatíamos animais, cortávamos gargantas, fazíamos escoar o sangue.

Trabalhávamos com máquinas perigosas, prendendo a respiração feito crocodilos debaixo d'água, nosso foco no dinheiro e nunca em nossas vidas. O Adamou foi assassinado por uma máquina-monstro que também comeu três dedos da mão esquerda do Sudão. Nós nos cortávamos ao trabalhar com a carne; arranjávamos doenças de pele. Inalávamos maus cheiros até nossos pulmões trovejarem. O Equador caiu de uma altura de quarenta andares trabalhando num telhado e quebrou a espinha, gritando, ¡Mis hijos! ¡Mis hijos!, enquanto caía. Ficávamos doentes mas não íamos ao hospital, não podíamos ir a nenhum hospital. Engolíamos cada dor como uma pílula amarga, bebíamos cada medo como uma poção do amor, e trabalhávamos, e trabalhávamos.

A cada duas semanas recebíamos nossos salários e mandávamos de volta para casa o dinheiro pelo Western Union e o MoneyGram. Comprávamos comida e roupas para as famílias deixadas para trás; pagávamos mensalidades escolares para as crianças. Recebíamos mensagens que diziam *Fome*, que diziam *Ajude*, que diziam *Kunzima*, e mandávamos dinheiro. Quando nos perguntavam, Vocês dão tão duro, por que vocês dão tão duro?, sorríamos.

E de vez em quando escutávamos, ao telefone, as vozes dos nossos pais e dos mais velhos, vozes tímidas nos dizendo o que era necessário. Há muito tinham deixado de ser quem nos sustentava; éramos agora seus pais. Nossas famílias enviavam pedidos e nós trabalhávamos, trabalhávamos como burros, trabalhávamos como escravos, trabalhávamos como loucos. Quando hesitávamos, eles diziam, Você está na América, onde todo mundo tem dinheiro, nós vemos tudo na tevê, por favor, não recuse. Madoda, vakomana, como nós trabalhávamos!

Também nunca tínhamos visto um monstro de país tão grande — era como se houvesse muitos países nele: Michigan, Texas, Nova York, Atlanta, Ohio, Kansas, DC, Califórnia e tantos outros. Íamos a este ou aquele lugar e tirávamos muitas fotos e mandávamos para casa, para que eles pudessem nos ver na América. Tiramos fotos diante da Casa Branca, tiramos fotos encostados na Senhora Liberdade como se ela fosse nossa avó; tiramos fotos no Niagara Falls, na Times Square, tiramos fotos com os golfinhos na Flórida, tiramos fotos no Grand Canyon — íamos a toda parte e tirávamos fotos e mais fotos e mandávamos para casa, exibindo um país que nunca seria nosso.

E quando as pessoas em casa viam as fotos e queriam vir conhecer a América por conta própria, nós dizíamos, Claro, buyanini, chiuyayi, vocês são bem-vindos. Mandávamos dinheiro para os vistos e passagens e eles vinham. Eram principalmente os jovens que vinham, deixando para trás os velhos e as crianças. Vinham em massa, abandonando os farrapos que era nosso país. Não pensávamos em remendar os farrapos, tudo o que pensávamos era: *Vá embora, abandone, fuja, corra — qualquer coisa. Escape.*

E quando eles vieram se juntar a nós na América, famintos e vazios e esperançosos, nós os abraçamos com força e demos as boas-vindas a uma casa que não era nossa. Cheiramos seus cabelos e roupas, e imploramos que nos dessem notícias da nossa terra — notícias importantes, notícias sem importância, qualquer notícia. Pedimos que descrevessem como a terra cheirava logo antes da chuva, que descrevessem como, depois da chuva, formigas voadoras explodiam do chão como fogos de artifício.

Perguntamos, a Câmara Municipal continua a mesma? O edifício Tredgold? E Renkini? Os jacarandás enfileirados nas ruas da cidade — eles ainda florescem com aquele roxo vertiginoso? Aquele maluco do Profeta Revelations Bitchington Mborro ainda está por lá? E quanto à rua principal, ela ainda flui como um rio, e aquele mendigo cego ainda fica sentado na entrada do supermercado Spar cantando *Thabath' isiphambano ulandele*? Fazíamos todas essas perguntas aos recém-chegados e ficávamos observando enquanto eles falavam; queríamos colocar nossas cabeças em suas bocas para capturar cada palavra preciosa, cada sentimento.

E então veio a época em que telefonávamos para casa e jovens estranhos atendiam o telefone, e perguntávamos, Quem é você?, e eles diziam, Eu sou a filha do Thabani, a Lungile; eu sou a filha da Nyarai, Tricia; eu sou o segundo filho da Prayer, Garikayi. Ouvíamos esses estranhos e dizíamos: Jesus, o Thabani é pai, agora? A Nyarai tem uma filha, agora? A Prayer é mãe, agora? Quando isso aconteceu, quando foi que todas essas crianças tiveram os seus próprios filhos? Era assim que o tempo passava. Ele voava e nós não o víamos voar. Não voltávamos para nossa terra para visitar porque não tínhamos os documentos para o nosso retorno, então ficávamos, sabendo que se fôssemos não poderíamos entrar de novo na América. Ficávamos, como prisioneiros, só que escolhemos ser prisioneiros e adorávamos nossa prisão; não era uma prisão ruim. E como as coisas só pioravam no nosso país, apertávamos ainda mais nossos grilhões e dizíamos, Não vamos embora da América, não, não vamos embora.

E então os nossos próprios filhos nasceram. Seguramos com firmeza as suas certidões de nascimento americanas. Não demos aos nossos filhos os nomes dos nossos pais, os nossos próprios nomes; temíamos que se fizéssemos isso eles não fossem capazes de dizer o próprio nome, os seus amigos e os professores não soubessem como chamá-los. Demos a eles nomes que os ajustavam à América, nomes que não significavam nada para nós: Aaron, Josh, Dana, Corey, Jack, Kathleen. Quando nossos filhos nasceram, não enterramos seus cordões umbilicais debaixo da terra para uni-los àquele chão porque não tínhamos uma terra que fosse nossa. Não seguramos sua cabeça sobre ervas defumadoras para torná-los fortes, não amarramos fetiches em torno de sua cintura para protegê-los dos maus espíritos, não fizemos cerveja e derramamos tabaco na terra para anunciar a sua chegada aos antepassados. Em vez disso, sorrimos.

    E quando nossos pais nos recordaram, ao telefone, que fazia muito, muito tempo, e que eles estavam ficando velhos e precisavam nos ver, precisavam conhecer seus netos, dissemos, Nós vamos, Mama, Siyabuya Baba; nós vamos, Gogo, Tirikuuya Sekuru. Não queríamos dizer a eles que ainda não tínhamos documentos. E quando eles começaram a ficar inquietos e amaldiçoaram a América por ser o monstro ganancioso que engoliu seus filhos e suas filhas, que engoliu os filhos e filhas de outras terras e se recusou a cuspi-los, nós dissemos, Nós vamos muito em breve, vamos no próximo ano. E o próximo ano veio e nós dissemos, No próximo ano. Quando o próximo ano veio nós dissemos, No próximo ano com certeza. E quando o próximo ano com certeza veio nós dissemos, No próximo ano para valer. E quando o próximo ano para valer veio nós dissemos, Já vamos, vocês vão ver, esperem só. E os nossos pais esperaram e observaram, observaram que não fomos.

    Morreram esperando, segurando em suas mãos secas fotos nossas encostados na Estátua da Liberdade, túmulos de filhos e filhas perdidos em seu coração, olhos velhos grudados no céu para que fulamatshinaz trouxesse os filhos e filhas perdidos. Não pudemos comparecer ao funeral, porque ainda não tínhamos documentos, e sofremos o luto a distância. Nós nos trancamos e colocamos uma música, para não alarmar ninguém, e nos contorcemos no chão e choramos e choramos e choramos.

    E com os nossos pais mortos, dissemos a nós mesmos, Não temos mais casa; quem veríamos naquela terra que deixamos para trás? Nós nos convencemos de que agora nosso lugar era somente ao lado dos nossos filhos. E essas crianças — elas cresceram, e tínhamos de apertar os olhos para nos ver neles. Eles não falavam a nossa língua, não falavam como nós. Quando se comportavam mal, só dizíamos: Não, não faça isso, Chega, Vamos encerrar. Mas não era isso que queríamos fazer. O que queríamos fazer era pegar uma vara e karabha e karabha e karabha. Queríamos tirar sangue e lhes ensinar lições vermelhas e cruas que durassem a vida inteira, mas temíamos ser presos por criar os nossos próprios filhos como nossos pais nos criaram.

Quando nossos filhos tinham idade suficiente e falamos a eles sobre o nosso país, eles não imploraram que contássemos histórias da terra que havíamos deixado para trás. Foram para os seus computadores e pesquisaram no Google por um bom tempo. Quando saíram, olharam para nós com algo entre piedade e horror e disseram, Caramba, você veio mesmo de lá? Não queriam ouvir as histórias que as nossas avós contavam ao redor das fogueiras, histórias de Buhlalusebenkosi, como o coelho perdeu sua cauda, Tsuro na Gudo. Não seriam parte do horror do qual tínhamos fugido.

Aceitamos muitas coisas conforme os nossos filhos cresceram, coisas que nos deixavam perplexos porque tínhamos sido criados de forma diferente. Mas aceitávamos tudo e dizíamos, Não há jornada sem um preço, e este é o preço da longa jornada que fizemos muitos anos atrás. Quando nossos filhos se tornaram jovens adultos, eles não pediram a nossa aprovação para se casar. Não recebemos dote da noiva, não recebemos presentes. Em seus casamentos, não derramamos cerveja e tabaco sobre a terra, não batemos tambores em agradecimento aos nossos antepassados — nós sorrimos.

Nossos filhos construíram suas famílias e não lhes dissemos o que fazer, como educar seus filhos. Eles quase não vinham nos ver, pois estavam ocupados com o trabalho e sua nova vida. Não nos mandavam dinheiro como mandávamos aos nossos pais. Quando envelhecemos, eles não nos pediram para ir morar com eles. Quando ficamos muito velhos, eles nos colocaram aqui nestes asilos, onde estranhos cuidam de nós, estranhos que deixaram seus países assim como nós deixamos o nosso, tantos anos atrás.

Aqui os nossos pais aparecem para nós em sonhos. Eles não nos tocam, não falam conosco; só nos fitam com olhares de que não nos lembramos. Quando nos aproximamos deles, nos encontramos cercados por oceanos que não podemos cruzar. Estendemos a mão, gritamos, pedimos, suplicamos; não adianta. Sempre acordamos desses sonhos tateando ao redor à busca de espelhos, feridas em nossos olhos; vemos a nós mesmos através de uma dor lancinante.

Quando morrermos, nossos filhos não vão saber como chorar, como lamentar por nós da maneira correta. Não vão enlouquecer de dor, não vão prender um pano preto no braço, não vão derramar cerveja e tabaco na terra, não vão cantar até que suas vozes estejam roucas. Não vão colocar os nossos pratos e copos em nossos túmulos; não vão nos ver partir com árvores mphafa. Vamos partir nus para a terra dos mortos, sem as coisas de que precisamos para entrar no castelo de nossos antepassados. Como não seremos adequados, os espíritos não virão correndo ao nosso encontro, e por isso vamos esperar e esperar e esperar — vamos esperar para sempre no ar como bandeiras de países desconhecidos.

Minha América

Quando não estou limpando os banheiros ou ensacando compras, estou curvada sobre um grande carrinho como este, separando garrafas e latas com nomes como Faygo, Pepsi, Dr. Pepper, 7-Up, *root beer*, Miller, Budweiser, Heineken. São recolhidas na frente, onde foram devolvidas para o depósito, depois trazidas até aqui onde tenho de separar as latas e colocá-las em fileiras de caixas altas junto à parede. Quando as caixas ficam cheias, pego os sacos de plástico gigantes onde estão as latas, amarro no alto e os empilho numa montanha colorida. As garrafas de vidro vão para pequenas caixas de papelão que devem ser empilhadas separadamente.

 Você está ficando muito boa nisso; aposto que se colocássemos uma venda nos seus olhos, você ainda ia conseguir pegar todas as latas. Ergo os olhos do carrinho e vejo Jim, o gerente baixinho e cabeludo, sorrindo da porta do seu escritório. Ele segura um cigarro numa das mãos, um telefone preso entre o ombro e a orelha. Não sorrio para o Jim, que é o que ele espera que eu faça, e só continuo a trabalhar. Posso jogar uma lata de Pepsi numa caixa numa extremidade da parede, enterrar uma Faygo em algum lugar no meio, e terminar com uma Natural Light na outra extremidade, tudo sem pausas, sem a necessidade de verificar os rótulos.

Terminei as latas e estou começando com as garrafas quando a mulher chega por trás de mim, que é onde fica a outra entrada. Eu a vejo passar como se estivesse passando por um formigueiro. Do jeito como requebra, você poderia pensar que ela fosse talvez a Beyoncé ou a Kim Kadarshian, mas ela não é nada além de olhos verdes e uma tábua bronzeada andando de saltos pretos. Quando chega ao escritório do Jim, ela levanta o fio do telefone e passa por baixo e desaparece lá dentro antes que o Jim feche a porta com força. Ela nem é sua esposa; eu sei porque já vi sua esposa, sempre com seu filho ruivo que parece um mosquito de meia-calça.

A coisa sai da garrafa de Miller em minhas mãos; ainda estou de pé ali, olhando para a porta de Jim e pensando no que eles estão fazendo, quando sinto algo rastejando pelo meu braço. Um olhar e as garrafas de Miller estão se espatifando aos meus pés, cacos de vidro dançando por todo o chão sujo. Quando o Jim sai correndo do escritório para ver o que está acontecendo, estou de pé em cima da mesa, perto do triturador de caixas, gritando, meus pés ao lado do micro-ondas.

É só uma barata, o Jim diz, virando-se para me dar uma olhada, a voz como se ele só estivesse falando de fato sobre uma barata.

Agora ela parou ao lado de uma lata de Heineken, como se tentasse ouvir o que está sendo dito. É gigantesca, de um marrom profundo e reluzente, como se viesse de um spa. Tapo meus olhos quando Jim levanta o pé para esmagá-la. Quando olho de novo, ele a está varrendo para dentro de uma pá e levando-a para a grande lixeira perto da entrada.

Vamos lá, de volta ao trabalho, diz ele, quando reaparece. Vocês não têm baratas na África? Jim sempre fala como se a África fosse um único país, mesmo eu tendo lhe dito que é um continente com cinquenta e poucos países, que fora o meu próprio país eu realmente não estive no resto para saber como é.

Você só está fazendo cena, sei que você já viu todo tipo de coisa maluca na África, ele diz, falando por cima do ombro. Abro a boca para lhe dizer que deixe a África fora disso, mas ele desaparece outra vez em seu escritório e bate a porta, então eu só mostro meu dedo médio e depois desço da mesa.

As garrafas de cerveja são as piores. Vêm com todo tipo de coisas desagradáveis. Manchas de sangue. Pedaços de lixo. Tocos de cigarro afogados em cerveja choca cor de urina e, uma vez, um preservativo usado. Quando comecei a trabalhar aqui, ainda estava na nona série, vomitava a cada turno.

"Darling compareça à frente, Darling compareça à frente, por favor", diz entre estalos a voz que escorre do interfone. Não preciso que me chamem duas vezes; trabalho empacotando compras ou varrendo a loja, qualquer coisa que me afaste das terríveis garrafas. Despejo as Budweiser que estou segurando de volta no carrinho e vou para a pia lavar as mãos. Uso toneladas de sabão e água extraquente por causa das garrafas sujas. Quando passo pelo frigorífico, com sua temperatura terrível, sorrio para o rapaz que toma conta da carne, que grita algo em sua língua e acena com uma faca ensanguentada. Faço uma breve pausa nas portas giratórias azuis com as palavras *Somente Funcionários*, aperto meu avental nas costas e então estou na loja iluminada, o ar frio me lambendo toda.

Horas mais tarde, acabo meu turno e espero no estacionamento quente o tio Kojo vir me buscar. Megan, a garota falante do caixa, está sentada no meio-fio ao lado da entrada principal, mandando mensagens de texto ao seu namorado e resmungando que ele deveria ter chegado há dez minutos e como ela vai dar um pé na bunda preguiçosa dele e isso e aquilo. Dois carros de polícia passam a toda na rua, sirenes gritando; agora, quando vejo um carro de polícia no bairro, nem sequer fico surpresa. Do outro lado da rua, no parque com o gramado roto, o pessoal do Occupy segura seus cartazes, *Ocupando*. Quando vi pela primeira vez as suas pequeninas barracas e a comida empilhada nas mesas eu ri do modo como eles estavam tentando fingir que sabiam o que era o sofrimento.

O estacionamento está quase deserto, exceto pela grande van azul do Jim, dois carros e uma moto vermelha. O velho jamaicano de dreadlocks vasculha o lixo em busca de garrafas, um saco de lixo preto pendurado no ombro, a cabeça dourada de um leão parcialmente visível na parte de trás da camisa. Quando ele entra na loja todo limpo e dizendo Rastafári isso e Rastafári aquilo, com sua fala mansa, o sorriso de um branco muito, muito brilhante, você não teria como adivinhar que depois ele iria pescar garrafas no lixo; aqui, você não precisa nem ser maluco para fazer esse tipo de coisa.

Não posso acreditar que aquela magrela idiota estava reclamando porque tive que sair cedo hoje, diz Megan, colocando o celular dentro da bolsa. Percebo, pelo seu breve silêncio, que ela quer que eu diga alguma coisa, então digo, embora sabendo de quem ela está falando, Que magrela idiota?

Aquela Teresa.

Hmmm, digo.

Você ouviu? Dizendo que precisava pegar seu filho doente, sei lá, e até parece que eu não quero ir para casa também.

Hmmm, digo.

E eu sabia que aquele palhaço do Jim ia deixar que ela fosse também, porque está tentando transar com ela, a Megan diz.

Hmmm, digo.

Ela acabou de começar a trabalhar aqui e já está pedindo favores. O que ela está pensando?

Hmmm, digo. Às vezes eu nem me preocupo em encontrar as palavras adequadas para a conversa. Não é necessário; algumas pessoas se contentam em falar sozinhas. Agora, os dois carros de polícia voltam pela rua; as sirenes estão desligadas e há um negro na traseira de cada carro.

Faz catorze anos que trabalho aqui e nenhum novato vai para casa antes de mim. A Vicky pode ir, porque faz vinte anos que ela trabalha aqui, então com ela tudo bem. Mas fora isso, não vou permitir que aconteça, de jeito nenhum. Tenho senioridade aqui, você entende o que estou dizendo? Eu não entendo o que a Megan está dizendo, mas faço que sim. Seu telefone toca e ela vasculha dentro da bolsa e o apanha. Um cartão vermelho cai no chão. Ela não percebe, e eu não sinto vontade de abrir a boca para lhe avisar; ela só me deixa cansada com todo aquele blá-blá-blá. Observo-a lendo a mensagem, as sobrancelhas levantadas.

Filho da puta, a Megan murmura baixinho. Vejo pelo seu rosto todo franzido e a maneira cruel com que ela está digitando que é uma mensagem furiosa a que está mandando. Então o tempo dá uma cambalhota dentro da minha cabeça e imagino a Megan velha e grisalha, curvada sobre uma caixa registradora digitando números, parando aqui e ali para revirar a parte de trás do balcão principal em busca de bilhetes de loteria e cigarros para os clientes. Dentro de mim, há um sentimento estranho que não posso explicar, mas é quase como se eu quisesse me deitar e chorar pela Megan.

Então não é mais a Megan que vejo, mas a mim mesma, curvada sobre um carrinho cheio de garrafas. Meu rosto, enrugado pela idade, tem agora a forma de uma lata de refrigerante, e minha cabeça é um montinho de neve. Tenho de me arrastar para chegar às caixas com as latas, porque sou tão velha que já não posso mais lançá-las. Quando sinto a mão de alguém no meu ombro, dou um pulo. Então me viro e Jim está ali parado, sorrindo. Ele tem essa mania de tocar meu corpo, como se talvez me conhecesse intimamente, e não gosto disso.

Assustei você, não foi?, ele diz, seu sorriso como se quisesse encontrar as orelhas. Não digo a ele que o que me assustou foi o meu próprio sonho.

Você quer trabalhar este fim de semana? Brian acabou de ligar e cancelar, não deu nenhuma explicação, ele diz. Ainda estou pensando em meu futuro, uma velha trabalhando com garrafas, então digo que não dentro da minha cabeça, mas ouço a minha boca dizer que sim. É verão, então tenho que trabalhar o maior número de horas que puder; no próximo outono começo a estudar na faculdade comunitária e a tia Fostalina me mandou guardar dinheiro. Não sei, do jeito que ela fala de como a universidade é cara para os alunos estrangeiros e tudo mais, é como se você estivesse tentando comprar um país ou coisa assim.

Ótimo, vou colocar você no cronograma, diz ele, já caminhando de volta para a loja. Então ele para junto à porta.

Sabe de uma coisa, Darling? Você é uma boa garota. Não é igual às outras; você é diferente, diz Jim. As portas duplas se abrem e se fecham feito uma boca.

É, ele tem razão, diz Megan. Ela guardou o telefone e agora só está sentada ali, as pernas cruzadas na altura dos tornozelos, fumando e olhando para os carros que passam.

Quer dizer, você é como todas as outras garotas, mas ao mesmo tempo é diferente. Não é cheia de merda. É uma coisa africana, isso, não é? Minha prima está namorando um cara de uma daquelas ilhas africanas e ele é o cara mais gentil que eu já vi. Nada a ver com esse filho da puta que não consegue nem cumprir um compromisso, ela diz, dando um chute na bolsa.

Hmmm, digo. Nem estou prestando atenção na Megan; estou pensando que, se pudesse escolher, eu também me recusaria a trabalhar com as terríveis garrafas. Quando a tia Fostalina conversou comigo sobre arranjar um emprego, eu ri.

Acha engraçado, é?, ela disse.

Eu nem sou adulta, disse, para que vou trabalhar? Lembro-me que ela não respondeu, só ficou sentada na mesa da cozinha tomando chá de rooibos debruçada sobre suas contas, as sobrancelhas franzidas perpetuamente como se a Frida Kahlo tivesse pintado aquela carranca antes de morrer.

*

Sei que não vamos direto para casa e não pergunto para onde estamos indo. Quando TK foi enviado para o Afeganistão, tio Kojo ficou bem, no início, e depois não ficou mais. Agora, ele ficou com essa mania de viagem, de estar na estrada; sempre que fica atrás do volante, é como se quisesse descobrir a América. Ele foi ao médico e lhe disseram para tirar uma folga, o que ele fez, e visitar sua casa, o que ele não podia fazer; mesmo que tenha ido para a faculdade e esteja aqui há 32 anos e trabalhe e seu filho TK tenha nascido aqui e tudo mais, o tio Kojo ainda não tem os papéis. Então o melhor que ele pode fazer é dirigir por aí, às vezes distâncias curtas, às vezes longas, e é por isso que agora o chamamos de Vasco da Gama às suas costas.

Saímos do estacionamento, pegamos a Main Street. Seguimos nela por um tempo, passamos por pessoas sentadas em suas varandas olhando sem expressão para a estrada do mesmo modo como os adultos costumavam esperar as pessoas da ONG no Paraíso; passamos por grupos de crianças que estavam paradas no meio da rua como se fossem cabras procurando água, os garotos sem camisa e em todos os tons de preto e marrom, jeans puxados tão para baixo que dá para ver as cores brilhantes de suas cuecas; passamos por garotas se pavoneando para cima e para baixo como se estivessem andando em algum lugar melhor do que estas ruas duras e quentes; passamos por garotos e garotas que parecem mais velhos e ficam parados debaixo de árvores verdes ferozes que nunca dão frutos.

Em vez de virar na Third Street, o que nos levaria para casa, Vasco da Gama entra na Lincoln. Observo o bairro recuar no espelho retrovisor, as casas de tábuas parecem querer cair no chão e uivar, agora que estamos fora de vista. O carro fica mais lento por causa de todos os buracos. Continuamos descendo a Lincoln, descendo sempre, e na minha cabeça canto, *Quem descobriu o caminho das Índias? Vasco da Gama! Vasco da Gama! Vasco da Gama!*, e quando Vasco da Gama me diz para ficar quieta, percebo que comecei a cantar em voz alta. Paro de cantar no exato instante em que ele dá uma guinada para desviar de um pit bull que andava por ali sozinho.

Agora avançamos devagar, passando pelos prédios antigos à nossa esquerda, o mato crescendo por toda parte. À nossa direita fica um estádio de beisebol, e crianças brancas com uniformes de listras azuis correm pelo campo todo, arremessando e apanhando a bola. Os adultos estão de pé em grupos, assistindo, e fileiras de carros cercam o pequeno estádio como se fossem dentes. Agora vejo o estádio pelo espelho retrovisor, e quando ele desaparece eu percebo que ao nosso redor tudo se tornou selva, carcaças de carros antigos se afogando em mato alto, velhos edifícios abandonados com janelas quebradas e telhados afundados e paredes descascadas. Se essas paredes falassem, talvez os edifícios gaguejassem, talvez não lembrassem seus nomes.

Não estou nem mesmo esperando ver qualquer pessoa nesta selva quando a mulher emerge. Vasco da Gama se surpreende também, porque freia bruscamente, fazendo-nos dar um solavanco para a frente. Nós a observamos, uma mulher alta e magra usando uma minúscula saia de couro preta e uma regata vermelha. Seus quadris são ioiôs e ela anda em nossa direção como se soubesse o tempo todo que íamos chegar. Vasco da Gama abriu as janelas e lá fora o calor é um cobertor fumegante; ele nos engole.

Ela espreita para dentro da janela do motorista e de alguma forma parece ter entrado no carro e o enchido com ainda mais calor. Quando diz, Oi, docinho, não sei se ela está dizendo isso para mim ou para Vasco da Gama. Seus olhos grandes dão a impressão de que ela poderia pegar no sono a qualquer momento. Não consigo me decidir se ela é bonita ou não, mas está bem arrumada — sobrancelhas feitas, lábios de um vermelho claro, unhas pintadas para combinar com a camiseta.

Você tem 25 centavos?, ela pergunta, a ninguém em particular, e fico imaginando o que ela vai fazer com 25 centavos num lugar como este, o que esses 25 centavos vão comprar para ela. Sua voz é rouca, como se ela tivesse cantado no topo da Fambeki.

Então ela olha para mim e diz, Você é tão bonita, qual é o seu nome, gracinha? Quando eu digo, ela sorri, e é quando ela está sorrindo que eu percebo como é bonita, ela é muito, muito bonita. Então uma coisa muito estranha acontece — ela começa a murmurar meu nome como se fosse uma oração. Quando Vasco da Gama estende uma nota de vinte dólares, ela nem apanha — fica só ali dizendo, Darling e Darling e Darling, várias vezes como se fosse louca. Começo a ficar com medo e fico aliviada quando o tio Kojo vai embora. No espelho retrovisor, ela parece uma galinha com as penas arrancadas.

Quando chegamos em casa, a tia Fostalina não pergunta onde estivemos. Ela se levanta do sofá e vai para a cozinha, onde o arroz e o feijão e o peixe esperam. Hoje em dia ela cozinha, por causa do problema do Vasco da Gama. O que aconteceu é que depois que o TK foi embora ele parou de comer, e no início a tia Fostalina riu e disse, em nossa língua, Indoda izwa ngebhatshi layo, mas quando o Vasco da Gama continuou sem comer e começou a perder peso, a tia Fostalina procurou umas receitas do país dele na internet, porque é a única comida que conseguia fazê-lo se alimentar.

Pego o meu Mac e entro na internet; Vasco da Gama pega o controle remoto e começa a zapear pelos canais. O lado bom nisso tudo é que ele não vê mais aquele terrível futebol americano, com aqueles homens gigantes correndo e dando encontrões uns nos outros por causa de uma bolinha minúscula. O lado ruim, contudo, é que agora o Vasco da Gama não assiste a mais nada que não seja a guerra — soldados bombardeando coisas, soldados andando pelas ruas carregando armas grandes, soldados rastejando no chão, soldados fazendo coisas explodirem, soldados quebrando prédios, soldados em carros imensos se arrastando por toda parte, crianças tentando evitar os soldados e brincar na rua, como deveriam fazer.

Mas eu sei que o Vasco da Gama não quer, na verdade, ver tudo isso, que ele está ocupado prestando atenção em todos aqueles rostos em busca do TK, até mesmo nos rostos bonitos das crianças afegãs. Enquanto isso, o TK apenas sorri seu sorriso torto na foto sobre a lareira, como se estivesse gostando da ansiedade do Vasco da Gama, como se fosse cair na gargalhada e sair do uniforme do Exército que nem sequer combina com ele.

Quando o TK disse que ia entrar para o Exército, eu nem achei que estava falando sério. Ele só apareceu um dia, quando estávamos todos comendo espaguete, e disse, Vou entrar para o Exército. Lembro-me do Vasco da Gama perguntando, O que você disse? Lembro-me do TK olhando para ele como se alguém lhe tivesse dito que ele era um homem ou algo assim e dizendo, Eu disse que vou entrar para o Exército. Lembro-me do Vasco da Gama se levantando calmamente como se estivesse indo ao banheiro e, em vez disso, dando uma bofetada no TK. Lembro-me do barulho que fez, o som de algo estalando, como se o Vasco da Gama tivesse dinamite nas mãos.

Tirar o pó demora muito, porque há coisas demais e eu sou uma só. Não é só isso, esta casa é um monstro; há o piso térreo, depois o segundo andar, depois o terceiro andar. Meu problema é que em vez de limpar como deveria, tudo o que eu quero fazer na verdade é olhar as coisas — o enorme piano, o estranho aquário com peixes coloridos que combina com a mobília, as estantes altas cheias de fileiras e mais fileiras de livros que nunca foram lidos, os Budas, as máscaras, todas as estátuas esquisitas no piso térreo, as pinturas e coisinhas de arte, os sofás compridos, a lareira.

Depois, tem a cozinha com muitos balcões, a geladeira interessante e o fogão e todos os aparelhos. As escadarias sinuosas, mais sofás no andar de cima, tevês compridas e mais aparelhos, os muitos quartos com mobília interessante e banheiros privativos, o quarto do cachorro, com um armário cheio de roupas e coisas para cachorros, os quartos empilhados de sapatos e mais sapatos, os quartos que são apenas cheios de roupas, a sala de ginástica com muitos aparelhos. Não sei quantos quartos esta casa tem, quantas pessoas vivem nela, mas se eu tivesse uma casa como esta, nunca iria sair.

A mulher que trabalhava aqui, Esperanza, foi ver sua mãe doente no México e não voltou quando deveria, então é por isso que estou aqui, fazendo o seu trabalho, enquanto eles não encontram outra pessoa. O dono da casa, Eliot, é o ex-chefe da tia Fostalina. A tia Fostalina disse que quando chegou à América ela ia à escola durante o dia e trabalhava à noite nos hotéis de Eliot, arrumando quartos com pessoas de países como Senegal, Camarões, Tibete, Filipinas, Etiópia, e assim por diante.

Duas semanas atrás, quando o Eliot ligou para a tia Fostalina procurando alguém de confiança, ela disse que tinha alguém, pensando em mim, e depois me disse para nem sequer pensar em tocar em nada, porque havia câmeras escondidas por toda parte. Quando não estou trabalhando na loja, eu tenho que vir aqui, embora não goste da ideia de limpar a casa de outra pessoa, de arrumar as coisas de alguém, porque na minha cabeça não foi para isso que eu vim para a América.

Depois que já tirei o pó das coisas óbvias, peguei meias e camisetas e roupas íntimas e toalhas e revistas deixadas por toda parte no chão, limpei todos os banheiros e balcões e fiz as camas e aspirei o piso, vou para a cozinha e coloco os pratos sujos na lava-louça. Umas duas horas mais tarde, quando já fiz quase tudo o que precisava fazer e estou terminando o balcão da cozinha, a porta se abre e o Eliot entra com uma garota magrinha que nunca vi mas que acho que deve ser sua filha. Titi, a cachorrinha esquisita, trota atrás deles, usando uma jaqueta de couro cor-de-rosa e uma bandana amarela no pescoço.

Em outros momentos eu teria mentido e dito, Aaah, que gracinha, o que é a coisa certa a se dizer numa situação como esta, mas hoje nem tento, porque isso é demais para merecer uma mentira, então faço exatamente o que deveria fazer, que é sacudir a cabeça. Isto é realmente além da conta. Da próxima vez, penso comigo mesma, esta cachorra vai usar brincos e levar uma bolsa com um iPod e brilho para os lábios. Observo-a rondar pela casa como se estivesse possuída. Finalmente, circula em torno de minhas pernas, me cheirando, o rabo abanando, e olha para o meu rosto como se falássemos a mesma língua, mas eu só lhe dirijo um olhar cheio de palavras e digo, dentro da minha cabeça, *Não, cachorro, você nem me conhece*.

A cachorra fica parada ali, e eu olho para ela, para demonstrar que não importa o que ela faça, nunca vou ser amiga de um animal, mesmo que esse animal tenha seu próprio quarto e cama cor-de-rosa e um armário e gavetas cheias de roupas caras e coleiras. Finalmente ela vai embora, e fico satisfeita comigo mesma, porque acho que ela entendeu o recado, mas em pouco tempo ela está de volta, desta vez com um pato amarelo de borracha na boca. Deixa o pato aos meus pés e olha para mim com olhos suplicantes. Como eu me recuso a me mexer, ela cutuca minha perna esquerda com a pequenina cabeça; eu recuo e enrijeço os músculos da perna para evitar dar um chute no cachorro. *Não quero nada com você*, digo, dentro da minha cabeça, e me ocupo com os balcões, mesmo que já tenha limpado ali.

Olha só, a casa está ótima, diz Eliot, entrando na cozinha. Quando ele diz o *a*, para o final de *a casa*, o som é estranho — *a casá parrece bonitá. Tem pizzá na geladeirá*. Joga as chaves em cima do balcão, abre a geladeira e pega uma garrafa laranja de Vitamin Water, desenrosca a tampa e a arremessa na lata de lixo na parede oposta. Erra, dá de ombros, bebe toda a água, seu pomo de adão dançando a cada gole. Ele arrota e coloca a garrafa sobre o balcão; o sujeito nem tem vergonha de não pegar a tampa.

Então, como vão as coisas por lá?, Eliot pergunta. Ele se refere ao meu país. Ele adora essa frase idiota, *por lá*; detesto o modo como diz isso, como se o meu país fosse um lugar onde o sol nunca nasce.

Antes que eu responda, ele pergunta, Você conheceu minha filha, a Kate? Ela acabou de chegar da universidade. Kate, esta é Darling, sobrinha da Fostalina. Você se lembra da Fostalina, não? Trabalhava no hotel, cuidava de você e do Joey às vezes, diz ele. Eliot se vira para olhar para Kate, que está de pé timidamente do lado de fora da cozinha, como se precisasse de um visto para entrar.

Oi, diz ela. Cumprimento-a com a cabeça e fico olhando. Ela não sabe disso, mas eu já sei tudo o que há para saber sobre ela, sei que há duas semanas tentou se matar na universidade, depois que o namorado terminou com ela porque ele disse que ela não era sexy o bastante, mas essa é a parte que seus pais não sabem. Sei que quando ela se olha no espelho, vê uma vaca gorda e feia, e que odeia seu corpo, porque não é assim que ele deveria ser.

É por isso que ela está se matando de fome, o que também seus pais não sabem. Sei ainda que quando ela não consegue evitar de comer, vai ao banheiro e vomita tudo. Estava escrito no diário que encontrei escondido debaixo da cama enquanto limpava o quarto dela; eu li porque coisas escondidas são feitas para serem descobertas.

A Kate está brilhando de suor, o cabelo escuro e comprido grudado no rosto. Ela não é feia, na verdade, acho-a muito, muito bonita, então não sei qual é o seu problema. Pela sua aparência, não acho que deva ser muito mais velha do que eu. Fica ali parada, como se precisasse de minha permissão para se mexer. O cachorro está agora importunando o Eliot, pulando ao redor dele e tudo mais, então ele abre um armário, pega um saco de biscoitos e segura um na palma da mão. O cachorro pega e se manda.

Você vai comer alguma coisa?, pergunta Eliot, dirigindo-se à escada.

Sim, mas só vou tomar um banho primeiro, diz Kate. Sua voz parece muito distante, talvez como se tivesse sido detida na fronteira ou algo assim. Segue o pai até o andar de cima. Gostaria de saber onde está a mãe, mas não pergunto. Fico observando Kate subir, sua camiseta do Invisible Children colada no corpo, ossos gritando através do tecido. Faço uma breve pausa e me pergunto o que exatamente ela vai fazer quando chegar ao andar de cima, se vai realmente tomar banho ou se vai ao banheiro fazer alguma coisa maluca. E se, antes disso, vai estender o braço para baixo da cama e escrever bobagens caras em seu diário caro.

Um pouco mais tarde, eu me viro depois de limpar as portas da geladeira e ela está de pé atrás de mim como um fantasma. Pergunto-me há quanto tempo ela está ali. Seu cabelo está molhado e agora ela usa a camiseta da Universidade Cornell que era do Bastard.

Você estuda em Cornell?, pergunto. Quando eu estava pensando em me candidatar à faculdade, ia me candidatar à Cornell porque era quase como se já conhecesse o lugar, como se tivéssemos uma conexão, mas depois vi o preço da mensalidade e quase morri; se você é um aluno estrangeiro como eu, é muito difícil conseguir bolsa. Mas ainda assim fico animada ao ver a camiseta, esperando ver o Bastard aparecer do nada, a turma toda aparecer. Começo a pensar nas coisas que faríamos neste bairro cujo nome sempre esqueço. Abro a boca, talvez para falar a Kate sobre o Bastard e os outros, mas depois fecho; não há nada a dizer.

Fico observando-a se movimentar pela cozinha como um gato, abrindo a geladeira, abrindo armários e gavetas. Limpo a pia, que na verdade já tinha limpado; o que quero mesmo é ver o que ela vai comer. Quando finalmente ela coloca o café da manhã no prato — cinco uvas-passas, uma coisinha redonda e um copo d'água —, eu começo a rir.

Ela se vira para mim com um olhar desentendido e eu me contorço de rir. Não consigo evitar, acho que vou morrer de tanto rir. Porque, Senhorita Eu Quero Ser Sexy, veja só: Você tem uma geladeira inchada de comida, então não importa quanta fome você venha a passar, nunca vai conhecer a verdadeira fome. Olhe ao seu redor, e você tem todos esses luxos de que nem mesmo precisa; lá em cima, sua cama é digna de um rei; você estuda na Cornell, onde pode ser o que quiser; não precisa nem arrumar a sua própria bagunça porque eu faço isso para você; tem um cachorro com um guarda-roupa que eu não teria dinheiro para comprar; e, ainda por cima, está vivendo no país onde nasceu, então qual exatamente é o seu verdadeiro problema?

Mais tarde, Vasco da Gama vem me buscar e eu digo tchau à Kate, mas ela não responde, e é assim que fico sabendo que está zangada comigo, mas realmente não me importo, porque não roubei suas goiabas nem nada do tipo. Além disso, não trabalho para ela, trabalho para o pai dela, e duvido que fosse demitida se ela contasse — na próxima semana, vou começar a ensinar a ele a minha língua, porque ele diz que ele e o irmão vão ao meu país para que ele possa matar um elefante, algo que sonha em fazer desde menino. Não sei onde minha língua entra em tudo isso — será que ele gostaria de perguntar ao elefante se ele quer levar um tiro, ou algo assim? De todo modo, sei que vou ser bem paga. Eliot sempre me paga bem, e desde que aquele vídeo do Kony apareceu, ele tem sido bom comigo como se eu fosse de Uganda, como se eu fosse uma daquelas crianças do filme, capazes de partir seu coração. Ele viajou por toda a África, mas só o que sabe contar dos países que visitou são os animais e os parques que viu.

Estamos descendo a West Main, em direção à rodovia, e eu me pergunto para onde Vasco da Gama está nos levando quando seu telefone começa a tocar. Ele pega o aparelho no bolso da camisa, olha para a tela e o entrega a mim, o que significa que é a tia Fostalina no telefone.

Você precisa ir para Shadybrook imediatamente, ela diz.

Estamos na estrada, não sei para onde Vasco da Gama está nos levando, digo na minha língua para que ele não entenda.

Bem, diga a ele para dar meia-volta.

Mas...

Darling, passe o telefone para ele, ela diz, e vejo pelo tom da sua voz que é sério. Quando Vasco da Gama vira à direita no sinal antes do Walgreens, chupo o interior da minha boca, olho pela janela e sorrio, porque fui salva de mais uma viagem maluca. Em Shadybrook, o Tshaka Zulu nos recebe à porta, como se tivesse sido ele quem nos chamou aqui; sai, empurra o tio Kojo para o lado, me entrega uma lança de verdade e diz, Esteja armado, guerreiro, esses abutres brancos, bicos miseráveis pingando sangue, não devem ter permissão para se instalar nesta terra negra. Há ansiedade em sua voz. Não sabendo o que fazer ou dizer, só olho para a lança em minha mão, depois para o tio Kojo, e sorrio.

O que ele disse? O que ele está dizendo?, o tio Kojo pergunta, e começo a traduzir as palavras do Tshaka Zulu dentro da minha cabeça, mas é difícil me concentrar, porque agora ele está inclinando a cabeça para o céu e dando um grito terrível que é diferente de tudo que eu já ouvi antes; muito tempo depois de ele ter fechado a boca, o ar ainda vibra. Além de seu vestido, o Tshaka Zulu pintou o corpo com um vermelho vivo e sua cabeça está toda coberta de penas vermelhas e pretas e brancas. Hoje ele está incrível — até eu tenho de concordar que ele parece outra coisa, e é por isso que talvez eu também esteja sentindo uma estranha agitação dentro de mim, uma coisa sem nome que me dá vontade de bater palmas e pular e gritar e só perder a cabeça como se estivesse engolido eletricidade.

Onde ele está, o resto do meu impi? Temos de fazer um berrante agora, depressa, diz Tshaka Zulu, olhando de um lado para o outro.

Este homem está louco. O que ele está dizendo?, tio Kojo pergunta, de pé ali como se não soubesse o que fazer.

O impi?, pergunto. Não rio mais, porque me dou conta de que nunca vi o Tshaka Zulu assim. Há uma expressão estranha em seus olhos, como se não fossem olhos mas talvez um poço e algo feroz estivesse se encolerizando ali dentro. Não preciso de alguém para me dizer que isso é loucura mesmo. Ele tem piorado nos últimos tempos

— na semana passada, por exemplo, saiu da casa de repouso quando ninguém estava olhando e de alguma forma convenceu um estranho a levá-lo ao aeroporto. Lá, exigiu um avião para levá-lo ao Palácio de Buckingham, para falar com a rainha sobre as coisas que ela lhe deve.

Olho para a porta e me pergunto onde está a Claudine, por que ela não está tentando fazer alguma coisa.

O Tshaka Zulu se vira e aponta para longe, varrendo o ar com sua lança. Então me dou conta da que eu carrego. É meio pesada, a madeira é antiga, a parte de metal está um pouco enferrujada; onde é que ele consegue estas coisas?

Você vê? Você vê o que eu vejo?, ele pergunta, virando-se para olhar para mim.

Sim, vejo, digo, mas na verdade tudo o que há ali são casas e árvores e caixas de correio e carros.

Do que vocês estão falando?, o tio Kojo pergunta. Ele toca a campainha agora e olha através da janela. Faço que sim vigorosamente com a cabeça, olhando para onde o Tshaka Zulu aponta. No final da rua, três crianças andam de bicicleta.

Você está vendo eles como eu estou vendo? O que você está vendo?, Tshaka Zulu pergunta.

O que acontece com esse homem? E por que aquela mulher não está fazendo nada?, o tio Kojo diz. Dá para perceber, por sua voz, que ele está ficando zangado, mas eu estou preocupada demais para responder, então ele apenas parece outro louco falando sozinho.

Eu perguntei o que você vê, guerreiro?, Tshaka Zulu repete.

Abutres, respondo. Não faço ideia do que estou dizendo.

Se nós deixarmos que se estabeleçam, então toda a nação vai cair, e seremos governados por estranhos. Seremos forçados a falar línguas de terras brancas, adorar seus deuses miseráveis. Eles vão nos escravizar em nosso próprio solo; seremos seus cães. Mas não, ele diz, e faz uma pausa e ri. É uma grande gargalhada, como se ele fosse engolir o céu.

Eu digo que não, pela vaca preta do meu pai, hoje será morte ou vitória.

Quando o Tshaka Zulu diz *morte ou vitória*, meu coração para. É o jeito como ele diz isso, diz com os dentes cerrados, como se estivesse sentindo dor, os tendões nas laterais do pescoço saltando. Segundo ele, os abutres brancos estão pairando por perto; alguns, segundo ele, estão a cavalo, e alguns estão agachados em arbustos com suas varas más que cospem fogo. Sua fala é mais profunda agora, e é difícil entender tudo o que ele diz; é como ouvir um toca-discos pulando partes das faixas.

Quando ele começa a descer a calçada, eu o sigo a distância, o tio Kojo atrás de mim. Ele está falando, mas eu não ouço. Tshaka Zulu acelera agora, sua saia de peles de animais faz um ruído com o movimento, as penas coloridas em sua cabeça dançam. Então Tshaka Zulu começa a correr, e observo, com horror, que ele corre em direção ao cara da pizza que acabou de estacionar na casa dos vizinhos e está saindo do carro, uma pizza em uma das mãos. Já estou vendo uma lança rasgando as entranhas do sujeito, sangue por toda parte. Deixo cair a minha própria lança e olho para o tio Kojo, que grita e agita os braços. O cara da pizza ergue os olhos no instante em que o som das sirenes enche o ar. Não sei quem chamou a polícia, nem quando.

O cara da pizza fica imóvel por um segundo, então talvez algo tenha dado um estalo dentro dele, que entrou depressa no carro e procurou atrapalhadamente as chaves. A lança de Tshaka Zulu voa, mas não chega muito longe antes de cair na calçada. No momento em que ele se inclina para pegá-la, os carros da polícia já chegaram. Portas se abrem e fecham com um estrondo e vejo armas por toda parte, e é por isso que me viro e corro, passando pelo tio Kojo, para a casa de repouso, onde alguém espia da janela. Atrás de mim, ouço, Largue a arma! Pare! No chão! Mãos ao alto! Largue a arma! Largue a arma! Largue a arma! E eu sei que o Tshaka Zulu não vai largar sua arma. Quando olho para trás por cima do ombro, ele está dando um salto no ar, como um avião maluco tentando levantar voo.

Escritos na parede

Na noite em que estrago o papel de parede do meu quarto, deveria estar estudando feridas para a prova de biologia da manhã seguinte. Não dou a mínima para o que leio, nem mesmo para biologia, e além disso acho feridas repugnantes. Folheando as páginas e páginas de fotos nojentas, sinto meu coração vacilar. Sei que feridas não são flores, mas isto já é demais. Quando chego a uma massa aberta e descolorida escorrendo pus e sangue na lateral do rosto da garota, já basta. Fecho o livro, empurro-o para baixo da cama e ouço-o bater na parede.

Já sei que essa coisa de ciências que a tia Fostalina insiste em que eu me concentre não é para mim. Agora que quase terminei o ensino médio, ela está com mania de dizer que eu devia estudar medicina ou algum tipo de enfermagem ou sei lá mais o que quando começar a universidade no próximo ano, ou, se isso não der certo, estudar direito. Essas, ela diz, são as carreiras que contam, e não vim até a América para fazer algo insignificante e não me tornar alguém. O que eu sei, porém, é que nada disso me parece inspirador; não descobri ainda o que exatamente quero estudar, mas sinto paixão zero pelo que a tia Fostalina quer que eu faça. Eu estou ali pensando em como vou começar a lhe dizer isso quando o meu novo BlackBerry começa a vibrar. Encontro-o debaixo do edredom, abro e leio a mensagem da Marina.

o q vc tá fazendo?

nd. Tentando estudar a droga da biologia, escrevo de volta.

rsrsrs droga pq? até q acho ok, ela escreve.

isso pq vc quer ser médica, escrevo.

bem vc sabe q o meu pai quer q eu seja. Mas o q vc vai fazer?, ela escreve.

n sei, escrevo.

Marina não responde por um tempo, o que não me surpreende. Desde que ela foi para a escola rica, não nos falamos como antes. Quando ela finalmente responde, eu já tinha pegado uma hidrográfica vermelha e escrito *iBio iyirabishi* na parede acima do cesto de roupas, e agora estou desenhando um círculo ao redor disso. Paro e vejo o telefone vibrar, termino o círculo, depois pego o telefone.

dsclp, era o Kyle. Tive q falar c ele 1 min, diz a mensagem.

tá, escrevo.

Na parede, minhas letras são grandes, como quando eu estava na primeira série. O vermelho parece sangue, e me dou conta, pela primeira vez, que vai ser difícil de limpar.

Calço chinelos e saio do quarto. A cozinha está iluminada pelos postes da rua, então não me dou ao trabalho de acender a luz. Pego uma esponja, pingo uma gota de detergente nela, coloco um pouco d'água. Ao voltar para o meu quarto, bato o lado do osso pélvico na quina da mesa da cozinha. Eu me dobro ao meio no escuro e xingo em silêncio. Depois que passa, sigo para o meu quarto.

Quando termino de limpar a parede, está pior do que antes. O vermelho se espalhou todo, deixando uma mancha grande e feia, e as letras se recusaram a desaparecer. Uma vez, quando fomos a Budapeste, levamos conosco um saco de hidrocores vermelhos que tínhamos ganhado do pessoal da ONG e enlouquecemos nos muros. Desenhamos pênis, pênis grandes, fileiras e mais fileiras, já que não sabíamos como eram as vaginas, depois complementamos os pênis com palavras como *golo, beche, mboro, mhata, svira, ntshompi, bolo, zeka* e cada obscenidade que conseguimos lembrar. Acho que eles tentaram limpar depois, mas não saiu. Houve manchas nos muros durante dias até que eles pintaram de novo.

Quando olho meu telefone outra vez, Marina mandou mais uma mensagem.

a gente fez aquilo ontem de noite, diz a mensagem.

OMG!, escrevo. Antes que ela responda, acrescento, doeu?

n sangrou, ela escreve.

então v6 n fizeram, com ctz, escrevo.

Quando desistimos de assistir aos filmes, porque a tia Fostalina nos encontrou um dia e bateu em mim e na Marina, poupando a Kristal porque não queria se meter em encrenca, já que os americanos acham que bater é abusar das crianças, fizemos uma aposta para ver quem faria primeiro. A Kristal agora está grávida, então a aposta para ver quem é a próxima continuou entre a Marina e eu. Pego o pacote de goma de mascar Juicy Fruit na mesa de cabeceira, tiro dois, desembrulho. Coloco na boca e mastigo devagar, o sabor explodindo na minha língua.

vc n tava lá, Marina escreve.

esquece. adivinha!, escrevo.

o q?, ela escreve.

Fiquei c o Tony, escrevo.

o q?, ela escreve.

Tony. fiquei c o Tony, escrevo.

OMG! ela escreve, e antes que eu responda, acrescenta. Onde? Como foi? espera, ele n é gay? Ouço vozes falando do lado de fora da minha janela; parece que tem gente ali, então apago a luz, abro a cortina e olho lá fora. No escuro, posso ver as silhuetas agrupadas perto da grande árvore à beira da rua. Minha janela está aberta, então consigo ouvir as vozes, mas depois de ouvir um pouco percebo que falam numa língua estrangeira. Não reconheço, talvez uma língua europeia ou coisa do tipo. Fico ali por algum tempo, o rosto pressionado contra a tela. Quando volto para a minha cama, Marina tinha mandado outra mensagem, ?????

rsrsrs n. @chick, quarta, escrevo.

Na quarta, combinei com a Amma de vir me buscar. A tia Fostalina trabalharia à noite. Amma tocou a campainha e eu a recebi com minha mochila numa das mãos e uma garrafa grande de água na outra. Quando o tio Kojo nos olhou com olhos vermelhos, porque já estava na metade da sua garrafa de Jack Daniel's, eu disse, Nós vamos estudar para uma prova de amanhã, mesmo que os olhos do tio Kojo dissessem, *Você não pode estar indo a nenhum lugar decente vestida desse jeito.*

Amma e eu estávamos na pista de dança no Chick quando o Tony e outro garoto de dreadlocks vieram se juntar à gente. Amma dançava, porque é assim que ela é; eu só estava parada, porque acho que R&B e hip-hop são kaka. A maior parte não faz sentido; são só insultos — foda-se isso, piranha isso, perseguida isso, putas aquilo. Mas quando os garotos começaram a dançar com a gente eu comecei a balançar com a música, para não ficar só parada ali como uma idiota. O corpo do Tony estava pressionado com força atrás do meu como se fosse preciso usar uma serra para nos separar, as mãos para cima e para baixo nas laterais do meu corpo, tateando minha barriga.

Lembro que a música mudou para *dancehall*, que também tem insultos mas pelo menos a batida é dançante. Teve um momento em que paramos de dançar para ver uma garota com um grande aplique no cabelo, as pernas abertas no ar, a minúscula saia amarela enrolada em torno de sua bunda, a calcinha branca aparecendo. Então um rapaz magro de cabelo verde só se lançou sobre ela como se estivessem numa briga ou algo assim e a agarrou pelos tornozelos, abriu suas pernas ainda mais, como se quisesse cortá-la no meio, e começou a girar contra ela antes de virá-la de costas e deixá-la dobrada ao meio; depois disso ele só ficou golpeando o corpo contra o dela como se ela fosse um pedaço de carne.

Foi muito estranho, mas todo mundo enloqueceu dando vivas. Acho que era essa nova dança maluca chamada *daggering*. Achei estranho e errado, mas depois de um tempo me vi batendo palmas, porque era o que todo mundo fazia. Quando uma nova música mais calma começou, o Tony me virou e começou a me beijar sem mais nem menos, mas pensei que talvez fosse assim mesmo. Fiquei supresa com a sensação, a língua fria e estranha dele feito um naco de carne na minha boca.

e aí?, Marina escreve.

n sei, acho q foi ok, escrevo.

Posso imaginá-la revirando seus olhos grandes, o rosto redondo impaciente para saber detalhes. Jogo o telefone em cima da cama, pego o hidrocor e começo a desenhar línguas penduradas na parede, e antes que me dê conta, as línguas se transformam em cobras — cobras curtas, cobras compridas, cobras de duas cabeças. O telefone vibra, mas não atendo. Quando cheguei em casa naquela noite, fui direto para o banheiro, peguei uma escova de dentes nova em folha debaixo da pia, apertei uma montão de pasta de dentes em cima dela e escovei com água quente e esfreguei minha língua antes de entrar no chuveiro.

Quando ouço a porta da frente abrindo lá embaixo eu sei, pelo tempo que leva para fechar e pela força com que bate, que é o Vasco da Gama voltando de suas viagens. Imagino-o dando passos calculados como se estivesse cruzando a fronteira, quase tropeçando nas fileiras de sapatos que ocupam metade da entrada antes de desabar no grande sofá em frente à tevê. Imagino-o inclinando a cabeça para a esquerda e parando assim, tão imóvel que é quase como se estivesse ouvindo Deus falar, e então, como quem acorda de um sono breve, volta à vida com um solavanco e estende a mão para o controle remoto sobre a mesa de centro de vidro diante dele. Imagino-o apertando os botões com seus grandes dedos desajeitados, apertando e apertando, inclinando-se para a frente agora, os dedos se movendo mais rápido porque ele precisa encontrar um canal de guerra para conseguir ter um vislumbre do seu filho em meio aos outros americanos vestidos como soldados.

O que acontece é que o Vasco da Gama está piorando. Agora, suas viagens são realmente fora de mão; cada vez ele vai mais longe, talvez como se estivesse praticando para dirigir até o Afeganistão e buscar o TK. No começo, ele ficava fora por algumas horas, depois uma noite, depois duas. Voltava despenteado e feroz, como se tivesse ido à guerra, insetos assassinados cobrindo o capô do seu carro, o para-brisa, a grade e a placa. A tia Fostalina, sempre ocupada com seus empregos, não tem feito nada a respeito do problema do Vasco da Gama. Talvez ela espere que ele se canse de viajar; talvez ela ache que é a única coisa que o segura; talvez ela não queira ter de lidar com isso ou simplesmente não saiba o que fazer.

Mas isso não é tudo: as garrafas de cerveja e de outras bebidas começaram a aparecer como se saídas da cartola de um mágico. No início, ficavam escondidas sob o banco do carro, no porta-malas, debaixo da pia da cozinha, no porão, em lugares aleatórios como esses. Como eu sempre estava em casa se não estivesse na escola ou no trabalho, recolhia as garrafas e as jogava fora, porque sabia que não seria bom se a tia Fostalina as encontrasse. No fim das contas ela acabou encontrando; não dá para esconder uma coisa como essa para sempre. Ela estava limpando o porão um fim de semana e descobriu pilhas e mais pilhas de garrafas. Isso foi o fim entre ela e o tio Kojo; agora eles apenas vivem juntos, como países vizinhos.

Na semana passada, cheguei em casa e surpreendi a tia Fostalina com o Eliot. No começo eu não tinha ideia de que ele estava na nossa casa; entrei, fiz um sanduíche, fui para o sofá e comecei a escrever uma mensagem para a Kristal quando o Eliot simplesmente apareceu na sala usando uma boxer com beijos vermelhos, a barriga cabeluda caindo por cima dele, a coisa dele espetando o tecido da boxer. Levei um susto e gritei. Um pouco mais tarde, a tia Fostalina correu para ver o que estava acontecendo, envolta em seu pano favorito, aquele com as bandeirinhas desbotadas do nosso país.

No andar de baixo, paro na entrada da sala e olho lá para dentro. O tio Kojo está sentado na penumbra; a sala está iluminada pela tevê, onde soldados de aparência exausta andam em meio a nuvens de fumaça, dois carros destruídos por bombas queimando atrás deles. É de tarde na tevê, mas a fumaça pinta o dia e faz com que pareça noite. Tenho a impressão de começar a sentir o cheiro, começando a vê-la vazar da tela para a nossa sala de estar, cobrindo o tio Kojo. Deixo-o assim e vou para a cozinha esquentar comida no micro-ondas para ele, porque do contrário ele se esquece de comer.

Quando volto, tiro as garrafas de gim de cima da mesa, substituo-as pelo arroz jollof com curry. Ele está recostado no sofá agora, de olhos fechados; não sei se está dormindo ou pensando ou o quê. Observo seu rosto durante um tempo; depois, sem saber por quê, pego uma das garrafas de gim, dou um gole. É ruim e queima; só engulo porque não tenho onde cuspir. Começou a chover na tevê, e um soldado solitário está de pé debaixo de uma árvore, fumando. Eu me ajoelho aos pés do tio Kojo, desamarro e tiro seus sapatos. Penso em sacudi-lo para ver se está acordado, mas no fim me sento no sofá e observo o soldado na chuva só parado ali, como se sua mãe tivesse se esquecido dele, como se ele fosse a Síria e tivesse sido eliminado no jogo dos países.

A primeira coisa que noto quando acordo de manhã é a sujeira na parede. No começo não sei o que aconteceu, mas depois meus pensamentos se organizam rapidamente e eu me lembro de como perdi a cabeça com o hidrocor na noite anterior. O relógio ao meu lado diz 7h15, o que significa que tenho menos de meia hora para ajeitar a parede antes que a tia Fostalina volte do trabalho. Saio da cama voando e corro até o porão.

Vou até o canto onde estão as grandes caixas de armazenamento e logo encontro uma com as palavras OBJETOS DE DECORAÇÃO DE CASA ETC. Jogo a tampa para o lado e começo a revirar lá dentro. Não demoro muito até encontrar um batique do tamanho de uma toalha de praia. É uma pintura de uma cena de mercado e vibra com vida e cor, pessoas vendendo coisas — frutas, legumes, comida, contas e tecidos coloridos, bolsas, cintos, animais entalhados, qualquer coisa em que você conseguir pensar. Há crianças, mulheres, homens, mulheres com bebês nas costas, velhos, dois cachorros, uma bicicleta, tudo e todos vivos sob um céu intensamente azul.

Ao olhar para o tecido eu me lembro de como era bonito estar numa cena real igual a esta, todo mundo ali junto, se misturando, vivendo junto, antes de as coisas desmoronarem. Começo a sentir a dor no coração que sempre vem quando penso na nossa terra, hoje em dia, então coloco o batique de lado e procuro mais um pouco. Encontro um relógio de cobre, de tamanho médio, no formato do mapa do nosso país. Há um desenho de uma girafa no centro, chegando acima de algumas árvores onde os ponteiros do relógio se encontram. A hora parou nas seis, e o ponteiro dos minutos está quebrado. E por último acho uma máscara estranha; é dividida no meio, metade branca, metade preta. A metade preta é subdividida em inúmeros padrões loucos que eu não consigo entender, mas me parece interessante, então levo a máscara e as outras coisas para o meu quarto lá em cima.

Depois que terminei de cobrir a parede, a máscara olha para mim com seu rosto intrigante; é como se estivesse tentando me dizer alguma coisa que levarei anos para entender. Ao seu lado, o relógio mostra uma hora errada. E por fim, do outro lado da penteadeira, o mercado no batique vibra com um movimento louco. Imagino que consigo ouvir todo tipo de coisa — vendedores anunciando seus artigos num cântico, alguns me chamando para comprar coisas a preços reduzidos; garotos assobiando melodias doces às garotas;

bebês chorando e pedindo doces; as vozes das crianças cantando *Quem descobriu o caminho das Índias?* e jogando queimada; a risada das mães se elevando acima de tudo mais.

Fico parada ali olhando para os objetos de decoração desse jeito, e então me lembro de um artefato que encontrei na casa do Eliot quando estava arrumando, outro dia. Fico de joelhos e estico a mão para baixo da cama, que foi onde o escondi. É uma placa de marfim no formato do mapa da África, e bem no centro há um olho entalhado. O resto da placa é coberta pelo desenho intricado de vários padrões.

Quando vi a placa na casa do Eliot, ali em meio aos outros artefatos que ele comprou em suas viagens pelo mundo, parecia que o olho estava me fitando, então a coisa certa a fazer era roubar o mapa de marfim. Penduro-o acima da minha cama e olho para o meu quarto; parece completo, mas sinto que eu não estou, porque estou ocupada pensando na minha terra e a saudade é tanta que não consigo respirar. É uma sensação pesada que sei que não vai passar, então pego meu Mac e entro no Skype para ligar para a Mãe.

É a Chipo quem atende. De início nem consigo reconhecer a Chipo; acho que estou falando com uma mulher adulta. Quando ela me diz quem é, fico surpresa em encontrá-la na casa da Mãe, porque com certeza está muito velha para querer goiabas agora. Ainda assim, acho que seria rude perguntar o que ela está fazendo lá, então não toco no assunto.

Onde estão os outros?, pergunto, depois que nos cumprimentamos.

O Bastard finalmente foi para a África do Sul. O Godknows está em Dubai. A Sbho entrou para um grupo de teatro, e ouvi dizer que eles vão viajar e se apresentar no mundo todo em breve, ela diz.

E o Stina?

Ah, o Stina? O Stina está por aqui, mas não sei muito bem o que ele está fazendo. Às vezes ele fica por aqui, às vezes some durante um bom tempo.

Então é só você, sozinha?, pergunto.

Eu não estou sozinha, tenho a Darling aqui comigo, ela diz.

A Darling?

Sim, a Darling, a minha filha, esqueceu?

Ah, eu digo. Esperamos em silêncio, talvez porque nenhuma de nós duas consegue pensar no que dizer. Imagino a Chipo ali sozinha, e não posso deixar de sentir pena dela, me sentir mal por ela. Então alguma coisa muda dentro de mim e começo a me sentir desapontada, depois zangada com os nossos líderes por fazerem tudo isso, por arruinarem tudo.

Sei que é ruim, Chipo, e sinto muito. Pensar nisso me dói, digo.

O que é tão ruim? Por que você está sentindo dor?, ela pergunta.

O que fizeram com o nosso país. Todo o sofrimento, digo.

Bem, onde quer que as pessoas vivam há sofrimento, ela diz.

Eu sei. Mas na semana passada eu vi na BBC...

Mas não é você que está sofrendo. Você acha que assistir à BBC significa saber o que está acontecendo? Não, você não sabe, minha amiga, é a ferida que conhece a textura da dor; somos nós que ficamos aqui sentindo o sofrimento real, então somos nós que temos o direito de dizer seja o que for sobre isso ou qualquer coisa ou qualquer um, ela diz. Seu tom petulante vem do nada e me atinge como um tapa no rosto, me pegando de surpresa. Fico tão chocada que não sei o que dizer.

O quê? Eu não — bem, é o meu país também. É o nosso país também, digo. A Chipo então ri um riso louco de mulher adulta e eu sacudo a cabeça e penso, *Que diabo? De onde foi que saiu isto?*

É o seu país, Darling? Mesmo, é o seu país, você tem certeza?, ela pergunta, e sinto que começo a me irritar. Passo o cursor do mouse sobre o telefone vermelho e me pergunto se deveria simplesmente clicar ali e desligar, porque não tenho tempo para esta merda. Quando levanto a cabeça, meus olhos encontram o olho acima da minha cama; largo o mouse.

Onde está a minha mãe? Chame a minha mãe ou a minha avó, digo.

Só me diga uma coisa. O que você está fazendo que *não está no seu país agora*? Por que você fugiu para a América, Darling Nonkululeko Nkala, hein? Por que foi embora? Se é o seu país, você precisa amá-lo e viver nele e não o deixar. Tem de lutar por ele não importa o que aconteça, para consertar as coisas. Diga-me, você abandona sua casa porque ela está pegando fogo ou você procura água para apagar o incêndio? E se você a deixa queimando, espera que as chamas virem água e apaguem a si mesmas? Você foi embora, Darling, querida, você deixou a casa queimando e tem a cara de pau de me dizer, com esse sotaque ridículo que nem tinha antes e que nem combina com você, que este é o seu país?

Minha cabeça está zumbindo. Atiro o computador, e quando me dou conta do que fiz, ele voa em direção à parede. Dou uma arfada quando ele acerta a máscara, e cubro os ouvidos quando os dois se espatifam no chão. Não olho para conferir o estrago, só saio do meu quarto como se o ar tivesse sido sugado para fora. Eu me vejo parada no quarto do TK, bem em frente à sua cama. Na outra parede há um pôster imenso do TK e seu amigo Bobby dançando Azonto, braços e pernas naquelas posturas malucas, sorrisos no rosto. Imagino o TK debochando de mim com aquele rosto, então me viro e olho para o alvo de dardos na outra parede. Meu coração bate depressa, e minha garganta é um nó.

Quando começo a me sentir calma outra vez, ando pelo quarto. Está impecável, porque o tio Kojo está sempre tirando o pó e limpando; se você não soubesse a verdade, pensaria que alguém de fato dormia ali. Na grande escrivaninha, ao lado da tevê, tem um Xbox, alguns DVDs, uma caixa de Kleenex, um copo de papel cheio de canetas e lápis, uma *Playboy*. Tudo está de um jeito que é como se o TK fosse entrar e usar suas coisas como se nunca tivesse ido embora. Estendo a mão para a grande prateleira de madeira junto à janela, empurro a bateria em miniatura para o lado, estico o braço ainda mais entre leões e leopardos e elefantes, e toco o Tshaka Zulu.

Sempre me espanto com o silêncio profundo deste quarto, e para preenchê-lo vou cumprimentar o Tshaka Zulu e talvez lhe falar do tempo. Ou, se houver algo interessante para contar, eu digo a ele coisas como: a tia Fostalina está dormindo com aquele homem branco; houve um terrível terremoto no Japão; eles estão prendendo as pessoas de novo na nossa terra. Em seu testamento, o Tshaka Zulu disse que queria que a tia Fostalina enviasse as suas cinzas para a nossa terra e mandasse enterrá-las na aldeia do pai dele, dentro de um kraal, como deve ser, mas por enquanto a tia Fostalina não pode voltar pra lá, nenhum de nós pode.

Hoje, porém, não tenho nada a dizer pro Tshaka Zulu; apenas deixo minha mão sobre a urna de madeira em formato de cabaça e fico parada ali como se a abençoasse. Nem me mexo quando o tio Kojo entra, parecendo ter acabado de sair da boca de um burro.

Eles mataram o Bin Laden mesmo, diz ele, gritando, mesmo que sejamos só nós dois no quarto silencioso.

Ah, digo. Afasto-me da prateleira e fico de pé junto à janela.

Você sabe quem ele é?

Aquele cara terrorista, digo. Eu me dou conta tarde demais, mas o tio Kojo não me diz nada por usar a palavra *cara*. Só fica parado ali, seu corpo preenchendo o vão da porta. Noto o curativo acima de seu pulso e me pergunto o que teria acontecido com ele, se por acaso se feriu em uma de suas viagens.

Ele estava no Paquistão, escondido. Logo o presidente vai fazer um pronunciamento. Sim, o Bin Laden está mesmo morto, não é incrível?, ele diz, sacudindo as chaves.

Quando a América prometeu a grande recompensa pelo Bin Laden, fizemos lanças com galhos e fomos caçá-lo. Tínhamos acabado de chegar no Paraíso e precisávamos de novas brincadeiras enquanto esperávamos os nossos pais nos levarem de volta às nossas verdadeiras casas. No início, batemos nos barracos de zinco gritando para que o Bin Laden saísse, mas como ele não saiu, corremos para o mato no final da favela. Procuramos na erva-de-pinto alta, nos arbustos; subimos nas árvores, olhamos debaixo das pedras. Procuramos em toda parte. Então subimos a Fambeki, mas quando chegamos no alto, estávamos com calor e entediados. Era como procurar o ar; não havia nenhum Bin Laden, isso era tudo.

Por que estamos procurando ele?, a Sbho perguntou.

Não sei, essa brincadeira é chata, precisamos de brincadeiras melhores, disse a Chipo.

Talvez devêssemos procurar Jesus, ele é mais importante do que o Bin Laden, disse o Godknows.

Jesus é pior, ninguém pode encontrar Jesus, nem mesmo os americanos, disse o Bastard.

Isso não é verdade. A Mother of Bones encontrou, eu disse. Ficamos em silêncio por um tempo, de pé ali, altos, porque a montanha nos deixava altos. Olhamos para baixo. Para a favela. Para a terra vermelha. Para a Mzilikazi. Para as casas de Budapeste à distância. Bin Laden podia estar em qualquer lugar.

Ficamos parados ali. No alto, o sol ocupava-se em fritar a gente. Então o Stina jogou sua lança montanha abaixo e nós jogamos as nossas em seguida e as observamos enquanto voavam. Depois, o Bastard foi para a beira e começou a urinar, e o Godknows e o Stina se juntaram a ele. A Chipo e a Sbho e eu ficamos atrás, vendo os meninos empurrando os quadris para a frente e disparando no ar, cada um querendo que o seu xixi fosse mais longe.

Tínhamos desistido do Bin Laden e estávamos só andando pela Mzilikazi quando vimos a Ncuncu. A Ncuncu tinha sido a cachorra do Bornfree por um bom tempo antes que decidisse um dia, por razões que nunca saberíamos, simplesmente deixar de ser sua cachorra. Agora ela vagava pelo Paraíso todo feito um homem louco, procurando comida, nem respondia quando você chamava o seu nome ou assobiava para ela. Quando nós a vimos lá na Mzilikazi, corremos na sua direção, gritando, Bin Laden! Bin Laden!

Talvez a Ncuncu tenha nos ouvido. Talvez não. Continuou ali, bem no meio da rua, a cabeça inclinada em direção a algo que não conseguíamos ver; parecia rezar pelo país. O grande caminhão da Lobels veio do nada. Então agitamos os braços feito loucos e gritamos realmente alto, para avisar a Ncuncu, mas foi inútil. Quando vimos, houve um repulsivo *khu!* e o caminhão freou. Então, enquanto ficamos parados ali, atônitos, ele simplesmente se mandou e saíu a toda.

A estrada estava vermelha. Dois sulcos abertos onde os pneus tinham escavado a terra. Um grito mudo afogado no oco de uma garganta torcida. Sobre o branco, estrias vermelhas em alguns lugares, como se alguém desajeitado tivesse tentado decorá-lo. Grandes dentes à mostra. Carne esmagada. Língua rosa comprida lambendo a terra. Uma pata solitária erguida num perfeito *toca aqui*. Ossos se projetando da barriga. Um olho para fora (eu não conseguia ver o outro). E o delicioso, o delicioso cheiro de pão Lobels.

Agradecimentos

Umuntu ngumuntu ngabantu: Uma pessoa é uma pessoa por causa das outras pessoas. Sou profundamente agradecida a todos que se dispuseram do tempo, do apoio, do amor, da orientação, da amizade, do encorajamento, das oportunidades e de outras imensuráveis qualidades que me permitiram criar *Precisamos de novos nomes*. Não saberia como iniciar uma lista de todos vocês, porque vocês são muitos, mas vocês sabem quem são; meu agradecimento de coração, hoje e sempre.

Sou grata às instituições Kalamazoo Valley Community College, Texas A&M University-Commerce, Southern Methodist University, Cornell University e Standford University por terem me acolhido.

Agradecimentos especiais para Jin Auh, meu agente literário e leitor extraordinário, que esteve lá desde antes do início da escrita; para minha agente literária, a maravilhosa Alba Ziegler-Bailey; e para os meus editores, Laura Tisdel e Becky Hardie, pelo amor por este livro e por terem trabalhado tanto por ele.

Helena Maria Viramontes, sem você, eu não teria conseguido.

E, é claro, para Zim, terra natal, amada, país do meu povo. Pelo talento para contar histórias, pela alma, pelo gingado. Ngiyabonga mina!

Obrigada a todos, e muito amor.

Oakland, Califórnia
Janeiro de 2013

ESTE LIVRO, COMPOSTO NA FONTE FAIRFIELD, FOI IMPRESSO EM
PAPEL PÓLEN NATURAL 70 G/M, NA BMF.
SÃO PAULO, BRASIL, ABRIL DE 2023.